善善摩尼

唐朝西域文书故事集

左丘萌 著
洛　中 绘

人民文学出版社

图书在版编目(CIP)数据

善善摩尼:唐朝西域文书故事集/左丘萌著;洛中绘. —北京:人民文学出版社,2022
ISBN 978-7-02-017225-2

Ⅰ.①善… Ⅱ.①左… ②洛… Ⅲ.①中篇小说-小说集-中国-当代 ②短篇小说-小说集-中国-当代 Ⅳ.①I247.7

中国版本图书馆 CIP 数据核字(2022)第 103482 号

| 责任编辑 | 朱卫净　吕昱雯 |
| 装帧设计 | 钱　珺　李苗苗 |

出版发行	人民文学出版社
社　　址	北京市朝内大街 166 号
邮政编码	100705

| 印　　制 | 凸版艺彩(东莞)印刷有限公司 |
| 经　　销 | 全国新华书店等 |

字　　数	213 千字
开　　本	889 毫米×1194 毫米　1/32
印　　张	10.5
插　　页	7
版　　次	2022 年 8 月北京第 1 版
印　　次	2022 年 8 月第 1 次印刷

| 书　　号 | 978-7-02-017225-2 |
| 定　　价 | 99.00 元 |

如有印装质量问题,请与本社图书销售中心调换。电话:010-65233595

献辞

……千年之后,
你仍能讲出这故事:
我向众人宣称——
今世从无旁人使我眷恋,
来生也无旁人使我倾慕。
唯有与你的爱悦,如愉快歌谣,
与我相伴终生。
我曾以为,
我将这般一生与你共度,
没有谎言,也没有伪装,
可业力之神似知我所思,
于是他挑起纷争,
将我早已归属于你的心撕碎。
他将你引向远方,与我分散,
陷我于无尽痛苦;
将我仅有的安慰带走……
我的生命、精魂、心神,
一天天……

——古代龟兹诗歌

行梦	137
怀风	157
冬之卷	182
寒行	183
苑空	203
远道	219
尾声	235
风过天山	239
在月光下	283
附录一 唐人联屏式绢画《四季行乐图》的缀合	307
附录二 本书所涉出土文书概览	315
后记	320

目录

安石榴花 … 001
善善摩尼 … 021

序 … 023

春之卷
花宴 … 028
锦缬 … 029

夏之卷
礼佛 … 041
远客 … 056
近友 … 070
夜归 … 071

秋之卷
游猎 … 085

103
118
119

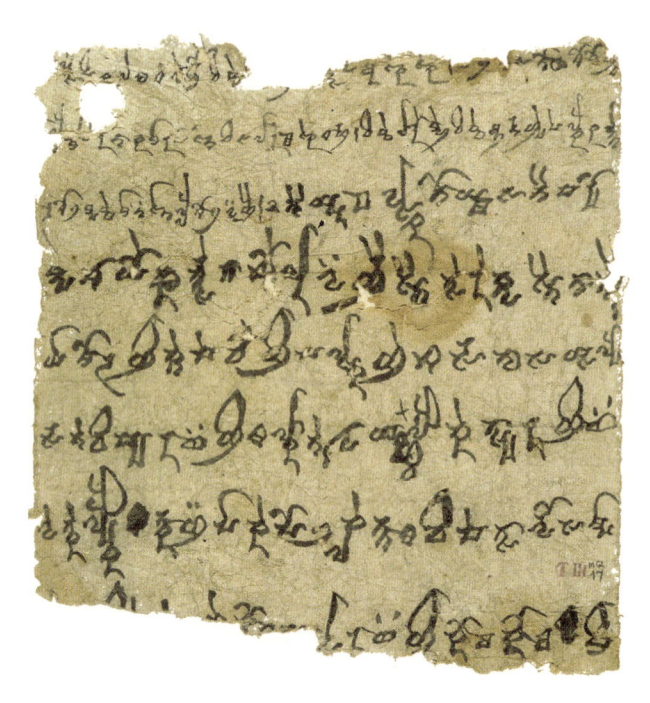

古代龟兹语（Tocharian B）诗歌残页

安
石
榴
花

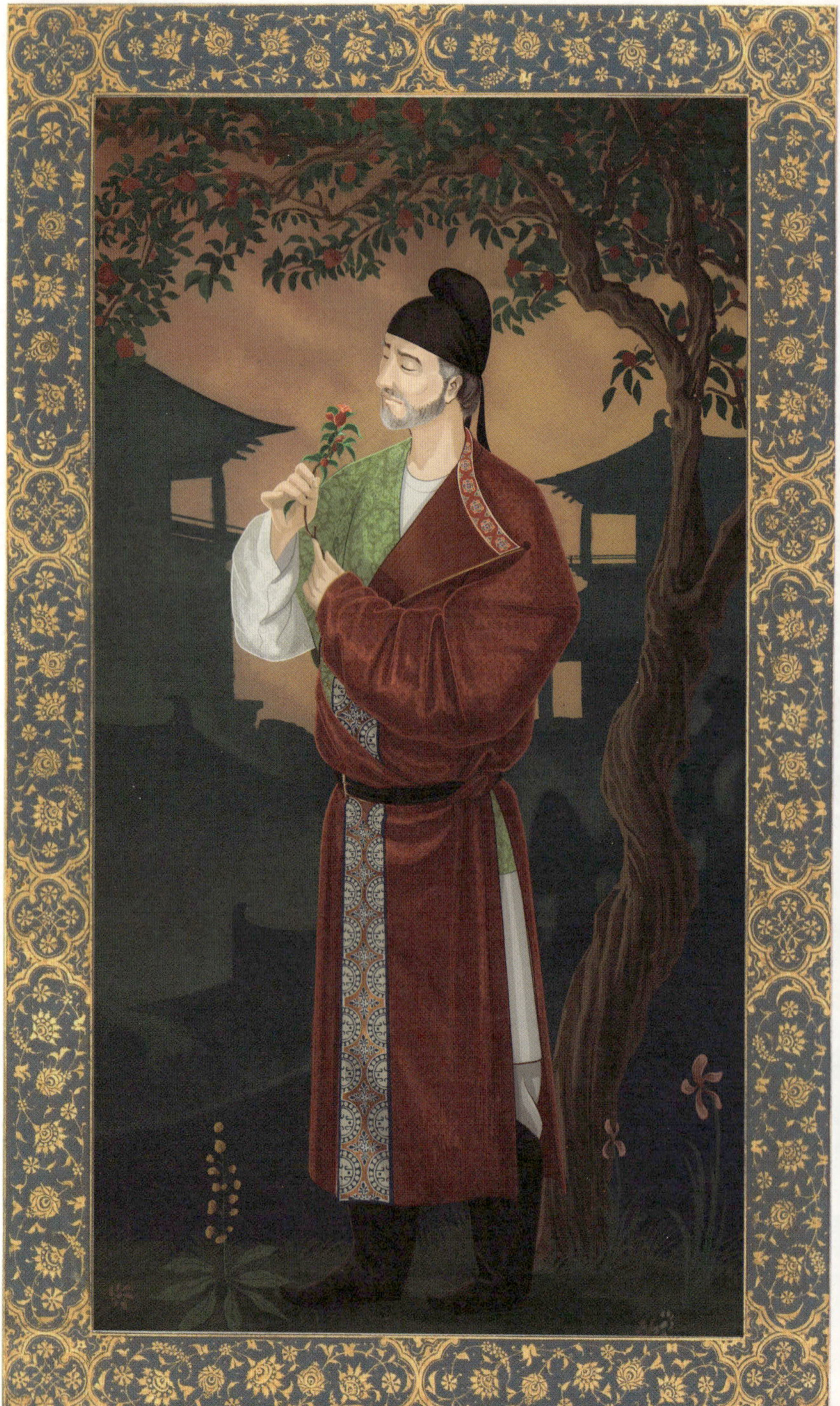

一

太平公主的山庄田园不断在扩大,让神都洛阳的百姓传言,若公主有能耐,她甚至会把世界用篱围起来。

精心营建的幽谧山池园囿中,只有树木窸窣、鹿群踢踏,间杂清澈的鸟鸣、明亮的泉声,能使公主从尘世的荒野短暂而寂寞地逃出生天,远离屏风帘帷后的阴谋和桎梏,产生一种生命仍完好无损或最终获得自由的幻觉。但转瞬这压山占城的园囿又会因公主不甘寂寞曳动燃起的野心,再度变作暗绿的巨兽,吞噬周遭被市井人声焚起的世界。接下来公主又试图寻来诸种珍异草木填满这空寂。

时值公主车驾从长安返归神都,在城外某家看中一株安石榴的老树——在璀璨日光与虚影中,那无数艳红的花开如熊熊烈火。公主命家奴登门去将树掘起带走。主人是个老翁,跪伏着要求见车中

安石榴花

贵人。家奴们见惯这情形，心下嘲笑——无非是索求赀财罢了！仍领了他返归报知公主。

"你想要什么？要公主封你官职，还是赐你赀财？"家奴在老人身畔嘀咕。

"既是公主有意，唯惶恐献上。不过，公主可愿听听昔年栽种这花树之人的故事呢？"

公主少有地来了兴致，车中玉音传来："说罢。"

二

这是关于一个唤作赵义深的商人的故事。我是从我的父亲那儿听来的，但我已不记得他的模样了。

赵义深是个行走在洛州到西州间道路上的远途行商。

就像坊间的传言所说，行商没有家。他们毕生都在驾马横越孤寂的远方。若是常人告别，人们会说"愿早回还，平安相见"；若是行商，他们的临别祝福则是"愿你的前路是温暖的沙地"。若有哪个行商因故不得不长期停驻某地，他的魂灵将会因难以承受热血的沸腾而在日光下化为水汽消散，仅余下躯壳在不得明月朗照的屋檐之下抑郁而终。

公主，你准以为我会讲起他如何去远方购得这棵安石榴树苗，又如何经历艰险将它携回的故事罢？不，不会，这完全不是故事的主干,不过有一点值得一提,这安石榴来自昭武九姓胡人①的河间地方。公主,你此刻所瞻望着的花树,你若走近去看,会发现它主干这儿有个难看的结节——那时它还是棵幼树,离开故乡不久,还不知晓中土物候,那里初春长出叶芽,被晚霜打坏了。

行商也有故乡。赵义深曾是伪朝②高昌国人。高昌,就是唐土西陲如今名为西州的地方,是人们在沙碛砾原的旷野里长久艰难跋涉后,总会渴望的那么一座绿洲。赵义深当年在高昌也有过顶神气的日子,他曾在光武王③的军队里当了个队正。然而战争陡然而至,高昌的军队如霜雪般脆弱,无法抵抗如日月朗照般的唐家兵马。城破前光武王急病而死,于是高昌举国降唐,大量高昌士庶都被英明的太宗天子迁居到内地。

在这则故事发生的时候,西州还未从战争中恢复,因战争分别的亲人、朋辈与爱侣都尚未重聚。贞观十五年,朝廷在洛州新设了折冲"怀音府"④,专用于安置那些被唐军俘虏的高昌儿郎。眼看着旁人仍能在唐军中当兵吃粮,赵义深却因为在战时为流矢射中左眼的缘故,只能以一介白身在洛州加入了行商。

人们说赵义深命硬。他的高昌朋辈旧友大多在随太宗皇帝远征

---

① 昭武九姓胡人:即中亚地区的粟特人,入华后以故国名为姓。《唐书》记为康、安、曹、石、米、何、火寻、戊地、史;《文献通考》记为米、史、曹、何、安、小安、那色波、乌那曷。实际上不止九姓。
② 伪朝:高昌国亡国之后,高昌故地居民接受唐朝统一的现实,视高昌国为"伪朝"。
③ 光武王:高昌国王麴文泰,玄奘法师义兄,在唐军发兵攻打高昌时惊惧无计,病发而死。麴文泰之子麴智盛投降归顺唐朝。
④ 怀音府:唐代府兵基层组织军府的名称。《两京记》:"东都怀音府,贞观十五年置,简高昌户为卫士,意取《诗》之'食我桑葚,怀我好音',欲感化迁善,以为号焉。"

安石榴花

高丽时丧命，他自己却在商路上发了一笔小财。赵义深凭这笔钱在洛州乡里买得了田宅，娶来了妻房。

他的妻名为居子，是个性格活泼的放良妓人。新婚那日，对着面前全然陌生的良人，她哭着哭着就笑起来。她甚至给赵义深取了个绰号"卷毛鹳鹊"。因为他又瘦又高，又有一头鬈发。即便是解散了披在背后的高昌式发辫，改像唐家儿郎那般在头顶梳拢发髻裹起幞头，赵义深的幞头下面也总是有鬈发支棱出来。

可惜祸福不定，那年洛州的瘟疫里，赵义深为了居子的药资耗尽钱财，居子仍旧一病而亡。那时居子还在怀胎呢！她死前还强忍痛苦，笑着告诉赵义深，觉得腹中是个女儿。

葬过居子后，赵义深成了鳏夫。他又干起了商队护卫的旧业。

但这回护送的除了丝绸与香料，还有一个十余岁的少女胜娘。胜娘的父亲是赵义深在高昌军队时的长官麴仲。麴仲在宾唐后仍谋上了折冲府都尉的差使，对尚是青年却已残失半边目力的赵义深多有照顾。但夫妻二人都在瘟疫里没了。眼看着麴家仆婢忙着四散逃难，将家中财物抢掠一空，赵义深决意把他们留下的孤女带回故乡、投奔麴家留在西州的亲人。胜娘虽成了孤女，可她的姑母麴氏，昔年嫁与了全力主张亲好大唐的张雄将军，又由朝廷赐封为永安太郡君，在西州颇有威势；更何况，亡父昔年为她约定的姻亲也是张家儿郎，那人现下也被朝廷遣往西州任官了。

一路上少女紧紧怀抱盛着父母仅剩遗物的匣子，一语不发，总是暗暗哭泣。即便是商队里最擅琵琶的兴胡安苦知延弹起一首最轻快的曲调，胜娘眼中仍在落珍珠儿。赵义深当然知晓胜娘是在哀悼父母，一心想要宽解她。可是哪怕他挠着头，拧着鬓发，仍想不出令少女破涕为笑的法子。

一开始赵义深试着吓唬她，说："再哭，我便抢了你的钱财，把你扔在半道上，让你被豺狼虎豹叼了去当晚饭！"她终于吓得不敢哭了，但仍旧不笑。赵义深又想试着为她寻些乐子。但是，请公主想一想，这是一个毫无教养，只从过军当过护卫的粗人，他能干些什么？同胜娘讲那些军中关于平康坊都知娘子的低俗笑话？还是拉着她去商胡的篝火边上赌一局双陆？

三

听到这里，太平公主竟少有地笑出声来——虽然老人的叙述琐碎冗杂，常常斜逸出毫不相干的旁枝，但是公主倾听这老人的叙述，的确比起垂听那些常日浮在耳畔的文人骚客的颂饰之辞来得更有兴味。

"不过，这和我看中的花树有何干系？"公主忽然醒悟过来。

四

莫急莫急，我这就讲来！

在某日商队停驻休歇的时候，赵义深总算决定打破这份尴尬。

安石榴花

他决定讲些故事给少女听。因为他想起，居子还活着的时候，总是让自己讲故事给她听。

赵义深的故事，无非是他那无趣人生的一些回忆，那些已在战争或瘟疫后成为不堪回首的有关故乡和亲人的记忆。放置那些记忆的心，就像那处洛州的宅子，在妻子死后就空荡荡的，落满了灰。可是现在那里仿佛有灯火燃起，驱走了所有死沉沉的阴暗。而这正是从他为了讨胜娘一笑的心思生出的那一刻开始的。

赵义深把那些旧事一一地回想起来，并努力讲得有趣。诸如他的阿婆阿兄也都还在西州，听闻阿兄赵欢相还得了朝廷赐封的勋官云骑尉，但赵义深在战场上做了俘虏又瞎了一只眼，没脸回去见他们；小妹玉连以为夫君武通阵亡，便又改嫁了西州的张隆训，几年后听闻故夫是被唐军俘虏押往洛州，又不顾一切地弃家来奔……

面对胜娘，赵义深又语句零落地讲述起来，因为不善言辞，还时不时急得涨红了脸，动手比画。赵义深自认讲得无趣极了，蹩脚极了，分毫不能使人开心，他已经深深感到挫败，但教他奇怪的是，胜娘的眼中竟然又有了神采。有些故事因赵义深不愿记忆而残失末尾，她甚至轻轻开言，试着为之补上一些圆满的收梢。

渐渐地，赵义深在夜里也梦见了那些逝去时光中的欢乐。那儿有早已阵亡的军伍伙伴欢聚一堂，无论年老还是年少，稳重还是鲁莽；穿过熟悉的街巷，他把后来四散天涯的里坊邻居探望；他转而梦见他在洛州的亡妻居娘，如同往昔般将她高高抱离地上……一切细节历历在目，直到他在旅途的篝火畔惊醒，挣扎着回到现实，发现自己离不愿返归的故乡越来越近，离不愿分别的亡妻越来越远。

某日在路上，赵义深又隐约想起了初见胜娘时的情形，献宝似的要讲与她听。

贞观十四年，高昌国破，朝廷下旨把许多高昌军伍男儿迁往洛州，有家赀的还能携妻带子前往；可那些没有家赀的，或是被俘获的高昌将士，大多只得孤身前往异乡，被散编入洛州军府。那时候的高昌国都尉麹仲归顺唐军，甚至不及与爱妻分别，就到了中原。朝廷一度不许这些异乡人同故乡亲人通信，可是在五年后，麹仲的妻阿张却独自携着还是小娃娃的胜娘寻到了洛州。

赵义深再往下讲，就想起阿张寻得夫郎的缘故——麹仲曾经告诉她，无论到了哪儿，准会为她植一棵安石榴树。那时唐土的安石榴树还种得不多，阿张来到洛州，只需往开着安石榴花的里坊寻去，没找几家，便寻得了。从此阿张总是以院中这棵安石榴树为荣。它长势极好，年年枝繁叶茂。婀娜枝条间的红花谢后，结出的饱满榴实也由麹仲摘下，再由阿张分送给四邻亲朋。赵义深记起了过去这棵安石榴树为留居洛州的异乡人带来的欢笑。

五

"那些诗人骚客，若是想要触动我，总是编了些文法繁复、语句华丽的文章与谀词献上。可是你呢？"太平公主以一种愉快戏谑的语气质问老人，"你迂回这么久，却只会告诉我，某个穷汉骑在马上时想些什么。你讲这些到底有什么用？"

六

公主，故事才开始啊！前面说的那棵安石榴树，也不是公主赏识的这棵。老朽保证，后面的故事会很有意思！

又过了几日，胜娘骑在骆驼上——没错，已经过了敦煌，出了阳关，商队都换上了骆驼啦。胜娘突然说话，问赵义深："义深叔，会有人为我植一棵安石榴花吗？"胜娘用明眸看向赵义深脸上新添的伤痕，那是前些日遭遇马贼，赵义深拼死救护胜娘时留下的。

"未来让你家郎君为你种在院里，"赵义深说，"我也和你居姨约定过，每年到了盂兰盆节，她就抱着女儿在咱家院里的桃花下等我。可我却不信她说这些，卖掉屋宅的钱，一半用来葬她，一半用作这次商路上的本钱。"

胜娘着了急："可我相信！义深叔，你若归还洛州，快去把宅子买回来罢！若是居姨和小妹妹找不到你，该多难过呀。"

赵义深不耐地挠头："费那个心做甚？洛州城有那么多桃花，她能找得到是哪棵？不过是她死前我哄她安心罢了。再说，若是没这笔钱，我就不能求去西州的商队把你捎带上了。"

胜娘听了，眼泪又簌簌地往下落，又似想起了什么，拿出一直紧紧藏在身前，无论吃饭睡觉还是遇着马贼都不曾放开的小匣子。"义深叔没钱，胜娘有，这是阿娘留给胜娘的首饰，阿叔拿去换钱。"

"赶紧收着，当心我诓了你的嫁妆钱一去不回，你将来没小郎君可嫁！"赵义深朗声大笑。胜娘闻言红了脸，忙举袖掩面，仍不忘提醒："阿叔可得要把屋宅买回来呀。"

"好好好，回去便买！"赵义深敷衍道，见少女仍是半信半疑，又补上一句，"若我哄你，便教我死后落进那什么拔舌地狱里去。"

胜娘这才安了心。

赵义深终于把胜娘带到了西州，她的姑母满是同情，抹着泪地收留了她。胜娘再度有了疼爱怜惜她的亲人——麴家的老夫人言称，今后将要给她以唐人淑女的教养，以备今后体面出嫁。那个一路上蓬头垢面的女孩儿，经过几位夫人细心打扮归置之后，又成了锦衣绣裳的小美人。

别离之际，赵义深想拍拍她的头，踌躇了一阵，又把满是老茧的脏手缩了回去。

胜娘拉着他的衣袍一角不放手，问道："义深叔，我想……我想阿爷阿娘了……会有人为我植一棵安石榴花吗？"

"别怕！"赵义深俯身安慰胜娘，"等你出嫁时，我来吩咐那幸运的小子为你栽。"

赵义深说完，就在胜娘面前头也不回地走了。即便少女带着哭腔喊着"你一定要来呀"，他也没有回头。

实际上，第二天，赵义深又去偷偷看了胜娘的新家好几次，深深的庭院里垂下厚重的帘帷，仆婢们走路亦静悄悄的，一丝不乱。望不见少女的身影，赵义深心中突然有了一种以前不曾感觉过的、

安石榴花

强烈的孤独。还好在他的衣袍里，藏着胜娘赠与的一件临别留念。

是一张线条幼稚的画页，画着高个的独眼人牵着身畔的小小少女。这纸笺被仔细熏上了野悉蜜①花水，原是老夫人预备着教胜娘题写诗句的。

七

"你说，人死后是能和故人相见罢？一定是的！"公主突然出言打断老人，声音有些生气，"是的，是的，我梦见他了。你的故事子虚乌有，你只是想从我这里诓更多好处。你为何拿这些故事消遣我？那人和他的妻是相见了罢？你为何不给我说这个？"

侍女们发现公主心情突转恶劣，连忙上前请命："公主，婢子命人将这胡言乱语的老鬼打下去！"

公主从垂挂着厚重织锦御帘的车中探身出来："别——我才在长安为先夫荐了冥福，他在天上看着我呀！我、我要听你讲完这故事。"

八

尊贵的公主呀，没有人比你更清楚，虚无的梦境并不能跟现实

---

① 野悉蜜：中古波斯语 Yasmin 音译，即素馨花。

善善摩尼：唐朝西域文书故事集

本身混为一谈，哪怕二者之间确有联系。老朽的故事还有很长——

从此赵义深仍旧继续着商队护卫的日子。从昭武胡人的河间，到西域的于阗与龟兹，再到中原的长安与洛阳。得来了钱财，他便浪迹于各处酒馆中买醉，甚至为了一场赌局或者争夺某个漂亮的胡姬，与陌生人大打出手。

他本可以再寻一处唐土的城市落籍定居——那时公主的父亲，英明的高宗皇帝便对流民有此恩旨，可赵义深早已把自己当作了行商的一员，放弃了平凡的家庭生活。

逝去的时日有多久，连赵义深自己也算不清。但他总能回忆起一种野悉蜜花水的气息，那是胜娘临别时穿着的新衣上的气息。当他最终发现，这气息并非自身幻觉，而是从怀中的纸笺透出时，眼前也渐渐浮现出了胜娘的身影，她说："会有人为我植一棵安石榴花吗？"于是赵义深想起了自己许下的诺言。

如今她已经出嫁了罢？若是没嫁，大概家人也在为她相看郎君了。她一定是个温柔淑贤的贵家女郎，再不是那个骑在骆驼上满脸泪痕的孤女了。她一定早已忘记了那个带她一路从洛州行来的独眼的"卷毛鹳鹳"。赵义深想起同她分别的情景，便深感后悔，他为什么要装成英雄的模样，不顾她的哭声，头也不回地离去呢？

若他现在回去，她会取笑他么？对了，对了，现下正好是在安国，他可以带一棵安石榴花回家去。如此这般，他真的在安国买了一棵安石榴花，为了防备途中的损失，甚至又多买了几棵。

向着日出之处，他踏上了归程，从绿洲到绿洲，也从市镇到市

安石榴花

镇，穿过狂风与沼泽，也穿过暴雨和荒原。终于，到了某一天，当黄昏的太阳向黑夜怀中坠去，星星一颗接一颗在暮色中浮现时，他再度回到了故乡西州。

时辰太晚又没有过所文书，赵义深被拦在了城门外，急得连连踱步，却不慎惊着了道上行进的车马，引得随车侍女高声叱骂，又向着车内解释："小娘子，是个又高又瘦的独眼儿。"

赵义深自认倒霉，无声忍耐着准备绕开。车内有艳妆美人疾疾探出身，略有些迟疑地看着他。赵义深便挪不动脚了。

"胜娘！"他惊喜地喊道，"胜娘，你记得我吗？"赵义深伸手指向盲眼，突然万分感谢自己异于常人的那只失去的眼。

"义深叔！"美人发出一声惊喜的叫喊——可以说是毫无淑女风范。她忙乱着吩咐仆婢停车驻马，提着红裙走下车。

赵义深快乐地喊道："我来看你啦！这段路真的好长，好长！"

胜娘又哭了出来。

"你还是那么爱哭。"赵义深这回没作迟疑地用大手拍了拍胜娘的肩，她的泪珠沾染着脂粉滑落在赵义深手上。赵义深只得不好意思地背过手："你如今多美！但是——如今贵人都得涂这么厚的脂粉吗？你为何这般冷，该多穿些衣裳！"

"这红裙好看吗？"

"好看，好看，咱们胜娘穿什么都好看。"

"我是专想穿给你看的……我让人先用安石榴染了一遍，又用红花再染了一遍。这法子是我自己琢磨的，谁也没告诉，别的夫人、娘子都可羡慕啦。"

"我一个粗人,哪里懂这些?"赵义深连连摆手,看着胜娘一面拭泪一面笑,他又说,"你再哭,我便抢了你的钱财,把你扔在道上,让你被豺狼虎豹叼了去当晚饭。"

两人相视着笑了。

"义深叔,我如今回姑母家呢。来看看罢,我与阿郎好好招待你!"

"不了不了,我还有事呢。明日一早我再来府上,有好物什送你。"赵义深闻言再度踟蹰退缩,狼狈不堪地连连摆手。

胜娘没说话,却紧紧牵着赵义深的衣袖,不让他走。

"胜娘,明日再见罢。"

胜娘只是低声哀哀地呜咽着。

"胜娘,你怎么啦?是郎君欺负你吗?别怕,我现下就去替你出气!"赵义深卷起了衣袖,作势上前。

"是你欺负我呀!"胜娘狠狠拉了他一把,"你一去连半分音信也无,我……我很担心你,"又怯怯地央求道,"我要你现在同我说说话。"她仍在抽噎着。

"胜娘,可犯不上忧心你阿叔。"

"……"

"那我讲些过去的趣事与你听?"

"嗯。"

"我前不久去于阗行商,路上可遇到匪贼哩,一路被逼到了悬崖边上，一个不慎便跌落了下去。"赵义深满意地看着胜娘惊怕的神情，"待我在下面醒来，却发现崖底竟全是玉石。可这时阿叔又犯了愁，若是背着这沉重的玉石，我便攀不上去了呀。"

"钱财都是身外物，义深叔没事才好！"

"这可不是你义深叔的做派！命不能丢，财货也要得！我正犹疑，却见崖顶抛下无数屠宰好的牛羊，玉石碎块就沾到了血肉上，转瞬又有几只巨鹰盘旋而下，抓住了牛羊往上飞去。崖顶又有人用箭矢石块将巨鹰吓得抛下牛羊飞走。我想明了其中关节，便也裹上一包最好的玉石，把自己绑在一头牛底下，由巨鹰衔上了崖。原来这是于阗特有的采玉法门，却让我给撞着，发了大财。"

"可你为何……"胜娘将信将疑地看向灰头土脸的赵义深，他显然不是衣锦还乡。

"我用玉石换钱，请全商队的人喝酒，喝得好痛快呀。可惜喝得太醉，第二天醒来发现玉石全被偷走了。若是遇着那窃贼，看我手上的刀容不容情！我不骗你，若不是想着你要出嫁了，要来看看你，义深叔可没脸回西州了。"

过去赵义深总是沉默寡言，哪怕在商队里听到过胡人们天南海北的"胡"吹，可他自己从来没说过一句"瞎"话。但是现在，他拾起了他早已荒废多年的说话技艺，试图哄胜娘开心。

胜娘只是眼含着悲伤，努力装出笑的模样点头。

赵义深哪里知道，早在数年前分别时，连他清瘦严厉的脸上的一道道刀疤，胜娘都倾慕得很呢。见识了他击退马贼的刀法，她甚至认为，那只盲眼也是他在千万人军阵中取敌将首级，才不慎留下的英雄记号。

"你要好好休养，一定不要急着来看我。"胜娘只留下这么一句话，便又由侍婢搀扶上了马车。

马车开动了，马车走远了，赵义深仍痴痴地站在那儿。直到有巡夜的士兵来驱赶，赵义深才走进城墙的阴影里，高声大笑几声，又偷偷地拭起了泪。

九

太平公主心满意足地点头，又似觉察自己先前还在发怒，在垂下眼睑的余光里，发现地面伏跪的老人大胆地抬起了头，他甚至尝试以目光投进她的眼中。

公主只好转头，说："你何必讲这些呢？我只关心我的花树——不对，不对，若是那人为她将花树种在了西州，便是你在哄骗我！"

十

睿智的公主啊，这便是故事的结局了。

自从傍晚同胜娘见过，赵义深一直在笑，笑得比他先前所有行商路上的还要多，笑得令旁人都觉得身上发寒。公主可以想象，那

安石榴花

是一个从来阴冷沉默的人，突然用起了早已运转生涩的面部所产生的笑容。

过去，赵义深来到一座城池，总是会在客舍休歇到第二日半晌，才懒洋洋地起身。这天他在西州却早早起来了。带上了珍贵的安石榴树，要先送去胜娘府上。

他凭着记忆走到曾经与胜娘分别的那处宅邸门前，焦灼不安地搓着手转悠，只有按住怀中那张旧纸才能定下心来。他已预备好，要凶神恶煞地把那娶得胜娘的幸运小郎君训斥一通，让他害怕，从此不敢有负于她。可是这样会不会吓着胜娘了？她如今已是不沾尘土的贵人，自己会不会令她蒙羞？

在这时候，有个一身白衣的小侍女探问："客人是为我家的丧事来的么？"

"谁的丧事？是太夫人殁了么？"赵义深摇头思索着，"难怪胜娘要与夫郎回来……"

"就是我家小娘子呀！"小侍女哭丧着脸，"小娘子才十八岁，去岁才与人议定了婚姻，今年便要出嫁的——可她总是郁郁的，再后来就一病不起，七天前便没了。"看着神情愣住的赵义深，她继续补充道："小娘子死前还说，要穿着一身安石榴花染的红裙走。否则，她怕有个人认不出她来。"

赵义深突然觉得胸口仿佛被刺入了一片锈刃，这比被沙匪的刺刀刺到心畔、大难不死的那回更痛。于这钝重的刺痛中，又升起了一种令他羞愧却又如释重负的情感，轻快地将那片锈刃拧旋得更深，搅得一片血肉模糊……

啊……是胜娘红裙的颜色。

赵义深很久以后才知道，如今在唐土的丝绸，无论是染作绛红还是浅茜，无非是用红花染或苏方木染，却都已改换了新法处理染液。如此染出的衣料便愈发艳丽华美，甚至坊间有了"猩猩血才能染就真红色"一类怪吓人的传言。但胜娘的红裙同那些都不一样，是细细用安石榴浸染一层黄，再缬染一层红，显出翻卷盛放的安石榴花纹样来。

那是女郎枯死的恋心的血色。

后来，洛州贩运丝绸的商人很多，但总有一位商人手上的红色丝绸最为出色，甚至得来一位皇后的重重褒赏。人们传言，皇后之所以成为皇后，就是因为她旧日以这种丝绸裁制的一身石榴红裙引来了皇帝的怜惜。

没隔多久，京洛间的妇人都穿起了这种颜色鲜明如血的石榴裙。

十一

老人的故事到此为止。

太平公主叹了一声，不再追究，吩咐扶老人起身，移树之念就此作罢。

"险些做了一桩憾事呀。"公主眼中泛起浅浅涟漪，"我那皇帝阿娘，怕是也认得这棵树，听闻过这故事。"

安石榴花

善善摩尼

□語□□
四娘先初学畫四娘□念光所為

序

这是在唐开元年间，具体的年份可记不起了。对西陲的人们而言，那年份甚至已从老者的记忆里消失了。

在那时西州的高昌城里，有过一位麴氏夫人，作为大唐安西都护府副使、上柱国张公的妻，自身也有着金城县君的封号。她的夫君家族为敦煌张氏，源出中原南阳或清河，移居西陲后，依旧作为百年衣冠盛族而存在着。在过去高昌国麴氏的王治年代里，这家族与宫廷婚亲相连，世代出相；随着高昌举国宾唐，在大唐治理西州时，仍有许多张家子弟称誉于官府，他们也仍旧与旧王族麴氏联系着姻缘。可惜不幸，张公因抗击突骑施战死。彼时麴夫人与亡夫不过度过了十年岁月，还正是容貌艳丽的时候。可为了未长成的子女，她拒绝了自家父兄为她谋划的再嫁。

张公与麴夫人育有一子一女。长子在本族同辈中行四，当父亲去世时,他才不过七八岁。常言道,家中无学子,官从何处来?夫人唯恐他重蹈亡夫之路,为他延请名师,希望他未来考取科举功名,得任高官。然而过度的热衷总是适得其反,少年对读书产生了极大的厌恶,更加梦想着父亲的战场。一等到州府悬点士卒,张四郎便自请从军去了。铸剑本来杀仇人,怀珠本来报国士。同族长辈的忠告和母亲的泪水,都不能使怀抱着为国远长征、争得名声、平定叛乱梦想的少年就范。麹夫人不得不妥协。当张四郎与母亲和还梳着双鬟的小妹九娘告别时,他只是催着奴子备好行李,牵马上路,满不在乎地将母亲的嘱咐抛诸脑后。从军一去在远,恰似鱼沉雁杳,不数音问,麹夫人只能常常在家独自叹想爱子信息,或是与官家女眷们同往佛寺礼拜,奉纳财物,以祈庇佑。

没过几年,正逢唐军与突骑施大战,张四郎竟立下军功,蒙朝廷策勋数转,成为不大不小的勋官。麹夫人知晓爱子平安,心中乐极,在四郎归家探望时,却又暗怀着希望,愈加流露出希望他归乡实任职官的思虑。唯恐事有参差,也因此为他定好了婚姻,娶来了敦煌大姓宋氏的小女儿。然而成婚未久,四郎再度厌弃了烦冗的案牍,寻了一项安西都护府的差使,仅在家中留下书纸一封,自往碎叶边地从军去了。丈夫气力全,视死亦如眠,家中却遗下麹夫人与新妇宋氏两个女子暗自垂泪,徒把征衣裁缝了远寄边隅。与大多数虔信佛法的西州人一般，她俩默默承受着自己的遭遇，以为强者富人必定前世行善积德，遭遇邪恶的人必也有其因缘，理应受罚。

若张四郎是麹夫人前世的冤孽，那么小女儿九娘定是前世积德换来的福报。

九娘年已十五，青丝双鬟绾在脸畔，尚未及笄^①上头梳髻；柳眉长长，不必再添黛绿；脸上天生一双笑窝，无须再点假靥。九娘爱笑，如她长兄一般开朗，待人却更温顺些，即便对家中仆婢也温言细语。九娘这样的性子，虽可说生来如此，却也有一些是敏于体察世事、可怜她母亲的缘故。母亲总是思虑着儿子的前程，不知不觉便忽视了小小的九娘。九娘亦曾背着母亲流过许多次眼泪：自己无论怎样孝顺着母亲，都难得能讨得母亲一句关怀。而这些温柔慈爱，是麹夫人不吝付与爱子的。

别家女儿八岁偷照镜，长眉已能画；九娘那时却爱读书，曾偷偷扮作侍书的奴子随兄长前往族学。四郎厌弃日复一日的抄写先贤经文，索性将笔墨付与九娘，九娘竟向教书先生题诗一首："竹林青郁郁，百鸟各自飞，今朝是假日，且放阿郎归。"先生笑言九娘有才，麹夫人听闻却动了怒，再不许九娘碰儒家书册。在麹夫人看来，养女终将嫁作人妇，不用科举自然不必习文，唯有养儿才

---

① 及笄：女子年少时梳双鬟发型，成年许婚后则要以簪子将头发绾起在头上梳成发髻。

善善摩尼

能有晚年寄托。但九娘仍是温柔开朗、善解人意的,她早早看透了母亲的不幸,背面泣过之后,仍旧一次次原宥了母亲。在兄长从军之后,也总是默默承受母亲的迁怒,试着以笑言来缓解母亲的忧愁。

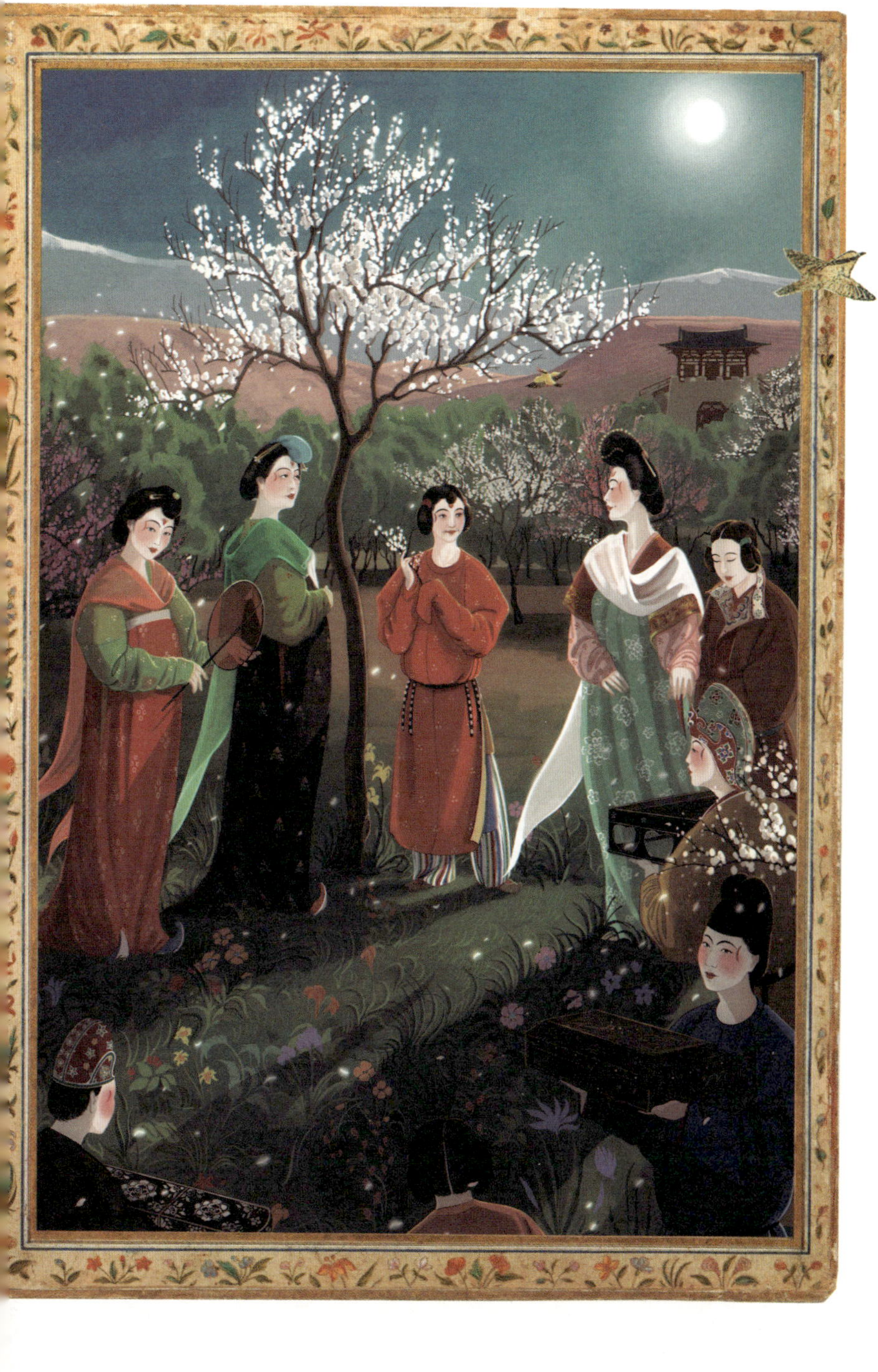

春之卷

花宴

北望西州，荒芜的赤山与终年积雪的白山群峰罗列。

云张白幔，向白山峰顶抛下甘露。山北的融雪自日光照射的山巅石岭急流而下，在葱郁山林与连绵牧草地中汇集成溪，层层缓降至山间谷地，与北风吹来的大雨汇作洪流，涛涛流出山口。而在山南，融雪所化的山溪尚未汇流成河，已在砂石地中深深下潜，直到山脚才渐次涌出，平缓流过赤山间的窄仄峡谷，滋养出西州的片片绿洲。

凡是从东方中原来西州的人，自伊州走伊吾道，或自沙州走大海道，饱览沿途莽莽群沙、千山万碛的壮美景象之后，面对高昌这座丰饶的绿洲，往往会产生一些思念故乡的心绪——井渠如棋路铺展于城外，成行的白杨与桑木将田地与沙碛分隔，水气混着草木清香随风而来。葡萄园在道旁延伸向远，园内枯藤初泛浅绿嫩芽，预示着夏秋时节即将要到来的丰裕收获。春来桃花

善善摩尼

水①汛涨之时，田地与果园间的农人们忙于灌溉，仍与中原类似。但劳作其中的多是女子，男子大多从军去了。

往北是北庭，望西是安西，由彼方行来的异国商队在此暂歇，又预备着奔赴千里之外的长安，驼铃终日摇响不绝；而戴帷帽乘马出游的本地女子亦腰腿劲健，胆大心平，一骑快马驰过，身姿依然妥帖雅相。

白日里城门毫不悭吝地向异乡人敞开着。因土地无雨，城中百姓房屋多修作土屋平头；但在官府与富贵之家，仍是以采伐自山北的松柏修筑起唐式的房屋连瓦接椽，只是为求在炎热时节多一些荫凉，修筑得屋檐更宽广些；各处里坊亦与中原同制，只是穿梭其间的街道更狭窄些；佛寺的高塔、三夷教②的小庙零星四散，至于城东北，则全然是昭武九姓胡人聚居的胡城了。

在高昌城的狭街上，固然时时可以见到一些俊秀的男女。女子莹白的面上贴花钿、绘斜红；鬓发虚虚拢起，青丝在头顶结成倭堕髻，或再用绢帛散绾出回鹘式包髻；罗衣里衬着波斯锦或蜀江锦裁就的背子，裙上撒满各式夹缬折枝花草。男子面白有须，英武爽朗，着有色织绫袍衫，腰带装缀金银或鍮石③打造的小物件——他们自然是有了官身，不必从军的。

---

① 桃花水：桃花开时河中涨起的水。《汉书》卷二九《沟洫志》颜师古引《月令》注："仲春之月，始雨水，桃始花。盖桃方时，即有雨水，川谷冰泮，众流猥集，波澜盛长，故谓之桃花水耳。"出土于库车都勒都尔·阿护尔遗址的《唐掏拓所文书》即记有唐某年二月间桃花水涨，恐推破堤堰情形。
② 三夷教：指当时的三大外来宗教祆教、景教、摩尼教。
③ 鍮石：黄铜，音译自波斯语"tutiya"，当时常用作低级官员腰带上的饰物。

仲春欲半，西州的风才带着暖意，在城外芳园骀荡，逐走了残存的寒冬。李花再白，桃亦趋红。各处绿桑荫中停靠着车马，树下草花盛放如锦毯，城中士女为赏花冶游宴乐早已牵起帷幕、铺设地席。锦障四面合，光色两边披。天上是风吹遍树，花合花开，障内是红颜绿黛，处处相宜。

那一处开得最盛的杏花下，麹夫人感受到春光的明媚。

在高昌那些延续数十年、百余年的果园中，这棵杏树并不算年久，它的树干不过是比妇人丰盈的臂膀略粗些。犹记得多年前的秋日，夫君即将带队远征，离家前为她植下这棵杏树。"待杏花开时，我即回还。"次年春日，麹夫人唯恐大风将花吹尽，竟使家中奴子日夜守护，又命婢媪缝制帐子罩树……虽那年盛放的杏花有无数朵还不曾结果便已为春风吹落，虽那人冰冷无声的归来带给亲人的唯有无尽苦涩悲恸，这棵杏树却在夫人多年精心看顾下迅速地生长起来。

树干在与夫人同高之处开始分出枝梢，再抽出数个纤桠。纷繁的深红小蕾从其上发出，有的还未绽放已随风吹落，有的逐渐绽出白花，花瓣因风飞满空中，下如细雪片片。

昔时那满怀着痴恋等待归人、身量纤纤如春日杏花般的妇人，如今也成了碧衣紫裙的雍容官家夫人。可看着身上这样高贵却黯淡的服色，哪里比得上身侧青春年少、绿衣红裙的新妇宋氏？她那翻玩团扇的纤手，此前才初为人生的花环攀来第一枝花，如今不过初

善善摩尼

尝别离滋味，仍可细细思忖着去采撷眼前的一花一朵，还不知未来编结完成会是哪般模样。只是算来人生都一同，一般萎尽一般开，小夫妇俩未免仍是自身故事的再度重复……

见着天花漫飞，片片沾衣，想着与爱侣别面已久，眷恋实深，二人均不免感慨系之。

唯九娘并无这些忧思。她正是一个爱娇少女应有的打扮，乌发梳作垂在耳畔的双鬟，身着朱红圆领缺胯衫子，彩缬条纹裤下踏一双线鞋；虽还拘谨地扶着母亲，眼光却已四下寻着素日里交好的闺友女伴了。

"阿娘，阿姊，薛十五娘也来了！"她惊喜地指向一架由三花马牵引、装饰辉煌的马车之后。原来是西州长史唐循忠的家人亦到此赏春了。彼处一个高髻艳妆的美人正由婢子扶着行出花荫。她听闻有人说话，转颈扬面望来，见是九娘一家，便露出喜色，扬声道："年年张家园里的杏花都开得比官园里的好。"

薛十五娘年纪十八，是西州长史唐循忠在长安所娶的侧室。她素与九娘交好，此刻也上前见过。众人互道"胜常"[①]，照例序一回礼，对着满园融融春光，听了会儿枝头的莺啭。

麹夫人问道："薛娘子见过长安的春色，还看得上西州的么？"

"这株杏花极好，临风濯濯，有不胜罗绮之态。只是——"薛

---

① 胜常：唐时女性见人时的问候语，又写作"昇常"。

善善摩尼：唐朝西域文书故事集

十五娘先是连声应和，又以团扇托腮，细细思量着说，"此花若生长在长安曲江百花丛中，未必引人顾盼，到碛西方独见丰神，为娇花弱柳所不能拟。"

麹夫人对这答话颇为满意，却又打趣道："小薛儿可是在自夸？"

十五娘随夫来到西州之后，一度有年纪更长的官家夫人自矜身份，瞧不上为人侧室、以色侍人的。然而长史那贵为崔氏女的正室夫人不愿舍弃长安繁华而随长史来到大唐西陲，十五娘便如平妻一般持家，将长史府打理得井井有条，加之她又同旁的官家夫人一样，有朝廷封赐的命妇告身①，她也便得了众人敬重。

至于宋氏、九娘这般的年青夫人、小娘子，也常常同十五娘亲近——毕竟若是都城长安的仕女有什么新妆式样，在西州准是在薛十五娘面上先见着。后来长史府上几次有长安来信，更有了一种奇怪传闻，言说昔日宫中某位贵人亲自为宫人赐婚，才将这位十五娘指给了新中科举的唐长史，从此在西州再无人敢轻视她。

十五娘闻言先是大笑："夫人可是让我再夸一夸你家杏花？"接着以扇半掩了面，扇沿上露出盈盈目光看向九娘，又霎一霎眼，不再言语。

"阿姊看我作甚？"

---

① 唐时亲王及五品以上高官除了娶妻纳妾，在妻妾之间还可以有身份较高的侧室"媵"，置媵同娶妻一样要上报朝廷，或直接由朝廷赐予，她们也同正妻一样拥有正式命妇身份。

善善摩尼

"有蜂子往你面上飞！"十五娘假作正色地诓九娘，待九娘惊得跳起来、连连叱问"哪里、哪里"时，这才用扇在九娘肩上轻拍，嗤地举袖掩面笑了，如娇憨少女一般，而不像长史家掌事夫人的模样。略一思索，十五娘又道："我可还能听懂那蜂子说话呢！我亦念与你听：

春来觅芳树，都卢①少物华。
试从香处觅，独此可怜花。"

"真坏呀！"九娘吃吃低笑，"我再不信你了！"

十五娘却转头指向那开得正好的杏花，向麹夫人与宋氏问道："拙夫侄儿唐荣，亦在西州任上，如今宅中唯有惨绿。长史还想让我问问，张家可愿赐花一赏？"

"这有何难？我教人移……"九娘才待一口答允，身后静听的麹夫人心中触动，翻起一念，向宋氏使了个眼色。宋氏微怔，转瞬有些了然，忙上前轻拉九娘衣袖："园中那么多杏花，为何偏是这一树？这杏花可是昔年你阿爷种下的，怎能让你随意去赠人？"

麹夫人却颇有兴致地向十五娘道："既长史有雅意，张家自不吝惜。可若来惯了这杏花的黄莺问起'我家在何处'，我便回答不了呀。"又看向九娘。"总是要问过你那都督阿叔才好。"这话说得

---

① 都卢：唐人俗语，"通通""全都"之意。

低声，却仍能教十五娘听着。

九娘颇有些疑惑地挽住母亲的手。"一株杏花，哪里需要劳烦都督，更何况——"又转向宋氏，"当初都督允了阿兄从军，阿娘便拿出了做长嫂的威风，驱车到都督府上，将阿叔训了一通呢！"

在大唐几朝天子治下，安西战事频频，为夫为父的出征在外，高昌城中自然只能以妻女主持门户；直到开元天子时，天下趋于大定，一众老少郎君仍习惯于听取家中娘子吩咐。高昌红粉在家中安排造请逢迎、衣食游乐，在官府里为夫诉屈、代子求官，便宜行事，当仁不让。高昌人无论士庶，都对此见怪不怪，唯有几个老儒学究才对此愤怒不已，"世风日下、世风日下"地咒骂不停。即便如此，对以孤贞寡弱之身担起持家重任的麹夫人，他们仍抱有敬意："高门出贵子，好木出良材。听闻在张家，尚有贤德之妇，尚有秀丽之女……"

随着九娘年岁渐长，慕名而来的求婚者众，试图一亲芳泽的纨绔儿郎也总是不少。幸而张家威势尚在，纨绔们并没有更进一步的勇气。现下九娘叔父张君任西州都督、舅父麹公任庭州别驾，两位长辈都不愿薄待麹夫人，想着为九娘寻一位好夫郎、成一桩好姻缘，以慰麹夫人之心。

于是此时麹夫人略含嗔怪地看向女儿，叹气道："杏花总是要离枝呀。"

"杏花、杏花……若杏花能簪在阿娘的鬓边，离枝又有何怨？"九娘折下一小枝杏花，踮脚为母亲簪在头上。

善善摩尼

麹夫人面上的愁思略减："你同小薛儿去玩罢，我有阿宋陪着。"见九娘面上显出欢喜神色，仍不忘加上几句训斥："只一样，九儿你不得诳了阿薛去作弄人！上回让唐家侄儿攀树替你摘花，摔伤手臂，可是劳你都督阿叔亲自去赔罪！"

九娘面颊羞红，踏地背过身去。十五娘忙相助言道："那是他自己献殷勤，可不是九儿求他！"又拉过九娘臂膀，"快走快走，官园里秋千早已架好，一众闺友就等你啦。"

宋氏含笑扶过麹夫人："站得有些乏了，我扶阿家①去略作歇息。"

暖日和风花带媚，新晴几处缚秋千。

一众娇娥中，有的心存畏惧，只敢在秋千侧畔垂手而立；有的已先将肩头披挂的纱帔束住，系紧了罗裙，预备着等友伴下来，便轮替攀上秋千。在纷乱花光下，翻飞裙浪中，佳人妙影浮现，琐绳金钏响动，惊呼笑闹连连。其中属一身袍袴的九娘最为胆大，两臂紧紧攀住秋千索，微微侧身向十五娘喊道："姊姊，再推高些！再高！"待到身影渐出花梢之上，仍是满不在乎："我可不怕！"

玩得累了，几家女眷亦吩咐了婢媪，将分散于各家私园中的毯席共携至官园中来。这座官园遍植桃花，原是西州都督预备留下宴客的，今晨才由十五娘前去交涉，划出一半给女眷，四面环绕起帷

---

① 阿家：即"阿姑"，婆母之意。唐人"家""姑"两字读音相同。

帐，与另一半宴饮的官吏隔开。宋氏扶麹夫人同来，待树下张设了台盘坐席，各各落座。

这时候，十五娘唤身畔胡婢擎出一立泥金木鸟架来。只见一只羽毛雪白的鹦鹉立于其上。"这是长史前些日自兴胡[①]手里得来的鸟儿，名唤'雪奴'，会念《心经》呢！"不只那些童女、少女艳羡，几位夫人也围拢来赞道："长史待薛娘子有心。"友伴的夸赞引得十五娘面上满是自得笑意。

"锁在架上太可怜啦！"唯有九娘叹气，更低声与十五娘说道，"若是我家阿兄，定然还会说，若在寺院里被阿师逼着成天背经书，简直如泥犁地狱一般罢！"

十五娘素来与九娘玩笑惯了，并不以为忤，只略嗔道："如此轻慢庄严伽蓝的话，也就九娘你敢说！"

九娘嘴上毫不客气："可那《金刚经》里也说了——若菩萨作是言，'我当庄严佛土'，是不名菩萨。"

十五娘念一声佛，白她一眼："你是辩才无碍，可哪里知道，这鹦鹉原是自小娇养，离不了人。如今由侍婢精心看顾，总比放了出去让它白白死去好呀。"

九娘闻言有些怔怔，只抬手逗弄鹦鹉，并不答话。

趁此机会，十五娘暗暗向友伴使了眼色，悄然牵起一条画罗长帔盛起桃花落英，向九娘兜头倾下。

[①] 兴胡：从事商贸的胡人。又作"兴生胡"。"兴生"有"贸易"之意。

善善摩尼

"好哇，阿薛你又作弄我！"九娘惊得疾疾站起。

"我是看那落红踏进泥里跌入沼中，未免太过可惜；唯有九娘这样的玉人儿，才堪收将这桃花！"十五娘连连拍手。

帷帐外男子宴饮处，恰恰一部龟兹乐工奏起了《春莺啭》。已有轻薄男儿借着酒意，对内放言调笑。只听一个少年青涩的声音念道：

只今桃李正堪攀，所恨枝高引手难。
愿君垂下方便叶，袖卷将归看复看。

十五娘低声道："那便是那蜂儿——我家侄儿唐荣，自从去岁花宴上见你一面，就如痴了一般，如今他只央我隔着帷帐替他指出你的身影来。若等他托了长史、都督亲自上门求亲，看你如何与你阿娘说去！"

九娘这才想明了先前言语关节，羞得满面绯红，恨恨道："叵耐① 我好心待你！你竟打的这主意！你自嫁你的西州长史，我却瞧不上那些薄媚② 子弟儿郎，情愿守着我家阿娘，偏不嫁，偏不嫁！"

九娘佯作发怒，绕着花树追打十五娘。十五娘大笑，一面跑着，一面随口出辞：

---

① 叵耐：唐人俗语，可恨之意。
② 薄媚：唐人俗语，又作"白面"，放肆、无赖之意。

青丝鬓绾脸边芳,退红袍袴厌罗裳。

妆楼常伴阿娘语,何日横波认玉郎?

她身系一围长裙,自不如九娘身着袍袴便宜跑动,一急便跌在花下铺起的厚毯上。

"好阿九,你放开我,饶我这回罢!我手上银甲掉啦!"十五娘只得求饶。九娘正欲放手,却听着帷帐之外,先前的少年又换了故作沉痛的语调高声诵道:

不须推道委人猜,只是君心自不开。

今夜闺门凭莫闭,孤魂拟向梦中来。

九娘面色愈红,抓住十五娘手更不肯放开。苦得十五娘连连向外侧安坐与人谈笑的麹夫人求救:"太夫人,阿九这般不饶人!"

麹夫人亦笑道:"跑得有些薄暑了,你俩好好坐下,饮些酪浆才是。"九娘这才作罢。

便有婢仆上前,奉上盛装着酪浆、饴粥的琉璃杯,这都是在深井水里浸过的冷饮;少顷,又有五色饼馂热腾腾地盛在彩画木盘里呈上,这是仆婢采来各样春花合入牛乳与面团中蒸制的热食。

九娘随意把春风吹乱的发丝撩在耳后,挑了喜爱的吃食坐定,又刻意提高了声音口占一诗:

善善摩尼

美人林里趁鸦儿,银甲花间不觉遗。

忙忙借问娇鹦鹉,鸟鸟衔将与阿谁?

十五娘正低首饮酪,闻诗"嗳"了一声,眼波一横,看着九娘大仇得报的神色,也跟着笑了。

锦缬

高昌城官署侧畔的长街深处，便是张氏一族聚居所在里坊的大门。与高昌城别处热闹的里坊不同，这里似乎一眼望去唯见冷寂。但这才是城中正经世家模样：建筑悉皆仿自中原，规制与主人官爵相符。而张公与麹夫人之家，更是宅院深邃，门庭规矩谨严。

院中长廊四注，两侧循墙屋舍是仆婢所居；中堂小楼则是主人日常起居之处，屋坚椽固、碧瓦参差，檐下垂挂蜀地细竹编起的长帘，棂窗内掩起帷幔与屏风，隐约可以得见室内的一角净案雕几。张公战死后，中堂寂寞多年，直至几年前九娘兄长张无价娶妻成婚之时，才再度喧闹，又因主人从军而再度回归寂寂，留下新妇宋氏独宿。

这家中也遵循世间规矩，在爱子成婚后，麹夫人便将中堂留给新婚夫妇，迁往背阴的后宅北堂，安心教养东面妆楼所居年少的九娘。

宅后园囿中，有从穿城而过的满水渠截流引入的一湾庭池；池水为白日映照，连池底石子都让人看得明白，水中游鱼来去，全如虚浮空中。池畔花木葱茏，景致秀雅。

自九娘的闺房挑起帘帷，掀起绮窗，得以窥见苑中植有玫瑰树的一隅。这丛玫瑰，是张公自远方携来的枝条扦插所得。那时九娘尚在麹夫人腹中。但待这纤条终长为荆棘密丛并年年盛放之时，九娘已在窗前立起书几，开始抄写经文——那是她发愿为亡父抄录的百部《称赞净土佛摄受经》之一。

自出生起，她就只见过自己的母亲。

第一次知晓别人家的父亲不是自家母亲室中摆放的神主牌位，也不是妆楼前的一丛花树，而是活生生的人时，九娘的确有些震惊，然而，只是震惊，并无多少悲伤或苦恼。

从前的事母亲不愿多言，对九娘来说，那个长久出征在外的、活着的父亲，同家并无多少牵系，他的死也是扑朔迷离的，未给家中生活带来多少改变。倒是从此再无温柔只剩严厉的母亲，令悲愁渗透了九娘的心。但是，九娘在母亲身畔，说的全是母亲能听懂的话，那些不愿让母亲明白的话，都只说与这丛花树听去。

时人以为："才思非妇人事。""妇人识字即乱情，尤不可作诗。"麹夫人并不愿九娘同她兄长一般读书，却愿意教授女儿识字诵经。起初，九娘诵读这些冗长经文的乐趣，不外乎因文字中有她未曾见识过的广阔世间。初识学问滋味，她学得很快，但麹夫人未赞女儿一句，不希望她因这可能只是孩提时期的短促天分而自傲、骄矜，那不被认为是身为女子的本分。

在兄长成婚时母亲清点出的中堂旧物中，一帙五卷的《西域记》最得九娘之心。据说这是玄奘法师亲笔所书的旧稿，又专遣人赠与昔年留居长安的麹夫人的祖父，最是珍贵，就连长安那些古寺名刹中也仅仅收藏有法师高徒所录的传本。她白日里在母亲面前是乖顺的女儿，伏在几案前一字字工整地抄写经文；待家人皆寝静后，九娘又悄悄燃起灯火，立起书几，一心不乱地展读起法师大胆的"冒险"笔记。前些日，一帙十卷的《大慈恩寺三藏法师传》注本也由怜爱着侄女的都督张君寻来，摆在了九娘的书几上。

但现下九娘的心思只在窗外。这是个风日清和的好天气，镇日长闲。三月煦阳透过花影，一枝玫瑰的长条，许是为着端头绽放的繁花负荷太重，垂在窗下轻摇。九娘搁笔，倚窗探看，发现玫瑰树下的苜蓿草开了花。

麹夫人总是以庭院中高大的玫瑰树为荣，与麹夫人要好、来访张家的妇人，也常常剪了玫瑰的枝条带去，却少有人注意到这树底无数细茎擎起的羽叶中，每年春日都会探出一簇簇不显眼的紫色小花。苜蓿草的小小花叶随风而曳，上有白蝶低低飞舞，投下浅浅影子。

"好似西州的云映在原野里啊。"蝴蝶勾起了九娘心中的淡淡愁绪。天上的云多被西州北面的白山阻隔，即便偶尔有孤独的云跨过白山向西州飘来，也是淡如鹤羽一般的轻影，转瞬便在日光里消逝了。

正在这时，身后有慈蔼的声音响起："小娘子可是抄经累了？

善善摩尼

歇一歇,来食些果子。"是老侍女阿麹捧着一台食盘进来。阿麹本是麹夫人的陪嫁侍女,如今作为九娘的傅姆①,便将全部的忠诚给予了小主人,更尽心尽力地弥补着她母亲所欠缺的一些慈爱。

阿麹坐在九娘身畔,随手将食盘放在书几上,盘中盛着早已剥好的松子、杏仁、扁桃仁、阿月浑子诸种果子。

九娘面上笑窝盈盈,露出默契的喜色:"阿姆怎知儿想食扁桃仁啦?"

"我可是还记得,小娘子幼时将扁桃误作了桃子,咬一口涩得直皱眉呀。"

"儿那时不知道,这果肉虽苦涩难啖,核里的仁儿却甘甜着。就像过去阿娘吩咐那么一位疾言厉色的傅姆来,九儿却不知晓她待人这般好。"

阿麹闻言,眼中满是欢欣,满脸皱纹也随着笑意舒展开:"谁教那小娘子无限堪怜许!老妇人可就严厉不起来了。"

九娘倚着阿麹的肩,柔声道:"九儿也长大了,便该由她为阿姆剥果子吃才是。"

"这如何能成!咱侍奉人的手也就罢了,小娘子的手伤着可不好!"阿麹握起九娘的手,连连絮叨起来,待摸到九娘手上握笔处的薄茧,更是心疼,"从来贵家之女,只需训习礼仪足、针指②

---

① 傅姆:辅导、保育贵家子女的老年妇人。
② 针指:唐人俗语,即针黹,缝纫刺绣的手工。敦煌词中有"训习礼仪足,三从四德,针指分明"。

分明，便可聘得良人、一生荣华稳便，哪里需要如小娘子这般辛苦哟！"

"儿看这些并不觉累，倒是在针线上总会怠懒些，"九娘捡一粒干果喂给阿䴗，"劳阿姆每回在阿娘面前替我掩饰。"九娘虽在一般小事上显得温顺随和，内里的性子却极有主意。这是连䴗夫人也不知晓、唯有阿䴗记在心上、时时忧虑的。

"哪家的小郎君堪配我家九儿啊！"阿䴗不由暗叹，但面对九娘的天资，这份担忧也总含着自豪的甜意，"若在阿武婆①那时，小娘子定能考一个女秀才，也如上官昭容那般位列朝班！"

随着九娘渐渐长大，阿䴗开始担心有登徒子觊觎自家所宝爱的少女，偷偷买通了婢子递进那些写着轻薄话语的书信。于是她在往帐台后已燃得空空的灯台里添油时，装作毫不在意地侧眼看向书几。

那儿搁着一纸书信，其上字迹显然是出自男子之手。阿䴗不顾掩饰面上露出的惊讶，径直走到几旁，将信举在眼前，直到看清封上题写着九娘表兄䴗清的姓字，这才松一口气，但仍是皱眉道："是京中䴗家来信，婢子怎也不报知一声？"

"阿姆莫怪，是阿娘方才拿过来的。听闻随信还寄赠了不少长安的珍罕物呢。"

"䴗张两家世代约为婚姻，阿清亦有十六岁了罢？咱只记得他

---

① 阿武婆：女帝武则天。唐人号其为阿武婆，这是时代背景下的蔑称。

善善摩尼

五六岁时,可生得比别家的小娘子还美呢!算来他随父往长安多年了。"窗外花枝晃得日影重重,阿麹起身拉下了细竹帘子。

晴光仍从帘隙里漏进来,晃得九娘红脸低头。九娘心中浮现出了阿清的身影。那是童年时的阿清,因为面目生得太好,在寺中法会上被众位夫人画眉涂唇,化妆打扮成奉佛龙女的模样。那时同岁的九娘,却因扮作男儿随兄长去读书,被母亲发现训斥了一通。

"他亲娘早丧,也不知晓在长安时后母待他好是不好……"

"也对也对,阿清自幼多病,哪里能……"阿麹又暗暗思忖起可供九娘挑选的婚约者。

事实上,九娘正忙着将自小积累的敏锐思绪填入《西域记》文字所记载的广阔世界当中,对男女之情并不算在意。就算是情书,也无人自信能平安无事地送到张家小娘子手中——因为阿麹总是能觉察到蛛丝马迹,在婢女们还未进入闺房时,就将诸如系在花枝上的诗笺、压在麦饼下的字纸之类扔出去。试图为外人传递消息的婢子,会被阿麹叫住责骂:"你等不知道小娘子将来是要嫁给高门大姓吗?至少也是长史、将军之辈家中的儿郎子呀!若不是……罢罢,若再让撞见,老妇人自唤了保见[①],将你等发卖与兴胡去!"

阿麹没有说完的是,因着九娘的叔父张君、舅父麹公一个爱文,一个好武,互瞧不上对方为九娘所挑中的婚约,一见面总是争执不休;麹夫人似乎也觉得九娘年纪尚小,故一到此事便闭口不

---

① 保见:订立契约时所需的担保人和证人。

谈，九娘的婚事便迟迟未能定下。

九娘在阿鞠面前拆了缄札："我念信给阿姆听罢。"

信中如此写道：

谨启者，料想碛西遐塞，戎境枯荒，地不产珍，献无奇玩。遣赠京中土毛，香殊妙意，色异鲜华，才非密丽。谨奉上黑漆涂弹弓一具、绿牙拨镂把鞘刀子一柄、角弓并漆画柏木胡禄一具，愿不弃粗陋，检纳为幸。谨遣数行，不尽意。

麹清　谨具

九娘没念几句，已变了神色，拧眉将信揉作一团抛向窗外。纸团却又教竹帘弹回了屋内。阿鞠连忙起身，将信纸拾了回来："老妇人不识得几个字，阿清小郎君说甚惹得小九生气啊？"

"表兄他……他什么都不说，才教人生气呢！"在九娘看来，阿清也染上了京中人表面谦恭识礼实则傲慢刻薄的脾性，先是嫌弃西州贫瘠，又借贬低赠物来抬举自己，却连一句寒暄也无。"长安人没一个好的！"

"十五娘不是长安人么？"

"她也没好心——她是想让我嫁给唐家那人。"九娘一时口快，待话说出便觉得有些难为情，当下心烦意乱，以袖掩面转过身去。

"难怪近日长史府上相请，无论是赏花也好，游宴也罢，你都借口抄经推却。可今日夫人邀了薛娘子来，你总得见见她。"

善善摩尼

"不见不见！"九娘索性移身躲在了锦障子后。

中堂前的庭院里，几个胡儿正忙着将骆驼背上的各色货物卸下。廊下仆婢往返跑过，脚步噔噔，器物震动。原是宋氏唤了西州贩卖各色绫锦的胡商来。各色织品已挂满了中堂和走廊。

据"那老头子"——薛十五娘总是如此称呼自家长史郎君，哪怕他还不到四十岁——说，在他烦冗的案牍中，恰有仓曹司按时上报西州货物市买价钱的《市估案》。因此十五娘总是能最先知晓各类珍罕物的市价行情，西州诸位官眷们乐于同她交好，这也是原因之一。长史告诉十五娘："现下有一批最好的锦缬来到西州。"她将丝绸的行情转报张家，宋氏乐得承情，便邀她来一同挑选衣段供裁制新衣。

开元天子登极之后，刻历节俭，各处官府早已收到《禁珠玉锦绣》《禁奢侈服用》等敕书。表面上看，关于锦绣服用的禁令，哪怕在遥远的西州也按天子旨意渐次实施，但那些官吏的眼睛无法触及女儿家的闺房之内，朝廷严令禁止的织锦依然广受追捧。更何况，哪怕再古板无趣的官家夫人，在西州市里看到一匹蜀江里濯过的新样织锦时，也总是一往情深的。唯有出行在外时，她们才会将那些以繁丽织锦裁就的背子、长裙欲盖弥彰似的遮掩在罗衫纱裙里。

几个婢子捧着一色色彩锦，依次奉在主人面前审看。两人挑中的却极少。十五娘面上有些怒忿，向堂下候着的胡商叱道："这便是你说最好的蜀锦?"

"好教长史娘子得知,这些联珠团窠、对鸟对兽的织锦,胡人王侯穿用得最多,在龟兹一匹锦就能换数匹良马呢!"堂下答话者名唤石染典,是已入籍西州的胡商,汉话说得极好,无须通译。

"你哄我呢,中原早不时兴这些了!"十五娘作恼要将手中的一匹织锦抛到堂下,却被宋氏拉住手臂劝道:"老石是西州本地胡商,我信得过他,大约总是有缘故罢?"

商路上除了那些以朝贡之名从异国远赴长安的豪商巨贾之外,更多的是石染典这般的短途行商。十多年前大食强盗闯入康居城,他与家人东迁来到西州,仍旧做起短途行商的生意,于安西境内得了良马,又往关内瓜沙二州换取锦绮丝绸。如此往复多年,逐渐积累了金财,在高昌城定居,有了田宅房舍,娶来汉家娘子,甚至谋上大唐"游击将军"的勋官称号。在西州,不拘哪一处郡望、不拘哪一族出身,只要他与人为善、在西州生活得久,众人便理所应当地视他为本地人。西州人自然是信赖西州人。

"贵人是从长安来,见多识广,难怪瞧不上咱僻地行商的物事。"石染典油滑的奉承恰到好处,十五娘面色稍霁。他又进而解释道:"因天可汗有禁,那些以中原时兴的象生花鸟纹织造的锦段都是宫中尚方所出,极为难得。蜀地的织锦全供胡人往西贩运,自然是以胡人喜好的纹饰居多了。"

"不妨挑些缬染衣段?世间女子既在外不得穿织锦,可有哪一个不爱夹缬的?染色花样既多,又比锦还轻薄。"宋氏指向中堂两

善善摩尼

侧走廊挂起的各色缬染的绫罗,又向石染典摆手道:"你且候着,我二人自去选看。"宋氏拉起十五娘,在堂前当阶蹬上了翘头履子。两人身形隐入了廊下一片绫罗的迷阵中。

十五娘翻看着一匹匹夹缬染制的绮罗,自语似的低声道:"那是王皇后还在的时候,柳婕妤家小妹创制的染色秘法,从不示外人。直到皇后生日,婕妤才献宝似的奉上一匹。我家妃主哭着闹着求天子敕令宫中尚方依样仿制,却总不得法……可如今你看,这夹缬染色之法,也遍布天下了。"

"该叫庶人王氏,亏你还是惠妃的旧宫人!"宋氏笑着提醒。

"是、是,天高地远,我可不怕她!"十五娘又拣一匹缬染散花细窠对鸳鸯的浅绛花罗往宋氏身上比画,"淑娘该制一腰新罗裙,与一领彩画衫子相配正得宜,保管让夫郎看得再不舍离家远征了!"

宋氏接过衣料,试着往腰身围了一圈,点头道:"就听你的,"面上逐渐显出小儿女半含酸涩的情态,"不过——我是穿给自己看,自己心里欢喜。我家那莽夫,终朝在沙碛里,为君王贪苦战,不知何时才得归来……就算归来了,他也不懂这些。"

十五娘却并不与宋氏同一声气、好生劝慰,而是轻推宋氏,笑嗔道:"你可知我有多羡慕你!我原也是同你一样,也该是好人家长大的女儿啊,若不是遭我祖母太平公主谋逆牵连,到了掖庭那见不得人的地方,后来怎会被赐给那老头子做妾侍?哪怕西州的官眷夫人敬我一声长史娘子……"十五娘妆饰假靥的嘴角浮出戏谑的笑,"却害长史的贤名染上溺于女色的恶声。我倒是情愿那些伪君子骂我几句败家祸水。"

"我虽是自幼聘许于功勋之家,可那年是吐蕃攻陷瓜州,我家爷娘担心战火延及沙州,才匆匆将我嫁来西州。同那人不过相见数月,他亦从军去了……与其盼他得任公卿归故里,我宁愿有长史那样解得思量处的,总想着寻来什么珍罕物求你一笑。"

"妻是妻,妾是妾,你我终归是不一样!就说那位大唐天子,曾经他还亲口赞王庶人的夹缬新衣好看呢!"十五娘又忆起旧事,低声向宋氏讲起,"那时帝后多么相得啊,妃主每回见着心里也总是惨醋①。妃主说,皇帝待王庶人,那才是正经待知心人的模样!宠召她,却和喜爱猵儿鹦鹉没甚两样,所以,她才想做皇后的。"

"现下后位尚是虚悬罢?"

"妃主早在谋划了。宫中王庶人没了,我是替妃主高兴,可我心里却觉着,若妃主也走王庶人的旧路,可怎生是好?"

听闻这宫闱旧事,宋氏一时不知如何答话,只敷衍道:"各人有各人的缘法,你我只管挑眼前的,哪里顾得千里外那许多?"

十五娘紧抓住手中花罗又狠狠撒手,望着那褶痕缓缓散开,眼圈有些红了,转而恼恨道:"是啊!我忧心她作甚?不过是皇帝说我长得像他认识的旧人,第二天妃主便择了人把我送出宫去。出宫时我哭呀,不是怨她心怀嫉妒不容我,而是我心里只有妃主一人,

---

① 惨醋:唐人俗语,原意为羞愧,引申为恼恨之意。

善善摩尼

是她把我从掖庭找出来，做了随侍的大宫人……我也说好了要一世守着妃主，就像上官氏待阿武婆那样，可她怎就不记得了呢……"

"不是时时还有长安宫中赐物到西州这偏远之地？可见惠妃还是记挂你。"宋氏简单的安慰，令十五娘面上再度露出喜色。

恰在此时，有婢子来报麹夫人前来。二人便止了谈话，走回中堂，十五娘上前恭敬道："娘娘①尊体如何？"

麹夫人答过"胜常"，由宋氏搀扶坐定，又问："阿宋、阿薛，可选得新衣段也未？"

"不过才拣择了几匹，还得劳阿家襄助呢……"

不待宋氏说完，十五娘已瞪大了眼，压低了声，模仿往日所见武官的模样，拉过她来向堂下喝问："本将如今得胜归来，要为夫人裁制新衣，你有甚新样锦绮？还不速取将来！金财不告无有！"

"啊呀，你羞是不羞！"宋氏回想起先前埋怨夫郎的一番话，满面通红，执帔掩面，低声嗫嚅道："早知、早知我便不与你说了！"

堂下石染典急忙唤侍仆捧过一卷由纸裹得严密的物事，接着做戏法一般从中抖出一段霓虹，其间更有点点金星闪颤，炫人眼目。

堂上以麹夫人年纪最长，却依然识不得这奇物，含笑摇头："这是……"

"知道胡人最擅幻戏，若能让我身畔美人一笑，自然值得千金。

---

① 娘娘：一为母亲之意，一为主母之意，这是较为亲昵的唐人口语。

可我要的是给夫人的衣段，还不速速呈上！"

"你这猴儿，倒是可与我家小九配一出参军戏①。"麹夫人为十五娘触动心事，仿佛见着自家儿郎得胜获励归来，要为娘子裁制新衣的情状，面上满是慈蔼笑意。

待婢子从堂下取来奉上，几人再定睛看，原来是一匹由深浅蓝、深浅绿、深浅红、黄、白八色丝线织出缬染般晕色的宽锦，斑斓晕色间又以金线织出无数小窠散花。虽说是锦，却极轻极薄，不似寻常以彩丝重叠密织的织锦那般厚重。

"你这奸商，是看真正的贵人出来，才肯把宝货捧上呵！"十五娘目光一亮，指着石染典笑骂，又看向麹夫人，"我想起来了，当年在长安宫里，我看着妃主也有一腰这般质料的长裙。"

宋氏却皱眉低声叹道："可惜有朝廷禁令在上，于我辈而言，只能是'衣锦夜行'了。"

"虽看着绚丽如锦，却是昔年妃主命宫中尚方巧妇创制，以织绫法织出呢，又寻了波斯所献的金线另行织出散花，哪怕比织锦烦琐数倍，不在朝廷锦绣禁令里，便算不得犯禁，不必忧心。"十五娘先是得意，又面色一凝，"……这织法怎也流出在外了？"

宋氏与十五娘想到同一处，心中一跳，颇觉不吉。见十五娘愣住，忙又开解道："这般好的衣段，想是惠妃亦赐了你不少，往日却藏着不让我等瞧见，也不赠一匹与我！"

---

① 参军戏：唐代剧目，两人相互问答取笑的滑稽表演。

善善摩尼

"若让你裁得了天衣飞上天去,太夫人与张将军可是要恼恨我一世!"十五娘已稳了神色,滴水不漏地将两方都抬举了一通,又接过衣段在宋氏身际比画,"裁一腰长裙是够了。若以此裙作衬,再系一腰单丝素罗或春水绿罗的笼裙在外,便是宫里惠妃'恩泽胜旁人'的法门了。"十五娘说到此处,满眼是追忆故人的倾慕之色,让宋氏仿佛可以想见,昔年随侍在贵人之侧的小宫人那娇憨自得的模样。

宋氏又向堂下问话,石染典却是只得此一匹,再无多余。于是吩咐管家才伯与石染典交割财货,支分了金财,将一匹匹选定的锦缬移入库房,又向麴夫人道:"小九也快及笄,该制得新衣了。郎君远征在外,我不宜穿用太过,还是小九用这彩晕织绫合宜。我与阿薛另挑些锦缬,便也罢了。"

麴夫人点头叹道:"我那去就乖野[①]的儿郎,总是苦了你。"宋氏也有些黯然,不知如何答言。

见两人沉默了半晌,十五娘又道:"我今日来,还得向太夫人讨个赏!"

"且说来听听。"

"城外新辟了球场。我要寻几个闺友建一支马球队,阿宋和小九总是要来的。若是司马家张夫人同别驾成公家小娘子那支球队来问,可不许应下!"十五娘的语气显是志在必得,"无论大食国还是

---

① 去就乖野:唐人俗语,形容人行事无礼,举动不得体。

骨利干国的好马，要贩运去中原，总是走西州过，我早已让长史留心了。"

"这……我愿意试试，我在敦煌时也与友伴玩过，"宋氏向十五娘点头，又面带迟疑地看向麹夫人，"可……"

"你同九儿去罢。你阿家若是年轻些，也是要在球场争一番胜负的。"麹夫人喃喃道。

善善摩尼

礼佛

四月八日，已在高昌城中举行过洗佛行道的盛会。

各座佛寺无论大小，都将佛像以绮罗、珠玉、供花装点一新。前方扮作天王的高壮武士齐声吆喝着："行道！行道！"僧众簇拥着装载佛像的轩车随后，驶过街道，一路高声诵经；随后的一列列彩车上又有富贵之家专请人来演的《弥勒会见记》《须菩提因缘》等诸本佛家剧目。车队行经各大街巷，从清晨入夜，各式花巧，看不胜看。

贵家出身的清信女不大愿抛头露面去人潮中瞻礼，此后几日里也总是要吃斋念佛，沐浴更衣，专程往寺中一趟。

时值晚春清晨时分。

空中弦月下落，初升朝日渐露光明。耸峻晦暗的远山已然亮起，山巅积雪消融。新兴谷水奔涌，输往高昌城外井然畦陇间的清澈渠流。日光映入荡漾水波，碎如满天繁星。

一位高坐在桃花马上的年青丽人行出高昌北门。她的白绫衫子饰以紫绿点染散花；绿罗裙上则缀满衔着细嫩柳枝的雀鸟。出行时自矜于世的艳衣丽裳，历来是西州女子的人生大事。她们用红粉、钗梳虚度着时光，再在翻身上马时，用挂有短短纱幕的帷帽将这一切掩盖——妇人们妆绘面容，有时单只是为揽镜自照的；头上的帷帽自然有彰显官眷身份、不令外人窥看之用，而衣裙上繁复的织纹却又是她们乐于面向外人展现出的、闺中最细微的心思与神情。

这戴帷帽的女郎并非独自一人，身后跟随着扈从们——两个随侍婢子，两个侍马奴子——各各骑马或乘驴。此次行程亦是早早与婆母说过，她要去崇福寺上香，祈愿夫郎早日回还。

一夜难眠，前日她已将家中一切安置妥当，直盼得开启坊门的晨鼓敲响，才得以行出城外。依朝廷制度，城中住家无论吏民，傍晚暮鼓响起时就得回归城中里坊，紧闭坊门，即使是在高昌，也不例外。但如今白日才拨动光阴的第一条弦，为时尚早，她还可缓缓策马。

城外是一片绿野平畴铺展开来。田野里满是嫩绿秧苗，其间田垄也都覆盖着成片紫碧色鸢尾花丛。在绿洲边缘则有着成片的虞美人草，浅粉浓红的一针针绣入大地起伏的衣褶。

道路左畔，春日果园中桃花燃起的灼灼红焰早已熄灭，徒见青条吐叶。东面沙枣树的暗绿叶丛满缀银绒，仍令人回想起寒凉的夜霜，但明亮日光已在其中泻下碎金，热烈地攀上尘世之春，变作无数金色小花，在清朗微风吹拂下摇漾出浓郁香气。

善善摩尼

女郎驻马向北，极目远眺。

在连绵荒芜的赤山后，可以隐约看到西方白山雪峰耸起的身姿，峰顶有淡紫的细云浮出；与之相对，东方耀如黄金的朝阳正快速升起，逐渐将层云染红，将白山群峰的轮廓照映得愈加明晰——沿着日光为群峰所嵌的细细金边，一个气势庄严的侧脸瞬间真切地显出：舒展的眉峰、挺直的鼻梁、轻抿的唇……她不禁合起双掌，向伟若神佛般的山姿虔诚礼拜，直到那面影又随日光升起，还原为连绵山脉。

"阿姊，现下时日尚早，我怕有些冷，便将袄子带上了。"随侍的婢子中有人上前，为女郎披上了外衣。

女郎闻声一惊，回首揭起帷帽纱幕，原来正是张家四郎的新妇宋氏。她长眉微蹙，急道："九儿？你——你怎能偷跑出来！"身后两个身量相当的婢子中，苏合避在一边偷笑，而原应随行的兰叶却变作了自家小姑九娘。

"阿娘要我在家做针指，好没意趣！"九娘快活地眨眨眼，"家中有阿姆替我掩饰，阿姊不必忧心。若阿娘发现了亦无妨，我是师出有名，要替阿兄看着这天仙似的阿姊，不教她找回羽衣飞走了去！"九娘素来心思敏捷、善解人意，见宋氏面色不豫，这才有意玩笑。

"我可是忧心你！"宋氏语带无奈，终究还是宽恕地笑了，伸指点一点九娘的额头。九娘现下扮作婢子，身上常日里穿的苏方染缬绫衫子由红花染布衣替去，足下编线履也换作了皂布靴子。即便张家的仆婢都作为彰显门第高低的摆设，着饰与寻常百姓不同，可她那一双清明如泉的眸子与一头柔亮的乌发，哪里是婢子能有的？

我自己，宋氏回想着，几年前也同她一般啊……

如今，自身与那懵懂朦胧的华年早已断离，父母亲将她交托给那狂夫，他并不知晓她的昨日，又匆匆地从军去，亦不了解她的今昔。一想到这烂漫少女也将成为新妇——她阿兄可愿她未来的夫郎这般抛下她么？宋氏有些恨恨地想。

但她转瞬为自己这念头羞赧。她决不容许另一个如此这般的莽夫，娶得眼前这已是她至亲挚友的少女。

"好阿姊，我一定好好的，不会扰到阿姊礼佛。"九娘见宋氏失神，以为她正思索着将自身送回，忙上前牵起宋氏乘马的缰绳祈求。

宋氏这才掩饰似的含怒向苏合与捧鞭、逐马的两个奴子斥道："打脊奴子！若小妹有什么闪失，不待阿家作恼，我便不轻饶！"

"都是我的主意，阿姊何必同小奴辈的置气？"九娘策马走近道旁，略略俯身，伸手折几枝沙枣花递与宋氏。

宋氏正取过帷帽，欲要戴在九娘头上，又觉终究是与她的衣着不相合宜，反倒引人注目，索性自己也不戴，将其递与苏合拿着，只将一枝沙枣花簪在鬓边——听闻现下在都城长安，女郎无论士庶贵贱，出行都是靓妆露面、全不避人；在高昌，帷帽虽还盛行不衰，也不过是为遮风掩尘罢了。

穿过赤山前的漫漫平原，清晨残留的凉意渐渐消失。几人加疾

善善摩尼

策马，直到驰入山间的新兴谷中。

赤山的峡谷很多，大多是由北面白山脚下的水流积年累月冲刷出来，两岸是深陡险峻、赤红如火的岩壁，谷底却有潺潺溪水滋养出一片苍郁草木。而新兴谷属其中最美的一处。

河谷中遍布西州人开垦的葡萄园，园中有傍着浅浅溪流、依着桑荫的屋舍，溪边有提壶带罐汲水的妇孺在谈笑玩闹。一架架藤蔓攀缘的长棚绵亘不绝，直延伸向山谷深处。架上绿海叶盛枝繁，腾涌如浪；来势汹汹的光矛刺过叶间，也只能在浪底柔柔地散作点点光斑。

沿新兴谷前行再转西入宁戎谷，于沙枣花香中行廿二里。一路行来，上有槐榆接荫，高树蔽日，下则杂花掩映，草径如绣。道旁时时可以见到清澈的小池，它们并非照映青天的一面面明镜，而是由地底深泉涌成，不断轻吐着气泡。

不待催促仆婢，九娘已在一泓泉水畔翻身下马，解下鞍上所挂的漆胡樽，盛满清泉，饮了一口，又递与宋氏。

甘甜的泉水抚平了宋氏一路行来的倦意和心底的烦躁不安。

谈笑间入山渐深，崇福寺已在眼前。

山门前有驱鸟沙弥守着，将车马拦在寺外，引着来客步涉前行。

寺庙修筑于河谷西岸赤色峭壁崇岩上的显望处，朱漆丹涂的山门辉映于日光中。向内望去，能看见绵延陡峻的石砌台阶后同样制式的中门，依在三重峭壁上的堂、塔、伽蓝与深嵌入山岩的大阁。

檐铎摇风，琅琅作响。五色彩绘的栋梁已初见斑驳颓态，但这仍是一处使人想起经文中所述庄严净土的地方。

这里是昔年西州尚为高昌国时，麹氏王族罄舍珍财所建。但这已是遥远的过去，其后百年，崇福寺经山风野火摧残，几度毁作残垣断壁，又几度复建。后来仕宦于唐的麹、张两家，依旧以赀财供养着寺中供灯纤细的火苗。

春日曾宿在高昌花树下的黄莺，现今畏惧日光转烈，亦已移居寺前的茂密绿荫。它们被寺僧喂得驯熟，并不惧来人。有人走近，叶底仍是绵蛮隐现，呖呖鸣啭不绝。

布施飞禽的细粮早已备好，宋氏取一些举在身前，柔声呼唤："快过来，我这儿有好饭食。"

果然有一两只大胆的鸟儿从林间迅速飞下。待九娘惊喜地上前，它们噣食几口又扑扇着翅翼遁走了。

"打起黄莺儿，莫教枝上啼……"宋氏凝望着树影，忽地有些不乐，偷偷侧身用帔角在眼下轻拭。她望向林间的一泓山泉，看上去不过是泉流映入眼中罢了。

九娘觉察到宋氏眼中的郁郁神色，却不便去安慰她，只是说道："阿姊，你听黄莺啼鸣的声音，像不像是在重复说着'法华经、法华经'？"

"为何？啊——"宋氏侧耳听去，脸上逐渐有了笑意。

"我曾见有的经文上说，女子是修行者的灾星祸水，不得救赎。心下疑虑，难道女子中便无一个修行高深的比丘尼？同样是供奉，

善善摩尼

清信女便不如清信士？可知那大抵是什么'胡言'——不对——乱语作伪窜入了真经。"九娘绞着手指，眨眼道，"提到信女同男子一般，同样能够得以救赎的，便是《法华经》呀。这话由我这小女子口中说出，听上去像自夸，不过，这可是天竺的佛亲口认定之事。"

"一雨所润，其泽普洽。这才是正理。"宋氏点头，"那么，只要'法华经、法华经'地吟唱经名，也就能在此世救赎彼世的苦难么？"

"那我下一世为了好玩，也去变作一只小小黄莺，每日便在阿姊窗前鸣唱那经书的名字，"九娘笑得双肩颤动，"只怕那时候阿姊可要怨我'啼时惊妾梦'[①]了罢！"

宋氏粉面微红，倒是真的笑了，说了声"那便与你了"，把剩下的鸟食递给九娘。九娘正想讨些鸟食投喂，忙忙接过，回头见身后仆婢偷笑，才回过神："阿姊是已把我当作黄莺了呀。"

赴大阁之中，自是一番烧香散华、诵经祈祷。

供奉的愿文照例是寺僧代写，只需施主言明大意便可速速写讫。但麹夫人即便未能亲至，依旧亲自为亡夫张公仔细备好供奉、写好功德疏，托宋氏在佛前奉上。

功德疏中先是一一列举自家所做功德法事，接着如此写道：

亡夫信士张公生存在日及命过已后功德，具件如前。

[①] 啼时惊妾梦：下句为"不得到辽西"。暗指在梦中与戍边亲人相见。

信女麹氏每读经思义，恐张公心有颠倒梦想，故遣家人供养崇福寺常住三宝，屈三僧转读、恒常不绝。子张无价在安西日，已烧香发心；又已前家中，信女麹氏抄《涅槃经》一部、注子《金刚般若经》一部，新妇宋氏抄《大般若经》一帙十卷，女张小娘子抄注子《法华经》一部，亦请知。

请为诸天转知：……

最后数行墨痕为泪迹沾染，末了先是写"若思故人，托梦令知"，又草草涂去，另写道："今子女安好，阿郎不必心有恋看。阿郎须发上心，觅生天净佛国土。"

此时红日已然高悬。便有寺僧引众人往阴凉的石窟行去。

大阁两畔的岩壁上，被凿空出无数窟室，其间有循着崖壁修筑的石砌阶梯相连。其中旧日高昌国麹氏王族营造的大窟，更在石径尽头。长阶漫漫，这对于已穿上胡袍，脚登短鞡靴的九娘而言还好，苏合张罗着要为穿着裙衫的宋氏唤一架步辇，然而宋氏决意自己走上去："我在敦煌时亦走惯了路，可不是'寻常不肯出珠帘'的。"

寂静的石窟深处，唯有一盏献灯的焰火在闪烁跳跃着。待双眼习惯了昏暗，壁上无数细密的藤蔓花纹、山水风景、侍者诸天像便渐渐自沉寂中浮了出来。甬道两端绘着排作行列的供养人男女，面目都朝向宽广阴凉的斗顶洞室，他们曾经同那些寺僧匠人一样寂静

善善摩尼

虔诚地守护着佛法，却毫无后者的可贵节制，纷纷将自身那些早已被人遗忘的官衔身份与名姓题写在像旁。

九娘呼唤着仆婢陈设器什以供礼佛歇息，宋氏独自观看起室中的壁画。

那些旧日里依托中原名家粉本不断重复、描线绘色无不精好的经变像，宋氏在敦煌时早已看得熟悉。

一铺新绘的释迦牟尼变壁画却引得宋氏注目。这壁画讲述着《过去现在因果经》上记载的世尊生平——童年的异象，青年的疑虑，以及不断追索以达大舍之境的种种因果，但它同旁的变相画不同，并不勾绘线条，纯以众彩叠晕、明暗铺陈，主尊大像虽还未绘完，面目形色已现展转殊妙。

在壁侧一隅昏黄的献灯旁，一尊青年僧人等身造像的轮廓于黑暗中隐现。在突然一亮的献灯火光下，宋氏瞟了一眼那造像高健的身形和安详宁静的面容，不知怎的，感觉似曾相识。

"呀，有鬼！"九娘的惊叫吓得宋氏从思索中惊醒，宋氏也看着那造像动了一动——原来那只是个先前一言不发静坐着的僧人。

他闻声慌忙起身，不慎先是撞上了墙边支起的木经架，经卷散了一地，又踢翻了脚边的色盘，麻布僧衣染上了绘制壁画所用的颜彩。他于狼狈不堪中向来人俯身合掌，施礼致歉。

宋氏深吸一口气，想稳住乱撞的心神，却发现眼前这僧人困窘的模样实在引人发笑。偏在此时，耳畔已传来九娘的笑声："阿师怎生这般急？"

"咱们可是来清净礼佛的!"宋氏口中低声申斥,面上却也不由自主地泛起笑意,忙敛容向僧人致歉,"儿与小妹扰了阿师清修,阿师莫怪。"

那僧人腼腆低头,并不答话,只再度合十行礼,便埋头收拾散落的经卷。

宋氏坐在仆婢架定的胡床上,九娘为她捧上一盏寺中清泉浸凉的乳糜。看着角落里那人,他手中的念珠映着灯火幽微闪烁,宋氏忽地心中一动,提高了声音叫住他问:"这铺壁画可是阿师所绘?"或许是因处在窟室之中,宋氏自觉语声有点奇怪,仿佛是属于旁人的,属于几年前故乡那个爱哭、爱笑、爱问些傻话,还未做新妇的人。

僧人闻言并不抬头,说话微微口吃:"贫、贫道①画艺浅薄,让施主见、见笑了。"他的长睫覆住青眸,黝黑的脸映入光中,竟似火烧一般渐渐泛起红晕。

也难怪先前将他认作了造像,宋氏暗想,他那宽洁的额、挺直的鼻梁、轻抿的唇,是如此熟悉,似曾见过——大约是像寺中供奉的那尊健驮逻国佛像……

"从前寺里的画壁,即便是采写自长安的画本,装色也未见得这样鲜明。"宋氏握起灯盏,向壁上细细看去——一座须弥山高高耸起,山中香木繁茂,傍岸栽花,倚水植莲,又有宫殿重重依山势而建,无数天人穿梭其中,诸相纷呈,山水含赭黄、藤黄、石青、

---

① 贫道:晋唐间常以"道人""道士"指称僧人,僧人亦自称"贫道"。

善善摩尼

黛绿之彩，人物有铅白、朱砂、绛矾之色……但在当中最引宋氏注目的，是那还未绘完的世尊大像身前盛放的一朵小小青色莲花。

"这是石青所绘？不对、不对——石青之色未见这样好的。"

僧人面露惊喜，抬眼望向宋氏，又不自在地移过目光看向壁上："是石青，可、可又不是。"

"阿师这是在借譬喻说法呢？"九娘快嘴反问道。

以譬喻来阐释世间，历来是高僧大德的言语方法，可这青年僧人显然并非其中行家，只是合十解释："这同中土出产的石青和高昌炼制的黛青都不同，用的是产自西方俱兰国的金精石。"他因着急而面上泛起红晕，言语倒是顺畅了好许。"这青色独有一种阴影，好似天竺浓绿莲叶中新绽的青莲花。"

为着他那含着羞怯的眼神，宋氏忍不住又一次露出微笑："阿师去过天竺？怎知晓天竺之花色？"

那人却似浑然将身旁之人忘却，向壁静立俄顷，两眼凝神。

"你这呆和尚，阿姊问你话呢！你是天竺人？"

僧人从片刻失神中醒悟，垂眸再面向来人："唔，咱……贫道法号是，唤作利言的，龟兹人，从未去过天竺——"

"利言？你叫利言？"不待他说完话，九娘已坐倒在宋氏侧畔，挽住宋氏臂膀，笑得不行，"这是为何？这是为何！"

宋氏正饮乳糜，面对这名唤利言却讷言的人，也再绷不住面上的沉静，呛咳着笑出了声。

"——可我，我师法月三藏，便是自、自天竺来。"

"你骗人，你'胡说'！"九娘的话语满是捉弄之意。

"出家人从不妄言！"他依然红着脸争辩。

宋氏一手拍着胸口顺气，一手轻拉九娘衣袖，连使眼色。但九娘仍强忍着笑，做出一本正经的模样回他道："我不信！你就是想骗我家阿姊！"

"我可是有物证的，我找与你看！"利言说罢便不再理会九娘，回身蹲下翻找起散乱一地的经卷。

好半天，他才献宝似的将一卷经书翻出捧在宋氏面前："贫、贫道恩师，曾在天竺王舍城中迦兰陀竹林精舍修行，采一朵池中青莲夹在卷中。后来携至龟兹，贫道亦是见过的！"他疾疾展卷，卷尾却只飞出一些散碎的褐黄花叶。利言捧着这枯败的植物残片，面皮紫涨，着急难言。

九娘捂着嘴，直笑得泪水在眼里滚涌。宋氏却点头柔声宽慰："花叶夹在纸卷里，年久总会败色，倒不如采撷入画中长久啊。"

宋氏见他喉头抖动，发出自嘲的短促声响。他终于敢举目注视她，微微一笑，继而想通似的俯身，双掌合十行礼："两位施主，贫道是、是证明不了啦……"

"阿师不必如此，原是我辈长年拘在闺中无知无识，戏耍玩笑惯了，更不知此处是清净修行处，有所叨扰。"宋氏起身，亲自捧起一盏乳糜，奉在利言身前，对他连连摆手相拒如若未见。

随即，宋氏又向九娘道："该回去了。原是我辈扰人清修了。"

看着仆婢满是不乐地将刚铺开供歇息的器用物什收起，宋氏心

善善摩尼

中莫名而来的冲动又占了上风，转首向利言问："若我寻得这金精石，颜色又该如何制法？"

"倒是不难，先碾作碎块，再研细，同松脂、乳香、蜜蜡混合，加热澄过搁上几日，青色便出来了。"利言话语竟变得流畅，同先前全然不似一人，"若是画壁，用时不必注水，只需调油合胶便是。"

宋氏点头施礼致谢，两人再度静默不语。

他已坐回角落，侧身壁边，两只铜褐色长手静置膝头，再不言语。

随着九娘与众仆婢向外走去，宋氏最后一次回头，又看见他头顶剃发后泛起的青色，颊畔短短髭须留下的青色。他青色的眼眸仿佛已穿透了暗沉沉的壁画，望过无限伸向落日的大漠，望过重云彼端浩瀚的草原与山川，见到了迦兰陀竹园小池中一朵初开莲花，瓣上一粒微小的露珠颤动着……

一出洞窟，刺目的日光与岩面泛起的热气同时袭来。这地方居高临下，宋氏一阵目眩。身倾向地，忽惊觉背后有大手有力地一扶。

"施、施主当心。"那人说话依然怯怯的，却让她心慌。

眼见他的影子深施一礼、又躲入了洞窟的阴凉深处去，心中竟再度升起了难平的怅怏。羞怯的微风徐徐吹送，身畔犹有暗暗花香浮动，宋氏稳一稳发鬘，发觉髻边簪的沙枣花枝不知何时已遗落了。

山道畔的树上，有小莺在啄食才结起不久的榅桲果实，见有人来，又疾疾飞进林影里。

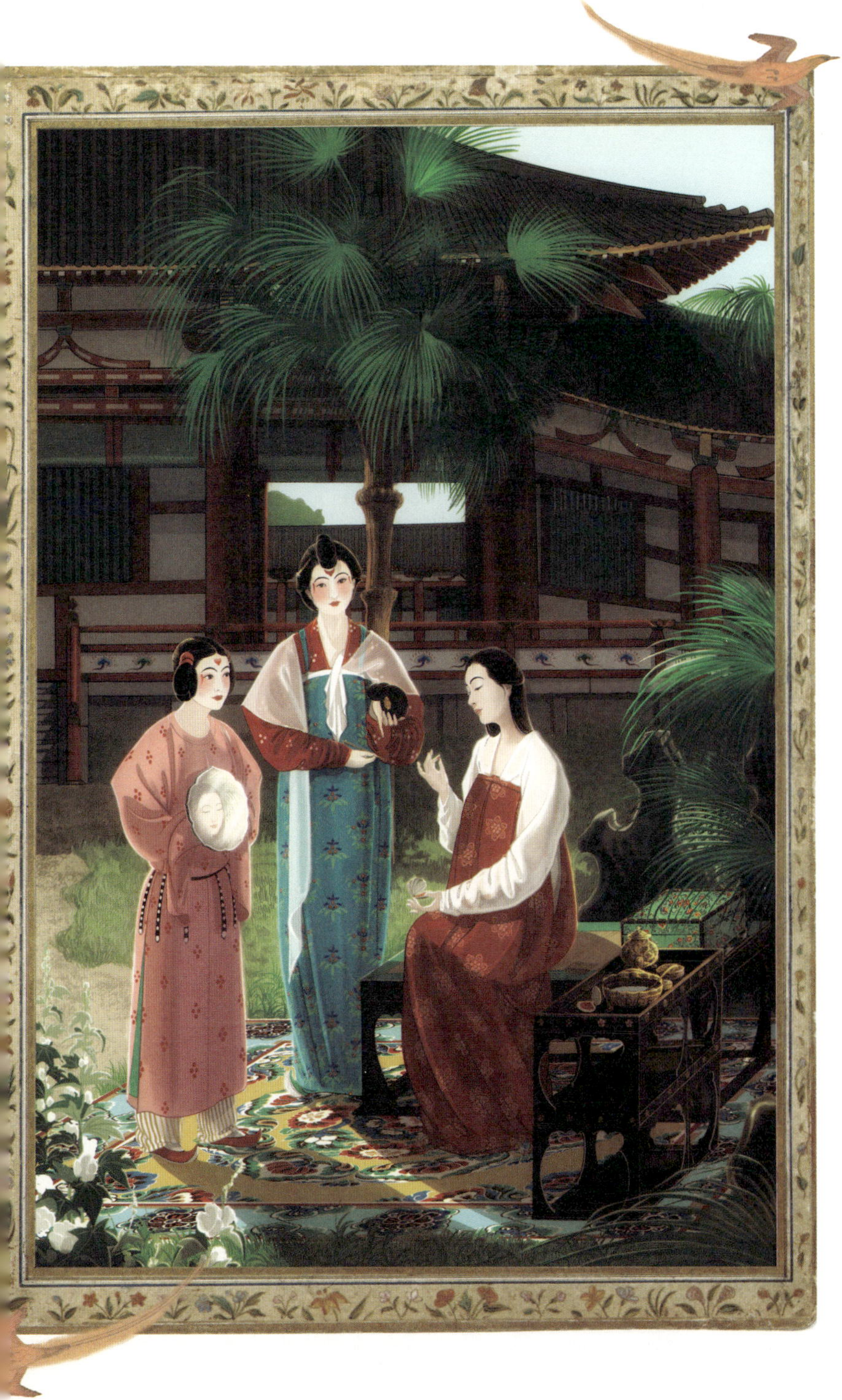

夏之卷

远客

花开能得几时。

西州的春美好却短暂。待桃杏悬起累累青实,和煦的春风转眼转为暴烈,可知已到五月。入夏后的燠热天气使西州变作了"火州"。

天色如瑟瑟[1]般澄澈明湛,无一丝云翳。那一轮金日以无限威力相胁,在一片荒郊阳炎中,水气蒸腾而起,地面好似在惶悸颤抖。飞鸟群集于早已干涸的地面水渠畔,以求得烈日尚未蒸走的最后一点湿意。偶有一两只急急飞起,反被日光所灼,坠落伤翼。

不过西州人早已习惯于此,自有应对之法——在城外地底掏挖引水暗渠,每隔百步于渠上打通竖井以提水灌溉;即便正值"麦秋"[2]收获时节,农人白日里也躲在阴凉处歇息,直到傍晚才到田地劳作。城中人除了在地面上夯土版筑、窗户狭窄的厚重屋舍,为

---

[1] 瑟瑟:波斯语 shisheh,意为玻璃,唐人用以形容青碧色宝石,写作"瑟瑟"。
[2] 麦秋:麦子成熟的初夏时节。《月令章句》:"百谷各以其初生为春,熟为秋。故麦以孟夏为秋"。

求避暑度夏，又穿地为穴，层层向下修筑。大户人家的宽敞庭院也如地穴般深挖，又架起葡萄、植上花果，使得荫凉婆娑其间。

这一日还在正午时分，高昌寂静的长街充满沉闷的热气，连平日喧闹的市坊都阒然无声，无一丝风扬起。百姓自都到家中地室中躲凉去了，偶见几个忙于庶务的仆婢行走，也是从屋舍畔一溜阴影里躲过。

遥望西州城外，寸草不生的赤山岩石本就颜色赤红，遇着日光逼射岩面，炎气蒸腾颤动，连绵群峰上竟真如着火一般。唯在城东高耸的阿育王造圣人塔侧畔，一只雀鹰展翅回翔，望向涛涛金黄麦浪翻涌如沙丘的田野——可以看到其间通往城门的大道上，一列雄壮的骆驼驮着沉重的包袱。同它们一道的却并非商人，而是一群衣饰华丽的异国贵人；其后则是一队幞头上缠红巾的唐军，端严威仪地骑在喷着鼻息的骏马上。这些马儿头细颈高，体形粗壮，毛色如金银般在日光下发亮；它们走过了干涸荒漠间的漫漫长路，才终得以触及这尚存湿意的绿洲土地，都兴奋地加快了步子。

大队人马还未进城，已闻知消息的西州人竟已纷纷从地底走出，不避烈日地聚拢在街道两畔。

"城中为何如此热闹？可是月八日①么？我分明记得，离寺里法师开讲尚有些时日。若是算错日子，可是罪过！"在庭中棕树的

---

① 月八日：每月初八、十八、二十八日，大寺开放，有进香、庙会、饭僧、俗讲等活动。

浓荫下,麹夫人刚洗过头发,一身素衣侧坐,对妆台重整姿面。头上青丝如瀑,虽因忧患而略显稀疏,却仍旧保养得宜,正由宋氏执梳整理。

"阿家并未记错,现下是那入长安朝见天子的波斯王子途经,西州百姓都愿去瞧瞧。"宋氏身上是一袭夹缬散花碧绫长裙,配着红罗短襦,臂上围垂一条素罗长帔。她从妆台上一铤红牙小管中截出一段沙枣树胶,放入盛水的小盂中调匀,再以箆子沾水,将麹夫人两鬓梳掠定型,撑起轻薄的蝉鬓模样。

"如今你阿家有年岁了,快要去见你先阿公,什么也记不清了!"麹夫人看向照映在镜中的面影,举手将挽好的发鬓稳了一稳,叹一口气,随手在妆奁中翻选着。奁中各色小小的鎏金錾花银合子、斑犀钿花合子相碰,丁零作响。她揭开手畔一枚小小的粉合,以轻絮沾粉,细细敷上光洁的面,又略略扫过胸颈。

"如今郎君在外立功,阿家还有福在后头呢!未来合该封个郡太夫人、国太夫人,如今还是妆绘艳丽些、衣饰鲜明些才好。"宋氏取出一朵盘结妥帖的义髻、一支钿头金钗,举手要为麹夫人装在头顶。

麹夫人正欲答话,却从镜中看见身后廊上一个淡红袍衫的双鬟少女疾步向外行去,蹙眉斥道:"恶月[①]里诸事不吉,前些日去球场打球才扭伤了脚,近来再不许出去!"却并不瞧她一眼,而是一

---

① 恶月:古人以五月为恶月。

善善摩尼

面端详着镜中面容,一面取来胭脂在掌中晕开,薄薄施在眼畔。

九娘本是一脸兴奋,闻言顿时有些怏怏,只得向母亲略一行礼,驯顺地上前来,捧过铜镜,立在母亲身畔:"我亦来侍奉阿娘梳妆。"

麹夫人不答言,只从宋氏手中接过钗子,抬手将义髻在额顶插定;又拾起黛块,将修过的长眉描得细弯如弦月。宋氏笑言:"那些兴胡所贩的波斯螺子黛,真不如西州自采冬蓝炼制的青黛描眉明艳。如今人人事必以西来为尚,不过是少见多怪罢了。"

九娘红了脸,指向墙外另一处张氏宅院:"我听阿麹说,如今波斯王子行经,可是都督阿叔亲迎,四叔家张十一郎就能去看热闹。我比他还长两岁,为何却去不得?"

麹夫人瞪她一眼,用幺指挑一点口脂,对镜匀出小巧朱唇,抿一抿嘴,这才缓缓道:"正因你如今已是快及笄的人了,怎还能如此玩闹?你若这般闲,不若让你阿姊教你学些针指功夫!"

"为何女儿家便要针指分明,我却偏不喜欢!"眼见母亲神色不豫,九娘又道,"若是说工巧,原本阿娘亲为龙兴寺绣的佛幡便让西州人人惊叹,信女人人仿效;阿兄娶来一个天仙似的阿姊,摇梭织锦竟如绘画一般轻易。儿却没阿娘、阿姊那镇日在阁子里静坐的心性,略绣上几针、织上几梭就厌烦了。想是怎么也比不过,与其烦恼,索性丢开,一别两宽,各生欢喜!"九娘上前跪坐在麹夫人身畔,扳住她的肩臂轻轻推摇。

麹夫人仍是斥她:"这是你哪里学来的混话!"脸上却已显出

了笑意。

"阿九惯会油嘴滑舌，不去寺里做韵文俗讲，倒是屈才了！"宋氏也掩口轻笑，转眼又择了几件素净的裙衫，问道："阿家，衣物熏香是用龙脑香，还是苏合香？若是嫌闷，暑时不妨用波斯来的野悉蜜花水或玫瑰花露淡淡洒一些。"一面随手将手中镂金香囊子并层叠绫罗衣衫递与麹夫人，一面低声向九娘道："你阿兄从军未归，我常日里懒绣停针无兴彩，闲掠丹青，也不过略解思怀罢了。"

宋氏又向麹夫人问："阿家，夏日无事长是闲，小九定然也闷了，不若我教她学画去？"宋氏本是丹青好手，九娘闺房里摆着的一架山水图屏，正是宋氏手笔。

九娘闻言，星眸一闪，笑靥盈盈，连连应好："正是。学画可不是比针指有趣些！"也不待麹夫人回话，亲昵地拉起宋氏欲走。

麹夫人看着眼前两人相携而行的背影，见宋氏仍是步履轻移、款款徐行的淑静模样，不由含笑点头；又见与她并行的九娘，却一派天真体态，三步并作两步，恨不得疾奔向画堂，只皱眉摇头不迭。

麹夫人垂足坐床，闭目稍作歇息，不久却听闻脚步疾奔而来。麹夫人心想仍是九娘，正欲斥她，却闻宋氏之声："阿家！阿家！"不由微微一怔——若她如此，莫非真有急事？于是缓言道："你且休急，慢些说话。"

"阿家，今日护送波斯王子一队来西州的，是安西都护府官军，听闻几位西州郎君亦在其中！"宋氏疾奔而来，此时还微微喘息，

善善摩尼

抬手以手巾略拭额上香汗，脸上满是喜意。

麹夫人恍若未闻——家有儿郎、夫君从军在外的西州人家，那些妇人每日醒来，横在心头的总是那么一二个远行人，但这只能在彼此面色举止处默契地感到，却无一人有勇气拿出来讲谈。她们唯有强自镇定，闲坐着度过那漫长岁月，为自己编织诸种宽心劝解的理由。哪怕暗祝三光①，以金钗占卜②归期，其结果仍如海市蜃楼般虚无。日日衣宽，朝朝带缓，万般无奈处，爱憎得失间，思恋如匕首抵住气咽。

待宋氏上前搀扶，麹夫人才转过思绪——自家张四郎在安西都护府所任，可不正是四镇要籍驱使一职？于是面上亦现喜色："这消息可真？早知我便该听你的，装饰鲜明些。如今还来得及换衣衫么？"

"阿家莫急，这消息是才伯从都督府中传来，应是不假。说是都护府官长临时吩咐下属部领护送，竟未及提前报知。"

"好，好，"麹夫人连连点头，又转而想起九娘，"九娘是还在学画么？倒也难得她如此安静。"

"研好丹青还未下笔，儿正待向阿家告知呢，她却已不顾暑热偷逃了出去，倒是能先见着阿郎。"

若是以往，麹夫人听闻是言定会发怒，这时她却笑着吩咐："快将熏衣的香炉搬出来！"

---

① 三光：日、月、星三神。
② 金钗占卜：唐时闺中女子常以金钗掷地打卦作占卜，是谓"相思卦"。

管家才伯是张家最早听闻消息的人，他与妻子阿麹早已备好了车马，等候在门外。

夫妇俩都生得干瘦矮小、面相严厉。才伯名为郭才感，因早年从军戍守边境担任悬泉烽长探虞侯的缘故，晒得黝黑；他跛了一足，据说是在冬夜里戍守烽燧被冻坏了脚。一众仆婢畏惧他，甚至私下里说，老管家之所以如此沉默少语，便是连心也在当年被冻上了。

可九娘知晓，昔年才伯亦是满腔热血的唐家男儿——雪夜三更里遭逢贼寇入侵，他不顾雪深石粗，冒死前行报知长官张公，这才冻落脚趾落下残疾。因此九娘总是待他以尊长礼，也唯独在看向九娘时，才伯严峻的面上才浮出些许笑容。

九娘不待阿麹放上踏几，已自攀上了马车，笑盈盈地说："小德随阿兄从军去，如今自也是随阿兄归来了。"张家从军的人，除了四郎无价、五郎无场，便是才伯夫妇的幺子小德。

"小娘子是要陪老夫去都督府看热闹？"才伯捻着胡须问。

"是我……我也想阿兄啦。"九娘心中充满了喜悦。

都督府上正在举行迎宾的飨宴。

一众异国来使与唐家军官都被请入了前堂。陪宴的除都督张楚珪与长史唐荣、别驾成公崇、司马杜希望三位上佐长官外，更有天子亲遣来西州市马的内宫品官刘内侍、赵内侍，两位内侍又邀了突

善善摩尼

骑施苏禄可汗遣来市马的使者。往来礼仪自有一番繁文缛节，显然离宴会结束仍需许久。

才伯向都督府外的几个仆佣问话，都称未见着张家四郎。但胄甲光鲜的守卫认得九娘，让她从侧门进了后宅。

有奴子上前导引车马，带才伯夫妇歇息。一个小婢子正要往后宅通报来客，九娘拦住她："我来看看叔母便走，不必通报啦。"

仆佣大多在前堂忙碌，都督府后宅的庭院中倒是空寂无人。

夏日午后闷热，静滞的阳光透过庭前桑树叶隙，散成千种浓淡绿光。有鸽子在叶间"咕咕"鸣叫，荫下落满熟透的桑葚。一个红发的小胡婢正倚着阑干瞌睡，箕帚都落在一边。九娘不想打扰她，轻轻迈步，走到了叔母都督夫人阴氏所在的后堂。

虽隔着帷幕与屏风，九娘仍听着是都督夫人与人起了争执。

前些日薛十五娘邀了几场马球赛，几家官眷为着预备衣衫、调驯花马、列队竞赛，忙乱了月余，彼此亦渐熟悉默契。此刻九娘却听得有个陌生少女的声音："我兄长哥罗仆禄在那边，我要陪他去。"

"曹娘子，前院是彼等男子宴饮，"都督夫人答言，"几位贵客有天使①与都督作陪，我等妇人都在后宅。"

"可我分明见得，那边的舞姬、侍婢，可都是女子呀。"

"那是些微贱的奴婢。"

---

① 天使：对朝廷使者的尊称。唐玄宗常将宦官作为使者派往西域，负责监军事务。

善善摩尼：唐朝西域文书故事集

"那么,唐人男子也是同奴婢一样身份低微,所以不配同咱们一起么?"

几位夫人、娘子闻言都笑起来。

九娘走上堂去,只见都督夫人阴氏正倚在凉榻上,身畔陪坐的有司马夫人张氏与长史娘子薛十五娘。站在堂上正中的,则是先前说话、自己不认识的胡女。

堂上正中彩画香柏木架上置一只碧玉冰盘,盘中层叠着从深井中取出的冰块,升起缕缕清爽湿润的白雾。即便如此,几人身后的婢子还是手把团扇,连连送风助凉。

"小九?天这般热,你怎么来了?"见九娘进来,都督夫人有些讶异,又了然笑道,"你也是来看那些异国来使的热闹?又是瞒着你阿娘偷跑出来罢!"

"叔母,儿可是阿娘亲遣,来寻无价阿兄的!"九娘笑辩道,又绕过那胡女,向座上几人行礼,急道:"可那边守卫我不识得,哪怕言说都督是儿阿叔,也不让儿进去。"

"无价儿郎也在护送波斯来使的队阵里?都督怎也未同我说过……"都督夫人面上讶异之色更盛,"九儿,你莫急,我遣人去前堂问问便是。这般热,你先坐下歇歇。叔母这儿有刚在深井里湃过的果子,极解暑热。"

九娘这才点头,又向尊长行一回礼,定睛看向那陌生的胡女。

"这是曹国的王女,她随她阿兄同往长安……你便唤她曹大娘子罢。"都督夫人用手中团扇点一点她,又指向九娘道:"这是我家

善善摩尼

侄女张九娘。"

九娘正欲执礼见过，却听那胡女朗声道："我的名字嘛，是叫作野那①，我是苏对沙那②的野那。"她不大流利的汉话里夹杂一串奇特的胡语音节，听起来像是唱歌一般。

九娘心里有些愕然，毕竟——女儿家谁会轻易将闺名说出呀！再注目细细打量她，转而又为她的亲切所感染，也回以温和笑容："你叫我阿九罢！"

野那算不得美，或说算不得九娘所熟悉的那种美。唐式美人总是姿容迤逦，丰腴的腰肢与面庞，长眉细目，眼波如星暗转；而野那太瘦了，又高得太过，挑扬的浓眉下一双杏眼目光炯炯，麝香色的鬈发并不梳起发髻，而是盘结发辫、密结珠络、缠绕锦带，披垂在胡袍的织锦宽领上。她是一种直截了当的明丽。

"识得了新朋，便忘了我这旧友么？"见九娘看野那看得愣神，十五娘从旁打趣道。

"是呀，自从那次打马球扭着脚，阿娘便把我拘在家中，我快闷死啦！"九娘毫不相让，扭头径自归坐在野那身畔，"有的人也不知来救救我！"

"我哪里敢！谁不知你家太夫人最最谨严？"十五娘连连咋舌，"倒是因为你，连阿宋也不去了，害我少了一员大将，实在可恨！"

"敌队那位成公慧娘，不也随她阿娘去北庭避暑了么？"

---

① 野那：Yanakk，粟特人名，意为"挚爱之人"。
② 苏对沙那：即"曹国"中古音译的汉字写法。

善善摩尼：唐朝西域文书故事集

"暑热难耐，便也都散了，好没意思。"十五娘从身后缓缓挥扇的婢子手中夺过团扇，疾疾摇起风来。

"哪有你二人这样，把远客抛在一旁，自顾着斗嘴玩的？"都督夫人嗔怪道，"我是见惯了倒也罢了，却让张夫人与曹娘子看了笑话。"

"曹娘子预备几月入关呢？"张夫人关切问道。

"我全听他的。"野那明快地答道。

"朝堂上那位，最乐得见这些穿着彩锦的胡人在庆典上做点缀。"十五娘冷笑了一声，"你们总得要赶在来年正月前到。"

都督夫人已为客人谋划起来："东去即是莫贺延碛，如今正炎蒸得紧，一路风沙晦暝，热坂难冒，如何行得？还是凉秋之后，方可渐行。算来时日却也足够的。"

"真好啊，我也想同阿兄到四方看看……"九娘轻轻叹道。

野那用明亮的双目盯视九娘，大笑出声："我才不跟阿兄去。我同我的好人去！"又以坚定的语气说道，"他去向何方，我亦相随。他生我亦生，他死我亦死。"

"呀……"面对野那的直白，九娘脸红了，不再答话。

"你的好人，是前堂尊坐上那位么？"十五娘倒是饶有兴致地问野那，见她点头，又道，"我也听长史提过，那年突骑施苏禄可汗与波斯王勃善活联军在乌浒水①南对抗大食，凭这位王子智计，

---

① 乌浒水：Oxus，即今中亚阿姆河。

善善摩尼

取得了几次胜仗！"

都督夫人却疑惑问道："我去前堂看过，那波斯王子分明是个黑脸长身、眉目英悍的武人，哪里像是个智谋百出的胡诸葛呀？"又怕野那听了作恼，忙道，"大约他的智谋是用在调兵遣将上，不是我辈妇人能看出来的。"

野那并不发怒，反而欣喜答道："可我偏生恋着他，改不了啦！"

恰在这时，听得前堂一阵摔杯与刀剑之声。

"怎听得前堂乱纷纷的？那些武官喝多了酒，也不可在远客面前失礼啊！"都督夫人疑道。

却见阿麹有些惊急地走了进来，向众人行礼后道："我家夫人遣我来迎小娘子归家。"也不待都督夫人答言，便拉起九娘往外走去。

"阿姆，我还想再同……"九娘正想撒娇再多留一会，阿麹脸上却一丝笑也没有，只将九娘向外拉，低声道："听话！"

直到将九娘带上了马车，才伯驾马驶出都督府，阿麹才长舒一口气，连连感叹："吓煞人！还好我同你才伯去问过，咱家郎君并不在此次护军之中！"

九娘听得疑惑，阿麹却又摆手："这不是你听得的，你晓得郎君安好无事便得了。"

天近薄暮，红色天光渐退。

善善摩尼：唐朝西域文书故事集

麹夫人在家中坐立难定，胸中烦闷。一炉香尽，又更添香，才闻车马之声，便牵住宋氏向外迎去。却只见马车上下来九娘一人。

"你……你阿兄呢？"麹夫人语气颤抖，眼里几乎要淌出泪来，仍是强行忍住，满怀期冀地往车后望去，却并无哪个骑马的身影在后跟来。

九娘别开头，面色沉沉，咬着下唇，一语不发。

"你不是去都督府寻你阿兄吗？"失望、痛苦、恼怒自麹夫人口中说出，她还有一丝希冀。

宋氏见状略微迟疑，上前握住九娘臂膀："是未见着他？"

阿麹忙上道："小娘子累了，我送她去后阁歇息。一切请娘娘听老郭分说罢！"

待阿麹拉走了九娘，才伯这才向麹夫人道："遍寻郎君不见，同乡从军的几人亦不知郎君去向。不过，宴上出了极大的差错，那几个约定同朝廷市马的突骑施来使中，有人在宴上拔了刀子，要刺杀波斯王子。虽几位贵客无恙，却杀伤好几个护送的唐军……万幸郎君并不在其中。"

"这……难道安西又要起战事？"麹夫人有些惊惧。

"未必真就是突骑施人。极可能是大食人混入挑拨。"才伯宽慰着，又叹气道，"都督原想留下活口审问，却教朝廷遣来市马的刘内侍一刀给斩了。"

"我那无价儿郎……"麹夫人喃喃道。然而寂无音信总是胜过忽闻噩耗，"还好，还好，安西在在处处，相隔甚远，许是长官另

善善摩尼

有安排，出行在外……"心中虽不再经受焦虑煎迫，但转念间忆起分别之时，自身已不经意用了诀别语气，再三言称会好好照料他年轻的妻室，却忘了嘱托"愿早回还，平安相见"，于是心中惊痛，亦复涕咽："可他怎不托人给他的母妻寄来家书？"

原先失神惘然木立着的宋氏上前，握起麴夫人双手："阿郎定会平安归来。"就仅仅听闻了这一句简单的安慰，不啻雪中送炭，麴夫人再也忍不住，失声地哭出来。

"阿家累了，请早些歇息罢！"

拂过衣衫的夜风，将相互扶拥的二人背影吹得长长。

隔了长久，才听见宋氏在无可奈何的心境中付之一叹。中堂上铮铮响起几声零落的弦音，细听琴曲，乃是近年长安传来的《想夫怜》之调，原本唱词已属凄异：

夜闻邻妇泣，
切切有余哀。
即问缘何事？
征人战未回。

此时纯以丝弦奏出，幽怨绵长。

近友

拜启：

违径数载，思暮无宁，比不奉诲，夙夜惶悚，惟增恋结。

仲春顿热，不审阿娘尊体何如，妻、妹平安好在不？

伏愿起居胜常，寝膳安和，伏惟万福。

无价久已离家，去西州经今数载。随身衣物并得，充身用度亦不乏少。今者被节度使简点充行，四月一日发向北庭。归回西州之日近。

山河两碍，制不由身，谨附启不宣。

谨启

收到儿子张无价来信的时候，麹夫人正忙着吩咐仆婢为从长安远道而来的侄儿麹清安置住处。即便一切琐事都要一一过问，但她仍空出了半日，将宋氏与九娘唤到中堂读信。

临启尺素，中心养养。看那潦草的笔迹，像是抽空匆忙写成

善善摩尼

的，所记的内容，也不得要领。麹夫人却两手捧信，翻覆看着如宝物一般。因不知爱子行在何处，无法立即回信。好在有张无价的随行傔人小德从安西都护府归来，还带来了张无价为家人准备的若干财礼。除了各色异域土产，竟还有一只乖巧的猞儿随在。

全家人总算都暂时安了心。

小德颇有其父才伯之风，年少时曾在路上被突厥匪贼劫去，又探得详情再施巧计逃出，使天山军掌握先机抵御敌袭。因此后来小德跟随张家郎君同去从军，众人都少些担忧。此番张无价发往北庭，身畔没有自家可靠的傔人，麹夫人未免又悬起了心。小德反复保证："北庭可要比安西安稳得多，大可放心！"然而话未问几句，他又被九娘求去庭中讲如何驯养猞儿的琐事去了。

麹夫人不太熟悉北庭，说起那里的金满城，都涌现不出多少实感。虽说如今西域平和，白山南北往来极多，甚至西州人夏日也有会越过白山去庭州避暑的，但麹夫人只去过那边一次，那时自己还是初嫁的新妇，为着思恋才私自奔去夫郎戍守的庭州。

记忆里那儿有着一座孤城面向宽广草原，天上大风往还，在旷野吹起层层绿浪，青原尽头扩展开一片浮着冷厚白云的苍天。往昔北庭时时被战乱侵扰，不过因仰仗白山北面采伐不尽的林木，被损毁的金满城建筑总是得以迅速复建，城坊规制也较绿洲中拥挤的高昌城要从容得多。

至于白山……麹夫人想起了那年夏日雨后夫郎送她从北庭返归时的所见。同山南的荒芜不同，山北的幽谷里有大片大片阴郁的森林。她看见有一棵高高挺立的松木被天火击中,松脂噼啪燃烧着,尘埃如云,飞舞着飘上空中,又摇曳着落下。

一路沉默,一开口便是别离。松籁泠泠,离愁也如郁郁青松间呼啸的风。张公温柔地将外袍脱下,披在她肩上,在耳畔沉吟道:

欲知起坐相思意,
看取山云一段愁。

"——你见着山北的云飘到西州,便当作是看到我罢!"

张公只送她越过险峻的白山归家,便要再度奔赴北庭军中。那时麴夫人不理解这是为何,当他策马走返时,她只泪眼模糊地看向他的背影,高声喊道:"我若是松柏,才不愿长得那般挺直,哪怕不被天火一炬成灰,也将为人斧戕了去拄在华堂里!"

可他只驻马回头向她挥手。

她又问:"那正值盛年便被毁去的栋梁,会不会更愿斜逸枯槁着长在崖边,经历风雪与蟪蛾?"

远去的身影依旧没有回答。

心中好恨、心中好恨……直恨得将记忆里整片白山的松林都燃作了灰烬。可她没有旁的办法,只能在西州虚度着青春岁月,数着天上难得一见的云,一直等他归来的那一天。

酷暑愈烈,在背阴的中堂地室中依然闷热如身处火宅,麴夫人却感到寒意。但在亲人面前,切不可沉浸于悲伤。幸而各人都忙着

善善摩尼

流汗，麹夫人眼畔那满怀心事的泪痕也随着汗迹一并隐没了。

一旁陪坐的宋氏，着一领薄薄的朱红纱衫，系一腰蓝染丛花细绫裙。松松绾就的黑发如曲水流泉涌流在肩头，薄纱衣袖由汗雾沾湿，微腻在丰腴的臂膀上，更显得肌肤圆柔如玉。与其说是陪坐，实际中堂后间的各类物什早已移开，唯有一张宽绢就地铺开，宋氏正跪坐在其侧畔，只偶尔与同样神思在外的麹夫人答言几句。

在孟夏时节，宋氏曾发愿要在生绢上画释迦牟尼变一铺，先是往崇福寺中求得法月大师秘藏的画样，又往各处求得种种殊妙的颜料。常见的藤黄黛绿、朱砂铅白自不消说，又有高昌的红蓝、于阗的翡翠末、吐蕃的珊瑚屑，以及据说是法月大师首徒的一位龟兹僧人所赠的珍罕深青色念珠碎片，它们与宋氏故乡敦煌所产那些琥珀珠一般的桃胶调和在一起，已淘澄出彩，分别盛在了小盏中。

如今诸般物事具备，宋氏却难以下笔，皱眉凝神看向绢面空白，有发缕散在脸畔也未觉察。

九娘也换了一身纱罗衣裙，裁得紧窄的鹅黄菱花纱衫与高束起的绿罗裙衬着瘦削的颈肩，即便有汗珠悬在额际，仍让人想到透着冷意、泛起青晕的白瓷。她不顾炎热，仍抱着已在颈上系了小铃、取名为"铃子"的长毛猁儿不撒手，径直坐到麹夫人身畔："阿娘，小德说这是拂菻[①]种呢。"

看着铃子乖巧地摇尾吐舌，麹夫人不禁也觉得愁心稍慰，伸

---

① 拂菻：唐人对东罗马帝国的称谓。

手抚着铃子的头,又道:"你可抱紧了它,莫让它蹿下来扰你阿姊作画!"

"不会不会!铃子可听话啦!"九娘正说着,铃子却已不安地扭动起来,压低声朝着堂外连连吠叫。

这时阿麹来报:"是麹清郎君前来谢过。"

麹清年已十六,之所以从长安到西州来,据他父亲寄去官府的文书中说,是要他来跟随都督历练一番。但麹夫人细细想来,阿清从长安到西州一路行来,侍奉的扈从除了沿途雇来的作人,唯有两个家生奴婢——奴乌鸡年十二,婢千岁年十三,都还是稚气未脱的年纪。先前阿清往州府递交过所文书时,更闹了仆婢未曾附籍的笑话,可见这次出行的匆忙草率。不过麹夫人转念又想,大约是后母待他不好,因此格外热心地为侄儿安置了一处宅院,添置了仆佣。

九娘闻声,只低头拈弄裙带,不答话。

宋氏已搁下了画笔,把几缕散在脸畔的头发拢上去,取下头上小梳重整鬓发,又向麹夫人道:"儿同小九整一整容仪便来。"

阿清已长成了一个俊朗的儿郎,规规矩矩地束发裹起幞头,眉眼分明,英武俊朗。他恭敬行礼拜过姑母,行止合宜,在麹夫人看来,是个识礼的少年,与他父亲在来信中所形容的那个"纨绔子弟"似乎并不一样。

"姑母,九郎……不,九娘,还安好罢?"阿清面色通红,颇为狼狈地挠头,试探问道,"不怪她气恼,我一直记着儿时那个把

善善摩尼

欺侮我的人赶跑、护着我的张九,她的名也是同张四哥一样按族中子弟辈分排,我哪里知道那是小娘子假扮的呀?有哪个小娘子会喜欢我送去的刀子和猎弓呢……"

麴夫人还未答言,九娘与宋氏已携手行出。九娘怀中的铃子仍不安地低低呜咽着。阿清怔怔地看过来,发觉自己情急之中的一番剖白已让九娘听去,不禁窘得满面通红。

九娘面上并无多少悲喜,只略嗔道:"自小一起长大,难道分隔这些年,便不识得我了?"淡淡瞥了一眼阿清,便不再看他,拉了宋氏坐在一旁,继续低头逗铃子玩。

麴清也并非无事上门,现下他已由都督安置,试守西州司仓参军,是亲来分送朝廷拨赐用以缝制征衣的布匹的。

为军中的夫郎备好各式冷暖衣物,自是当家妇人的职责。宋氏吩咐仆婢将布匹移入库中,自己在堂前看着,又匀出一些眼光侧目细细打量麴清,见他行止气度谦谨温和,也暗有了些赞许之意。

宋氏眼眸一转,忽开口向麴夫人道:"西州的白叠①熟了,我要为阿郎裁制新衣,也想买些新制白叠布。可是我如今发愿要作世尊大像一铺,持斋念佛的,不便唤胡商上门,也不宜去坊市,还得请小九替我走一遭。"又看向九娘道:"阿清郎君初来西州,必是短了衣物用度,便也让小九为他也选些衣段?"

"我才不要!"九娘连连推拒。

---

① 白叠:棉花,又写作"白氎"。唐时棉花已在西州广泛种植,所纺的布匹即为白叠布。

麹清也谦让道："我自去买些成制衣袍便是。"

虽蒙开元天子恩旨，兵防健儿所用的春冬二季衣物所耗悉由官家支给，但朝廷赐下的绢麻衣料并不合西州人心意。他们更青睐本地所产的白叠——有人说那是西州从天上藏起的云，每到仲夏，便从白叠田地枯萎的花荚中绽开来，由妇人与孩童一朵接一朵地摘下，去籽弹絮，纺作纱线。贫家的娘子会在日耕夜绩之余抽空亲手织出白叠布，再在夫郎归家时珍而重之地拿出来，依着他的足细心裁量，一针针牢固缝制成远征时换用的鞋袜；而贵家的夫人也总是忧心夫郎的丝绢衣物在铁甲下不耐穿用，嘱咐他改换白叠袍衫——那些纺织精细的西州细白叠，颜色有如白山山巅的积雪，哪怕是见惯华美绮罗的中原商人，见此也会欣羡得出声惊叹。

宋氏只好连连向麹夫人使眼色。麹夫人会意，向麹清道："阿清下了早筲，无须当值罢？我家小九出门，我不放心那些惫懒仆婢，还得劳你帮忙看着些。"

既有长辈吩咐，二人自是应下不提。

待门外车马之声渐远，宋氏首先绷不住面色，略侧脸面掩在衣袖后，低低笑出声："看来小九也到了有心事的年纪！那日我看她在诗笺上写，'清水清清清见底，长安长长长有君'，还只当她胡乱习字，今日才知，原来如此！"

"那回阿清初来拜谒，可是被小九惊着了——"阿麹抱过了铃子，模仿着麹清的话语，"九哥，九哥，你怎生变作了女郎啊？"又向宋氏道，"娘子，你是不知，阿清自小母娘早丧，过去又病弱爱

善善摩尼

哭，同辈作剧欺侮他，几次是小九护着！"

"如今九儿也大了，且莫作是说。"麹夫人笑着瞪阿麹一眼，思索起女儿的未来。

虽长史与薛十五娘一再暗示，希望将九娘聘给长史的侄儿唐荣，两家门第相当，才貌亦般配，但若从家世来看，麹张两家是世代约为婚姻，长安的来信中，也流露出要为麹清娶得张家女儿的意思。

"你看阿清如何呀？可堪与九娘相配？"她向谈笑中的两人问道。

"阿清自小没了亲娘，行事或许纨绔嚣张些，但我见他是个好儿郎。他家中赀财丰厚，继室有了亲子，难免会对他有怨言讽毁。要我看，只要新妇对他多加管束，必有上进之日。"先前在后间，九娘已悄悄将心事告知了宋氏，因此宋氏也帮着麹清说话。

"我却有些忧心，他在长安若能上进，何必惹恼了他阿爷，匆匆躲到西州来？儿郎行为人处世，终不能将孝悌二字抛却！"麹夫人难得地将话驳回，"听闻是招惹了哪家高门贵女，畏惧人家讼官，才落得如此。"

"是有小娘子一心想嫁他，他却看不上人家，哪里是甚大事啊！"阿麹私下已向阿清的随行仆婢探问得知了些内情，得意地向麹夫人与宋氏和盘托出。

"难道是他还恋着小九不成？"宋氏也有些惊异，又释然道，"难怪我见他总是躲着小九眼光。"

在高昌城西南，紧邻着朝廷敕建庄严的龙兴寺，专为市肆辟有一坊地。待得午时三百声鼓响，商众即汇集其中，直至日入前击钲才散。

哪怕同都城长安相比，西州的坊市也并不逊色。各路商队携带远方异国所产的熏香、珠玉宝石、金银器皿，穿越漫漫长路，途经西州，往更东方去贸换一卷卷绫罗锦绣。甚至更多时候，那些崭新物产在西州已能售得高价，够让商人们心满意足地回返，根本入不了关，到不了长安。

无论是波斯银币[①]、拂菻金币[②]，还是唐的开元通宝铜钱，都能在西州市上行用流通。因朝廷频频以布帛偿付安西军费，市上抱布贸丝者也总是不少。有时候更可以看到因冬夏牧场转场而从白山深处出来的突厥人，牵了骏马，赶着羊群，来城中换取大袋的盐。

以坊中那座有盖的巨大水井为中心铺开，搭起宽阔的遮阳长棚，因天气炎热，每个时辰都有专人取来井水，洒在棚间道路上。棚下则分别为各家买卖专列铺肆，各为一行，不得掺杂。市坊里夹杂着各种语言的吆喝声，但市署官吏已将诸种货物依精粗分作三等，每月旬按期估定售价张挂示众，各处买卖交关秩序井然，大宗买卖更需官府出面订立契约，寻常并不会因讨价还价产生多少纷争

---

① 波斯银币：波斯萨珊帝国使用德拉克马（drachm）银币，该地区被大食征服后，仍仿制铸造这类银币。
② 拂菻金币：拂菻使用诺米司马（nomisma）金币。

善善摩尼

纠葛。

小德将车马驻在坊外等候，由阿清伴着九娘去寻石染典贩卖布叠的商铺。即便九娘少涉市坊，仍大抵能猜出各行所在——那些本色布衣的百姓仆婢，去的多是市肆外围的谷麦行、米面行、菜子行；面带泪痕或紧锁眉头的年青女子，往往要去布衫行、驼马行为从军的阿公阿郎准备行装，而那些牵抱着童子童女的持家妇人，则是去果子行、药材行、铛釜行、凡器行，采买一家人的零碎日用；至于九娘要去的地方，只需向那些锦衣高帽、鬈发钩鼻的胡人聚集的帛练行、采锦行中寻去。

阿清穿着簇新的翻领绿绫衫子，踏一双六合乌皮履子；头上轻罗裁制、式样入时的幞头巾子由汗沾湿，他索性一并解下来，任由几缕发丝散在额际。一路上他满不在乎地吹着口哨，道旁时时有行过的女郎偷偷看他，然而九娘并未回头看他一眼。

阿清一改先前敦厚识礼的模样，用明显含着挑衅的语气喊道："九哥，你怎地不说话？走得这般火急作甚？"

九娘转头看向阿清。沉重燠热的午后日头挂在阿清身后，所以在九娘眼中，那只是个放荡不羁的模糊轮廓而已，实在讨厌。但九娘并非是讨厌他衣装举止上的失礼使自己受到了侮辱，而是讨厌阿清满不在乎的敷衍态度。也许阿清平日在家，也是在长辈面前佯作恭谨识礼的模样？一旦长辈不在，便露了无端儿乖觉的本性——若和老实听话的猢儿铃子作比，阿清简直就像是一只狸猫。

这么一想，九娘不由得要发笑，可自己脸上反倒飞起了一片红晕，只得依旧转头加快步子，一句话也不与阿清说。

"张九哥！"阿清嘲谑似的高喊一声。

九娘变得不高兴了："狸猫儿自隐①欺负，面孔终是攒沅②！你虽口舌多端，可我却知晓，你从小说谎时总是要挠头。"

"九哥毕竟与我有恩私，不愧是我的朝定③知己！"阿清大笑道。

"哪有你这样乱认朋辈的？"

"眼看着昔日相熟的锦衣公子，却变作颜容二八的小娘子，我就不由得哀伤啊！"阿清愈发放纵地高歌道：

> 只问九郎何处去，
> 因何辜负倚阑人？
> 不念当初罗帐恩，
> 抛儿虚度春！

"你不难为情吗？在外唱这样的教坊浮浪辞句，人都瞅着呢。"

"你怎知这是教坊里的？必是偷看了我寄来的长安崔参军那卷《教坊记》罢？这书九郎能看，可若九娘看了，姑母要训斥我！"阿清说着，又笑了起来。

---

① 自隐：自行揣度，自以为。
② 攒沅：唐人俗语，奸猾之意。
③ 朝定：唐人俗语，又写作"朝廷"，朋友之意。这或是胡语音译词。

善善摩尼

九娘不理他,径自在十字街口转折走去。

坊中水井畔坍塌的土垣上,一棵安石榴的老树斜逸出一大片绿荫,为行人带来遮蔽酷热阳光的阴凉。如今正值花期,满树朱红繁花,如火映日,烂漫照眼。四五名妇人在井边纺织,孩童在附近嬉戏。

几个卖艺的胡人乐师对坐在树下铺开的两张宽席上奏乐,以琵琶横笛相和,先奏胡风的《出塞》《入塞》,又奏中原的《采莲》《落梅》。

中央氍毹圆毯上一个满头辫发的胡姬随声旋舞,舞姿灵捷,回裾转袖若飞雪旋风,使诸位观者仿佛服了一剂清凉散,顿感炎热去身。她双足旋转不停,先扬手摘一枝垂着的安石榴花簪在耳畔,又俯身抱过一把琵琶,愉快地弹唱起歌谣,先是用胡语,又以汉话再唱:

要有盛开繁花,
就不可摘待放的花蕾。
不愿陷入相思,
就不该望向他的目光。
到安国一路风沙,
但我不后悔走向他……

待九娘走近，歌声戛然而止。

"阿九！张九娘！"一个熟悉的少女声音喊道。只见那团旋的胡姬逐渐放缓了脚步，凝定了面容，放下琵琶，从圆毯畔趿上线鞋走来。

原来是野那。

"阿九，你也和我一样，偷偷到市坊来玩么？"野那现出欢喜的神色，附耳低声笑着问，又向一旁拿着手鼓、高壮黝黑的青年乐师眨眨眼，"待在客舍里很闷，我情愿到市井来看看，我的情郎也来啦。"

九娘对野那大胆的行径好生惊奇，定睛观量那乐师。她原先因与阿清置气而绷紧的脸面，此刻也在嘴角两畔显出了笑窝。

"他果然像个武人，不像个军师，更不像个乐师！"

野那不置可否地笑了一笑，拉住九娘的手："你是西州人，也来带我在坊市看看罢？"

九娘携了野那的手，正要答应，转念却叹道："我来为阿兄买些衣段，就需回还了。"

"你一个人？"野那在日光下举手遮阳，眯缝着眼向九娘背后看去，又问，"那边可是你的阿兄？"

九娘跟着野那的目光转头看去，那里阿清在日影里故意缓步徐行，朝这边连连挥手，直到安石榴的树影投在阿清身上，野那总算是把他看清楚了。见野那看向自己，他两道浓眉下狸猫似的眼睛里也露出得意的神采。

善善摩尼

"我阿兄不是他。"九娘轻轻摇头。

野那又附耳悄悄地问:"那……是你的情郎?"

"我才不会、才不会恋着他这样装腔作势的……"九娘急忙摇头,"不过是个可憎的闲人罢了。"

野那歪头自顾着表示理解:"看来是恼了情郎啦。"不待九娘回话,先把耳畔那朵盛放的安石榴花取下,亲昵地簪在九娘鬓边。"你且待我,你不说,我帮你说去!"九娘还未及拉住野那,她已走回了舞筵,不知向那几个乐师低语些什么,时时发出悄笑声。

不多时,野那迈起舞步,眼刀直往阿清抛来。她甚至径直走到阿清身畔,团旋了数转,拉住阿清欢笑道:"不许逃,我的好人,我看上你啦!除非——你原先已有了心仪的人,我才放你走!"

乐师也接过琵琶重理丝弦,奏起欢快的曲调,故作深情地扬声唱道:

莫认水珠作真珠,
莫将馈赠当报酬,
痴心如水易消散,
莫让伊人辜负了。

这时候连井畔坐着安心缝补的几个妇人都抬头向阿清望过来。阿清原本显得颇为从容,然而一众看客都笑着向他投来目光,他进退犹豫起来。

九娘反而上前拉住阿清，改作和缓语气，悄声问："若不是我，你哪能听到波斯王子亲奏的乐、看到曹国王女亲演的舞？"看阿清面露惊讶，又有些异样地笑问道，"她长得标致罢？"

"比长安酒肆里的胡姬美多了。"阿清低声答。

"看来她青睐于你，或许你将来能谋一个胡王当。"九娘将鬓边的那枝安石榴花取下，在指间中翻弄着。

阿清仿佛仍未从野那的恶作剧中醒悟过来，反而是不假思索地答道："那倒是好！"甚至轻浮嬉笑着挠头盘算起来，"真有那日，我也封九哥一个诸侯当！"

"你自当你的猪、做你的猴罢！"九娘闻言却是真生了气，将手中花朵揉碎向阿清掷去，转过身子，乘着一股怒气快步离去。即便身后阿清第一次认真地喊她"九娘"，她也没有回头，而是走入了人群熙攘的街市之中。

四处满是小贩与买客，路上泼洒的水渍映出一片片晶亮的日光。燠热明亮的阳光晃入眼中，九娘伸手去揉，却发觉眼中盈满了泪。心中怒火缓缓消去，冷却成某种不安，似极羞耻。

市坊里的一切都好像不真实，包括擦身而过的每张脸孔，嘈杂叫卖的声音，混合了焚香与流汗的浑浊气味，一切都令人眩晕。闭上眼，景物渐渐退隐，唯有一块氤氲迷蒙的光斑飘浮在眼前。几片翻卷细碎的朱红花瓣还沾在汗湿的手中，被九娘拍落在尘土里。

有人用手温柔地扶住九娘，九娘转头，却发现那并不是阿清，而是个梳着苍白发辫的胡人老妇。她以不大熟悉、音调奇异的汉话

善善摩尼

问道:"小娘子是中暑了么?来喝些饮子罢。"

原来已走到了贩卖吃食的商贩聚集的市坊南门。九娘跟着她寻了一处空席坐定,突然想哭时,老妇人伸手拍拍她的肩头,只为她捧上一碗调了酪浆的沁凉罗阇①:"这是处密部落的牛乳调的,香、香极了。"被安慰的感受渐渐疏解了九娘的心绪。

九娘看见两个七八岁的胡人小童在店门前坐着玩闹。那童儿却忽地引得童女哭起来。

"金儿又欺负想子?看我告诉你阿娘去!"老妇人假意威吓道。

名唤金儿的男童紫涨着脸,尴尬指着地面落着的绢偶答言:"是想子要把她最珍爱的帛新妇子②送我!可是、可是,男儿哪个要玩娃娃呀?"

"难道儿郎行会让小娘子落泪珠?"老妇人又问。

"这……"金儿有些害羞地拾起绢偶,又解下腰间挂着的小弹弓塞在想子手里,"莫哭啦,我也把最珍贵的东西送你!"

看着想子破涕为笑,九娘忽觉心中一片明澄,甚至微笑着走上前:"都是好孩子,阿姊请你们饮乌梅浆!"正说着,已听见阿清急迫的高喊:"九娘!"她的心蓦然提起,突又下落,怦怦乱跳。

然而不待阿清奔来,九娘已发现是道路上出现了某种骚动。

一头拉着货车的公牛在毒辣的日头下发了疯,驾车人力所不逮,拽挽不得,只能眼看着它向九娘处冲撞而来。一股恐惧在心中

---

① 罗阇:当时高昌暑时盛行的一种糜粥。"阇"音"设"。
② 帛新妇子:绢帛裁制的布娃娃。

扩大，扩大到使九娘动作僵缓，思绪也迟滞了。她只来得及挡在两个孩童身前。

有身影扑过来，将她与孩童推开。牛车径直撞向了夯土的坊墙。

太阳在牛车撞翻水桶铺开的水面上耀出一片白热之光。阿清扑倒在一边，成了一只沾上泥浆、灰头土脸的狸猫。九娘双腿僵麻，缩跪在阿清身畔，面上的惶惑还未散去。

看两人相互搀扶着站起，四围的人群又是欢呼，又是赞美，还有热情的胡人少女向阿清抛来的花枝，老妇人与孩童家人上前喃喃道谢。阿清又变成了自鸣得意的狸猫。然而九娘分明看见他用手紧按右腿，那里在地面上擦伤了，有血渗出。

直到九娘红着脸将阿清扶入铺舍中坐下，两人都低着头各自避开对方视线，又同时出言："喂——"

窗外筛入几丝金色日光，如狸猫的长须拂在阿清嘴边，他抬头注视九娘，脸上神情难解，在九娘看来或许有点促狭——实际上，他只是看见九娘眼眶红红似流过泪，有些惊奇罢了。

"你先说——"两人又同时说道。

"九娘……我不能娶你。"阿清低下了头，不敢迎视。

"嗯？"九娘先是有些恍神，懒懒地应，又瞪眼嗔道，"谁会要嫁与一只无礼的狸子呀？"

"……"阿清目光动了一动。

"——再说，我可是你张九哥！"九娘起身走到阿清身后，伸

善善摩尼

手为他重整先前散卸下来的幞头巾子,在酸酸的妒意中对阿清说,"长安的小娘子,自然比我好得多;哪里须劳麹参军奔赴千里来西州寻!"

"我、我也不可能娶她!"

"怎么?她是贱籍奴婢?"

见阿清摇头,九娘又猜:"是胡女?"

阿清再摇头,九娘恍然明悟,往他背上击了一拳:"呀!你定是恋上了有夫之妇,人家夫郎作恼要打煞你,你才躲到西州来!"

阿清闻言,哭笑不得。他先是烦恼地挠头,终于下定决心一般地坐正了身姿,双手在膝上握紧拳头,严肃神色,红着脸附耳向九娘悄言了几句。

"哦——"九娘看着阿清,面上不带一丝遗憾、责怪或令他羞愧的嫌恶,反倒是微笑了。

"此番来西州,我总想设法令你厌我、憎我,可是看你难过,我也不好受。"

"我知道,"九娘点头,"所以过往你说的,我一句都不信。"

"不对、不对!"阿清狸猫突然发现自己完全在九娘面前败下阵来,"你从不轻易信我,为何这次却毫无怀疑?"

"我早已告诉你了呀!"九娘急忙拭去面上的汗迹,笑得如此温柔,"因为,你说谎时总是要挠头。"

夜归

夕阳如一粒火焰蒸腾的宝珠,滑下了高耸的高昌城墙,只因延伸至平原尽头的天穹太过旷远,还迟迟不肯向黑夜怀中堕去,反而发出更加灿烂的回光。

光辉映红广阔原野。小麦田已在夏风中漾出成熟丰收的讯号,以饱满麦穗的芒尖捕获落日耀起的金光,迎着热浪卷起的尘土,俯首垂头,等待临近的收成。

城上驻守的兵士已举起手中号角,不待最后一些余晖从远方隐去,将要吹起关闭城门的讯号。

绿洲边缘尚有一列商队静默地行进着。这支商队不大,只有七八个商人、十几头骆驼、几匹骡马。骑在骆驼上的商人做寻常胡商打扮。然而与商队同行的几个骑马武人,在气度上却有着如唐军一般的威武,落日勾绘出他们的宽阔双肩与高大身影。

听得角声一动,这队伍加疾了步伐,速速驰过翻涌的金色麦浪。

善善摩尼

城墙上瞭望的士兵疑骇地探视询问。直到为首者勒马,向城门卒出示了过所文书,一行人才得以在城门关上之前进入城中。

长日将尽,夕照之下,背后的金色原野仍泛着红光,一直红到天际。待人马走入城墙阴处,城门一关,红光骤然消失,苍茫的暮色显了出来。

市井的喧闹渐渐隐散,高昌城却并未重归寂静。风是大地冷却的光,向着深长的街衢低语。即便各处里坊已将关起,其中大户豪商居处却依然有丝竹奏着的种种新曲并着游乐行酒的吵嚷声音,由清凉的晚风送出墙外。

长街尽头行来一列骑士,那是高昌本地的军人们。听得马蹄杂沓,道路两侧坊门也一一再度开启,有仆佣上前,各迎入一两个家中爷娘、妻儿等待已久的归人。

"你家主人有些醉了,扶下马时可小心些!贤室相候已久,可莫摔着了他。"几个年少武官看着一个早已酩酊大醉、即将跌下马来的中年武官大笑。"今日是西州长史府上宴饮,他非要同波斯来使比赛酒量,才落得如此。还请尊夫人莫要怪罪!"

"你等儿郎,在宴上毫不尽兴,只盼着归家同妻儿相聚,哪里像是军中有器量的子弟?"中年武官幞头歪斜,袍衫凌乱,由奴子斜扶着,仍不忘高声斥责回去。然而几个年青人不待他说完,已是驱马走远了。

先前所见的一列胡商,此时却在一处窄小陡斜的坊巷前停驻。待他们牵马引驼走入其中客舍安置,天空中最后几抹红光也渐消隐。

又有个武人独自骑马行出。他在路口揭下头上风帽，初升的月映照出他的面容——来者正是安西四镇要籍驱使、张家四郎无价。

夜月方明，澄辉遍洒城中，最终凝在那些远离故土的异乡人肩上，催生出无尽的乡愁。但在那些将归家得见亲人的高昌人心中，月色是如此温柔可亲，令盛暑的高热为之一祛。

有女子的哀唱逐着风涛飘来：

天上月，
遥望似一团银。
夜久更阑风渐紧，
为奴吹散月边云，
照见负心人。

听着歌声，张无价摸着怀中一个锦盒——那是预备归家送与妻子的——过去在战场上久已忘记的、妻子宋氏窈窕婉娈的姿容，复又浮现在张无价眼前。

几年前，当得知新婚未久的郎君即将奔赴战场时，她只是强忍着泪，唤侍儿捧出秦筝，移柱调弦，对夫君唱起第一首骊歌：

玳瑁秦筝里，声声怨别离。
只缘多苦调，欲奏泪还垂。

善善摩尼

妾意如弦直，君心学柱移。

暂时停不弄，音调早参差。

直到悲风扫起落叶，把流云吹得比天空更远。"莫挂念，誓不辜伊"，张无价那时只对泪眼婆娑的她说了这么一句，便上马放开缰绳，往前去了。如今，他也幻想着离别已久的妻子，仿佛已见着那满楼明月，碎影斑驳，那孤独的妇人就枕不成寐，只能起身斜倚阑干，仰起她为泪痕浥损胭脂的面，空望向那临照高昌城的月，想从月相的圆缺中推算出夫君归家的日期。

于是在这曾经厌恶了高昌城中琐碎庸常岁月、离乡已久的武人心底，那一丝思乡病也终于被诱引出来。

转入家宅所在的里坊，张无价下马上前敲门，又及时制止了前来开门的老管家惊喜叫喊的举动："才伯，我是张四——小声些，母亲已歇息了？莫要惊扰了她。"

将马牵与看家奴子，又轻手轻脚地走至中堂，向侍在外间的阿鞠做了个噤声手势。眼看猧儿摇尾待吠，张无价赶紧抱起它，亲昵地为它顺一顺毛发。可它却毫不领情，依旧吠叫了几声。

后室深下屏帷，华烛光辉。屏后映出对坐棋局侧畔两个女子的身影。丰腴面子、匀称腰支是妻子宋氏，她身倚床帷，一手执棋半举，正低头思虑着何处落子；小妹九娘则与之相反，面容稍长，体态细瘦，一只纤手正毫无顾忌地搅玩着棋盒，盒中棋子一下下轻轻撞击作声。

一局似已将近尾声，宋氏终于落子，从容说道："呀，可是我胜了。"

"等等，这一局是阿姊先手，"九娘拍手撒娇，"若不让我几目，我可不依！"

"猁儿怎生吠得这样频？阿麹，你喂过铃子了么？"宋氏向外问道。

阿麹卷起锦障入内，面上满是笑意，只盯着九娘看："九儿，咱回后宅去。"

宋氏忙道："阿麹，今日我留小九陪我，不必回去了。"

阿麹闻言却不挪步，反而笑着指向阴影里。一个高大身影稳步上前走入灯下，铃子急不可耐地从他怀里窜出，摇尾扑向九娘。

九娘犹疑着起身，顺着阿麹所指望去，却后退一步，有些不知所措——因为过去长期萦回在九娘记忆中的张四郎，还是个面目清秀、长身玉立的少年；如今眼前人身量却要高壮不少，待来客走入烛光里，九娘也只见着他有着浓密的唇髭和颔髯，如此仍掩不住被风沙吹得红黑的面颊。

直到张无价也试探着问了一声："小九？"

"阿兄！"听到熟悉的声音，九娘这才从疑惑中发出惊喜的叫喊，扑入兄长怀中。

"小九儿长大啦！可你还是这样轻！"张无价抱起小妹，大笑着转圈，又看向妻子。

善善摩尼

宋氏也正试探地望过来,可是夫妇相见并非张无价所幻想着的情景。她并不像诗文里思恋征人的女子那般蛾眉不舒、巾袖无光;见着夫郎回还,她的纤柔眉眼中也并不见多少喜色,反而是显出某种茫然若失。她只是简短问道:"阿郎回来了?"就再不去注意他,随手将棋子收拢扔入匣中,这才起身出了屏帷,吩咐备饭,又从箱笼中为张无价翻找新衣。

当仆婢忙乱着替张无价叠袍衣、搁幞头、换一身家常汗衫,身畔九娘亦喊喊喳喳不停的时候,夫妇二人间却不曾说什么话。待张无价命奴子为自己汲水澡颈,巾首膏唇后再上堂来时,九娘已回了后宅,宋氏也已领着婢子布好了一台饭食。

宋氏垂足坐在榻畔,足尖一下一下踢着纱罗裙裾,一手拈弄着长长裙带,一手托腮,垂目似有所思;绿云低映丰颊,雪额梅妆半残,竟让张无价看得有些痴了。

她蓦然察知夫郎目光,斜睨他一眼,举手将几上食案轻推,面上淡淡浮出一些笑影:"再看,温好的饭食都冷了。难道要我喂你?"

张无价这才急忙端碗举箸。

转眼瞟向床上小几,那里一套白叠裁制的袍衣还未缝完,一笺妻子笔迹的短诗也还铺在笔架畔未曾收拢:

自别隔炎凉,君衣忘短长。

欲裁无处等,回尺忖情量。

裛瘦伤缝窄，猜寒稍厚装。

伴啼封裹了，知欲寄谁将。

一个军人将要归家，妻子的职责就是为他缝制牢固的衣衫，以供他的再一次离开。张无价心中触动，可他素来不喜文墨，也不会温言细语劝慰，只又搁下吃食，握住宋氏的手。

宋氏仿佛烫着般惊得缩手，面上泛起一片红潮。

二人相对怅怏无言了好一阵子，最后还是张无价忍耐不住，愣着说道："怪我不好……你先前拧着眉，是在想些甚？"

"……闺中只是空思想，不见沙场愁煞人，"宋氏低头，又连连摆手，"罢、罢，吃你的饭食罢！"

见宋氏眼中微有清泪滞驻，张无价有意博她一笑："娘子秀色若可餐……我只当娘子见我生了厌弃呢！"又连连叹气，"有朝一日壮志得酬，却负你一双泪眼，可怎生是好？"

"阿郎是嫌我容颜憔悴罢？"宋氏顿一顿脚，举帔掩面一笑，"你不在家，琴弦都参差难调了。"又抬头凝视夫君，起身用罗巾帮他拭去脸上的汗。回窥帘前月色，心中别是一番滋味，无限悲酸风醋为之化解。

张无价实在疲乏，不待妻子翻找出寝衣，已自行沉沉睡去。

梦中，他看见整座高昌城都在日光中熠熠生辉。各色旗帜迎着夏末烈烈热风，在众人头上啪啪作响。幼年的自己跟在母亲身后，

善善摩尼

站在官衙高处，满怀喜悦地望向凯旋的军队。人们喜极而狂，四处都欢腾着，无论是大街小巷，还是窗边或屋顶，都传来雷鸣般的热烈欢呼。领着凯旋军队的父亲高坐在骏马上，仍是穿着出征时那身铠甲。他以威严神色向道旁百姓点头示意，待看到激动挥手的家人时，却吹了吹面上浓密的髭须，瞪着大眼，龇牙咧嘴，向儿子扮了个滑稽的鬼脸。

转眼他又看到，父亲正要渡过灰汤涌沸的奈河，去往彼岸的幽暗冥府。父亲是在十年前战死，当他的战友将尸骨送回时，自己正与友伴攀上城东高起的圣人塔，远望着又一次得胜归来的唐军，对他的死讯一无所知，直到回到正举丧哀悼的家中。父亲是在战场上勇武地死去，人们以一个英雄应享有的礼仪，将他葬在高昌城北张氏一族的墓园中。张无价试图跟上父亲，拿出朝廷颁赐的勋告，得意地展示自己所获的累累军功，但父亲面上毫无悲喜。他没有多看一眼，没有多说一语，而是独自踏上那生者所不能行的道路，与张无价错身而过。

无数曾经相识的行伍战友的身影也浮了出来。他们有的死在战场上——那是最轻松的死法；还有人是在漫长的行军途中或旧伤复发，或饥渴交加，被抛下，垂垂待毙，最终痛苦死去。张无价原以为他们会个个怀怨抱恨，使人骇畏惧怕。但并非如此。那里只有一双双毫无希望的空洞眼目看来，毫无声音的口唇张开又阖上。彼岸没有刀山火海，没有冥使鬼差，只有留给生者名唤"苦楚"的空阔碛漠……

一阵无泪的抽噎撼动全身。

张无价骇然惊醒，难以名状的痛楚涌上了心头。他紧握双手，翻了个身，想着能远离这噩梦，让心绪放松，但望见轻罗床帷外那在渐明的天光下淡去的圆月，再也没有了睡意。

若是按照母亲的意愿，因家人在佛前燃灯诵经积累的功德，父亲将在听闻佛寺供养的钟声后往生极乐。可张无价知晓，死者寿尽，再不见阳光，没有碧落黄泉，更无三生因果。所谓"鬼魂"，不过是欺骗胆怯之人的传说。待将来他死去，也必不会往生极乐净土，而是同他的父亲、战友一般，走向死寂与幽黑。

好在白昼对夜的秘密毫不知情，他凝望着月色遁没，内心逐渐宁静，他依然是那个毫无畏惧的青年武官。

晚间凉意已消散，锦帐卷起，罗帷半垂。床帐之中悬坠的镂金香囊子犹自散发暗香，徒增闷热之气。妻早已起身，背向他坐床理妆。头上一编香丝解散绕过右肩，如云洒下，露出半截修长的颈。今日她衣色鲜妍，玉臂轻笼散裛花春水绿罗衫子，以新样五彩菱纹锦带高束折枝藤花缬纹红裙。

趁她专注对镜梳发，张无价轻轻地趋上前，同样坐下，一双手环住宋氏，揽她入怀，将饱经战场风沙的头靠在她左肩上，同那白皙端庄的脸贴在一起。

"阿郎！"宋氏急叫了一声，惊异地望向镜中的夫郎，面色羞赧，"我梳头呢……呀，白日里这般……你、你面髯刺着我了！"

善善摩尼

张无价大笑着移开头，就势亲了一亲宋氏的面颊，依旧倚着她，对镜得意地捻着唇髭："昨夜娘子做好梦也未？"

"你自照你的去，作甚和娘子争一面镜？"面对夫郎如小儿般的痴缠，宋氏白他一眼，继续对镜妆束，略一沉吟，又道，"何必将在外风流的伎俩用在我身上？你以为我不知晓？只一样，你不许将那些人往家领！我可是个鸠盘荼鬼①似的恶主母。"

高昌城中一众官贵总是蓄养胡姬美妾，驻在安西、久别妻室的军中健儿们往往也另寻了别宅相好。张无价一心出征立功，于猎色上毫无心思，反倒是落下了"怕妇汉"的名声。可现下他却刻意说："娘子何必忧心这个，归家前早把那几个美婢遣散啦！"

宋氏闻言，执梳的手一滞，面色也阴沉下来。

张无价见势不妙，连忙解释："我是在骗你！并未有那些人，我的心可全系在你身上，就是想同你说说话。"

然而话已说出，宋氏仍是绷紧粉面，即便张无价讨好地将铜镜捧在面前，说"让为夫为娘子做镜台罢"，她仍劈手将镜夺下，反扣在妆台上，转了身子不言语。

见妻不理他，张无价只得轻唤她闺名，委屈道："婉淑，是我抛下你出征在外，你要怨、要骂，恼我、恨我，我都情愿受着。可你丝毫不生气，还待我这样好，我心里放不下。"

"哪有你这般在娘子面前作剧的夫郎？"宋氏白他一眼，面色

---

① 鸠盘荼鬼：佛教传说中的一种鬼怪，唐人用以形容年老面丑的妇人。

善善摩尼：唐朝西域文书故事集

略微放松,在张无价臂上拧一把,又以肘将他向后推开。

"哎!我旧伤给你撞破啦!"张无价作势倒在宋氏的身后。

宋氏先仍自拢发绾髻,以毫不在意的语气问:"是何处伤着了?"可待身后有一阵没了声响,转身见他仍是闭目不言语,便有些慌了,搁了掌中小梳扶他,急道:"阿郎,你莫吓我呀!"

张无价却在怀中向她面上吹气,又眨眨眼:"无妨无妨,战场上的伤早已好了!娘子是伤我在这里呢。"说着指一指自己胸口。

"待伊来更共伊言,须改狂来断却癫!"宋氏羞恼地将张无价抛开,也不顾他从床上跌下、撞在席面上吃痛的叫唤。

"婉淑,我有好物赠你。"张无价说着,熟稔地往怀中摸去,却掏了个空,忙乱地起身拍打衣袍找寻。

"你这傻人,忘记昨夜归来换过新衣么?"宋氏仿佛心事落定般扑哧一笑,指向妆台畔放着的锦盒。昨夜翻检时她早已知晓,盒中是盛着一枚玲珑蕴秀、如凝脂般的于阗白玉簪。

夫妇二人整好衣装,依例要向母亲晨省。

后宅麹夫人所在寝堂之中,绿竹、兰叶两个袍袴小婢正收拾熏炉上搁置的杂帛乱采,叠入衣箱,见宋氏登堂,忙停下手,一个去将垂帘轴起,一个上前接过宋氏亲捧的水盂面巾。

"昨夜阿兄归来,阿娘还不知晓呢。"九娘也从妆楼出来,趋上前低声向宋氏耳语几句。宋氏含笑点头,任由九娘将张无价拉去庭前逗铃子玩。

善善摩尼

麴夫人起身盥洗毕，正欲往佛前诵经时，便只见得宋氏一人。她微微皱眉："九儿又晏起了？既然她瞧不上麴家郎君，不愿与长安那边订立婚约，怎这十数日都如此颓闷？"不待宋氏答言，又注目看她的一身新装，问，"可是又要办女人社？"

所谓"女人社"，是高昌城中上至官家夫人、下至百姓眷属结交所习见的法子。一众关系亲近的夫人女郎各发好意，再立条件，结社为盟，寻常定期相聚、谈笑慰问。堂皇的理由是借此聚会之机，共同商议各家婚嫁宴集、立庄造舍、礼佛行香等事；实际上，这也是众女郎打发闲暇、炫示新样衣饰的时候。在高昌城中，若见一个女子妆饰妍丽、面色含情、柳眉敛笑，要么是与情郎相会，要么便是得了些新样衣饰，急着赴女人社向友伴炫示去了。

宋氏稳一稳发髻上那支新得的玉簪，含羞垂目一笑："阿家猜得不错，可这只算得一半缘故。"

一些光芒在麴夫人眸中闪过，宛转通往事实真相——往日逢着女人社时，宋氏只推说郎君从军在远，不宜盛饰，不过捡几样素淡衣饰略加打扮罢了，怎会如此这般打扮？但忆起曾经空付欢喜，麴夫人又不敢开口相询。

待看到窗外有男子背立的熟悉身影，麴夫人愣住了。

她回忆起十多年前那个炎日红如冷凝胭脂的夏末，西州的妇人们悲泣着送夫君儿郎奔赴战场。她只记得身着金甲的夫君在光芒之中的最后一个背影；然而日日思君不见君，那人的面容早已在长久思念中渐渐模糊，她越是想要记住，那些画面消失得越快。而今一见爱子，亡夫的幻影再度浮现——他的步伐，他的举止，他的高耸肩膊与沉着目光……

"无价我儿！"麹夫人上前将他扶住端详，泣泪相看。

半晌凝视，眼前人的确是他，已长成高大健壮的青年，脸色红润，目光炯炯。多年分别岁月亦无法隔断母子之间的联结。

麹夫人慢道："你很像你阿爷。"

张无价却并未有多少触动，依旧思虑着旁事："来日我要宴请友人，还需劳阿娘再备些酒食。"

麹夫人点头连连道："自该如此。阿宋原就预备邀几位官眷起社游乐，诸家郎君便需你来作陪。早教你在本地为官，结好西州大小官员，哪怕在你都督阿叔那儿任个闲职，也比从军要好啊！你阿爷走得早，却也不能让张氏一族轻视了你。"

张无价忙摆手："阿娘，来者不是那些人，是我在碎叶边地结识的好友，无须那些虚礼。"又转头对宋氏问道："婉淑，你可知胡人吃食的喜好？"

麹夫人与宋氏都显出诧异神色："胡人？"

"那是我结义兄弟，亦是我恩人——战场上若非他舍命相救，我哪里能平安归家！"张无价正色道。

听闻爱子作是言，麹夫人念佛不止："既是张家恩人，自无胡汉之分，万万不可怠慢！"

当众人都欣喜地看向这母子久别相逢的情景，连阿麹都在一旁拭泪时，张无价却见着九娘有些神色落寞地走开。

善善摩尼

张无价记得分明,九娘从小就是好性子,即便作恼也隔日便忘,在人前依旧是笑意盈盈。他却不知道,随着年华的增长,一些心事已自然而然地涌上了小妹的心头。低声向妻问过,原是事涉与长安麹家郎君之间的绊闻,因此事不谐,才生了悲愁的少女心思。

当众人转头忙于家宅琐细置备时,却见九娘正独自在玫瑰树下的庭池边坐着,唯有铃子摇尾呜咽着陪在身畔。池水在树影与光亮间涌流淌漾。那些带刺的枝叶之中,谢过的繁花空垂残萼,余下夏末所剩无几的二三朵艳红花囊,为徐风一拂,便散碎开来,纷纷落入寂寂清池,唯余囊中簇簇金丝的蕊在枝头颤动。

由于光影跃动,很难确定九娘的神情。但见她俯身掬起一抔池水。

一尾小鱼正顶着花瓣在水中欢快地游转,待察觉为人手捕获,只迟疑片刻,便舍了花瓣,从九娘手中奋力跃入池水。

漾起的层层浅漪,将少女的倒影打碎了。

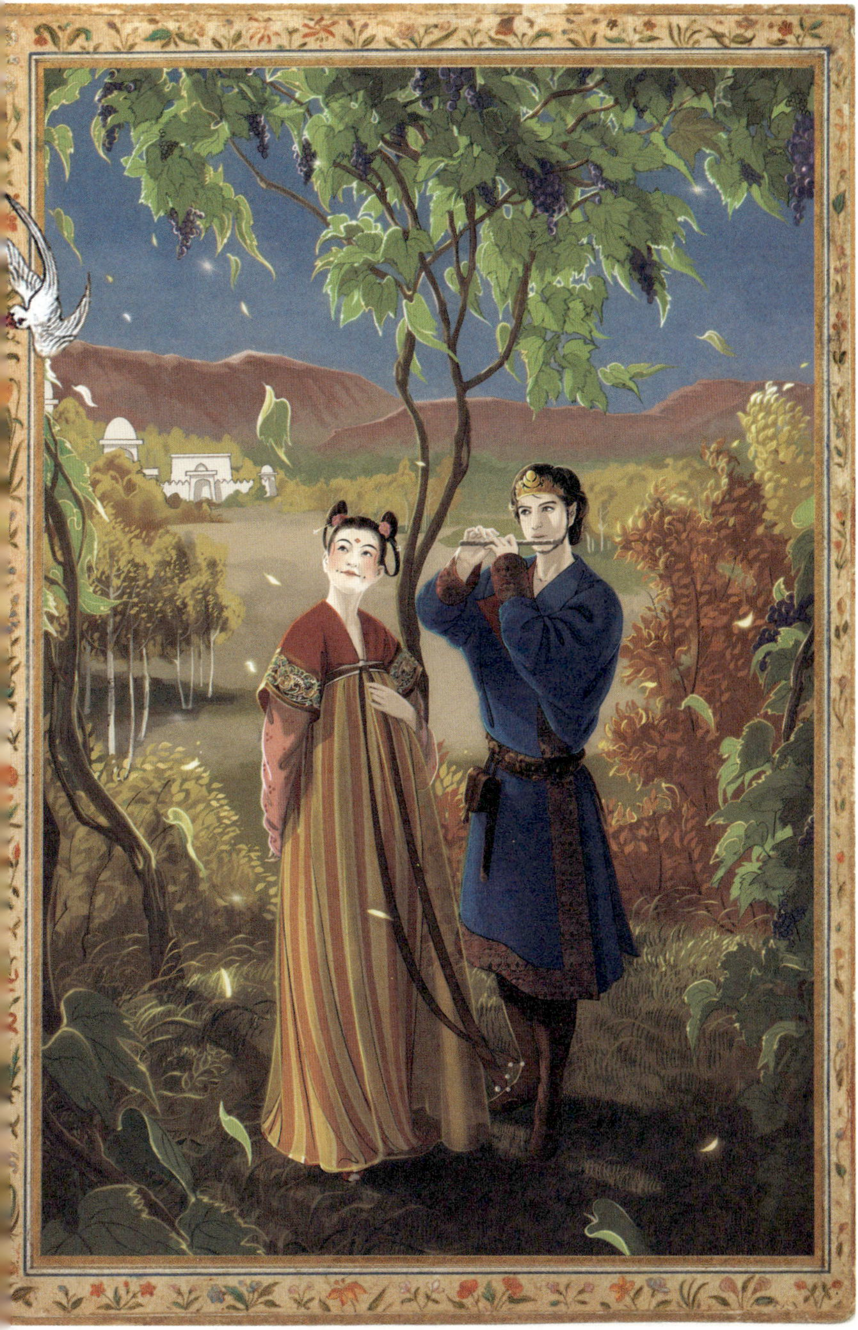

秋之卷

游猎

旭日猛然自远方群峰间跃出,打破清晨的沉闷静默。

近处一丛胡桐高擎伞荫,顶着耀眼光冕,直至枝冠都被焚作金黄焰芒。丹朱明黄的大小叶片在微风里轻曳,朗朗秋光透过茂密叶丛,在地面洒下点点金斑。

遍布衰草的河滩间或传来断续鸟吟,逐渐有风梳细草的窸窣之声。接着马蹄声惊破宁静,林间枝摇叶颤,飞禽扑簌簌振翅乱飞。一队伏背引缰的骑士踏狂沙而来,鸣镝震响,猎犬奔驰。数支快箭飞过,打散空中雁阵,矢无虚发。

整个夏日,西州的谷物轮番收成,绿洲中果茂粮丰。盛极一时的夏日刚过,入秋未久,待八月五日千秋节①后,便是西州人飨宴游乐的好时节。这是张无价与几个友伴游猎的队伍。

今岁岁初,因安西都护府长官另有吩咐,张无价回归西州迟滞

---

① 千秋节:即唐玄宗生日。开元十七年八月五日百官上表,请以此日为"千秋节"。天宝七载更名"天长节"。

善善摩尼

了几月。此行却领了一项长官所托的私务在身——为的是护送一队曹国商队东去。然则由西州再向东行，一路荒原瀚海，尚需待到秋后不甚起风之时，才得以行道。此时一队人马拘在高昌城处，张无价又曾在途中负伤，需休养些时日。然而武人的生活总是不离刀剑驹马，罢了行军作战，便与友人相将，以武艺射猎消磨时间。

骏马上的猎手均是头系皂罗幞头，身上各依自身官品着绯、青、绿诸色绫罗袍衫，袍衫内另以锦半臂衬起宽阔的肩背；腰间横佩金铜装长刀、悬系胡禄所盛的箭矢，都在朝日下闪出亮光。他们一路缓辔而行，朗声唱起军中之歌：

> 丈夫气力全，一个拟当千。
> 猛气冲心出，视死亦如眠。
> 率率不离手，恒日在阵前。
> 譬如鹘打雁，左右悉皆穿。

各有奴子随在马后收集猎物，陆续将猎得的飞禽走兽上陈来。因各人箭上均有徽记，便以此来区分猎物是谁人所得。张无价正与同在安西都护府担任武职的友人来瑱数着各自所得来比试优胜，常日随侍的归命、典信两个奴子却在远处与人起了争执。

待典信奔来报知，原是一只射落的大雁，颈间却贯双箭。白羽的一箭是张无价所射，苍羽的一箭另属他人。

不待张无价询问，典信已低声骂道："咄！这高丽奴，怎敢同我家郎君相争?!"

"高耀!"张无价颇为笃定地说出一个人名。

"是安西闻名的神射手高耀?"来瑱问道。

"可不是嘛,"张无价点点头,"这高氏一族原是渤海高句丽人,在太宗皇帝时才迁至西州,辈辈皆出武将。这次庭州所见的北庭副都护高玄琇,便是高耀之父……"

不待张无价说完,来瑱已笑了:"说甚名声,原来不过是因着父荫罢了!我却不曾听闻他立下哪些战功!哪里比得上张兄在战场上锋镝争先得来的功勋迁转?"

张无价却只含笑眨眨眼,不置可否:"来兄何必拿我玩笑?如今勋官早就不值一钱,常人哪怕身带几转勋,也得不了勋田,还不是照样如白丁一般有租税徭役?若非蒙节度使青眼,有了实职,我张四也宁可年年花钱雇人上番,做个饱食终日无所用心的富家田舍汉!"

谈笑中,已见得一个白袍青年疾疾鞭马行出。归命还在后方叫嚷着追逐,指着来人马后所挂的大雁。张无价忙斥退了他,在马上向来人行礼:"倒是我等扰了高兄射猎的兴致。"

来瑱看着来人所穿的庶人白衣,面上不由有些惊异。但见随后又行出一个面容俊秀的绯衣郎君,惊讶之色更盛:"高家郎君?你怎也来西州了?"

众人下马行礼,相互见过。那绯衣郎君名唤高仙芝,亦是张无价等人在安西都护府的同僚,此番是随在护送波斯国来使入关的队

善善摩尼

伍里,这一日是觅得闲暇,才邀了族兄出猎。

由高仙芝引见,诸人谈话便也熟稔起来。

为奴子的好为主人家争长道短,一众军中儿郎却并无这般习气。出征作战时,无论是长官还是小卒,总须甘苦相共才能打得胜仗。他们多诚实勇敢,既好争强,又仗义。为解决这大雁的争执,不过是选取一种足以夸耀自身勇武的比试,想着使旁人见及且不能不为之喝彩。当下张无价与诸位西州友伴,是想强邀了高氏兄弟去自家比拼酒量。

趁着友伴围着高家兄弟起哄,来瑱低声对张无价笑道:"张兄,你倒是不吝惜,这大雁且不论,还得白白奉上一席酒!"

张无价却神神秘秘地不做解释:"哪里哪里,来日总得让他高家连大雁并酒宴加倍奉还!"

"那是怎的?"来瑱想了一想,恍然大悟,"庭州别驾麹公替你觅得的妹婿,竟然是他!"

"谁?"张无价假作不知地问道。

"高仙芝啊!他年纪只二十余,便拜游击将军、有受赐绯袍鱼袋之荣,如今安西都护府着绯的郎君,他可算是最年少又未娶妻的。"

"那高仙芝虽看着勇武,遇事却嫌儒弱了些。我只怕我家小妹瞧不上他。"张无价捻着唇下髭须摇头,"倒是高耀好。"

"若非高仙芝向他执后辈之礼,我先前只当他是个随从傔人啊!"来瑱连连咋舌。

只听张无价笑答:"来兄,若你愿做我家女婿,也不是不能商量!"

"罢、罢,女婿是妇家狗,打杀无文!我情愿再逍遥几年!"来瑱连连推拒,看着高耀终于点头答允去比酒量,又忍不住要咏歌嘲谑他:

三尺龙泉剑,匣里无人见。

一张落雁弓,百支金花箭。

为国竭忠贞,苦处曾征战。

先望立功勋,后见娇娘面。

张无价闻歌颇觉不妥,忙拉了来瑱一把,但见高耀兄弟二人面色如常地策马随后跟来,也逐渐安心。

前些日与母亲商议小妹九娘的婚事,张无价却存了不愿让小妹远嫁的心思——西州唐长史家侄儿益谦郎君今后定要赴外地任官,自小相识的麹家阿清郎君也必是要回长安的。西州这一隅之地,与自家门第相当又未约定婚姻的郎君不多;至于那些年纪尚轻的武官,张无价想起自己母妻面上的忧思,也急忙在心中否决了。

如此看来,倒是如今这出身于累代簪缨之家、佐国良臣之族的高耀最不容小觑;虽他还是一介白身,但他阿爷是北庭都护副使高玄琇,将来总是要为子谋上一官半职的。再看高耀沉稳的模样,张无价愈加觉得安排妥帖,与他谈话也就愈加温和客气。

善善摩尼

游猎兴致已尽，众人驰马奔向城外一处张家田园。

这是麹夫人昔年嫁入张家时的陪嫁之一，自高昌国时便已存在，曾有国王在此为玄奘法师修筑精舍。虽麹夫人继承它时，旧日建筑已完全倾颓，但经多年细心重建，再度成为美丽宁静的处所。

浓绿的葡萄藤架之畔建有通敞的凉亭，张无价的诸位朋辈友人在这里受到当家主妇宋氏的殷勤招待。这般殷勤是西州式的，汉俗胡俗兼而有之。

宋氏亲领着婢媪八九人立在亭前，引客升阶入内。满铺花毡的亭中不分专席，中央只设一方八尺牙床，上铺绯绫荐褥以作食案。两畔各布坐席。待主人在席首的文柏榻子上坐定，诸人亦围床列坐。

良宴不可无侑酒佐欢。两个健仆抬出一尊八曲金铜叵罗①置在食床前，其中满盛西州交河所产、醇香浓郁的葡萄美酒。一列婢子随后，各托出诸般酒具。张无价亲自上前，执酒杓一一斟满琉璃杯，分别奉与来宾。

依照迎接贵客的唐俗，张无价持起一杯，念起祝酒诗来：

自入新丰市，犹闻旧酒香。

抱剑酤一醉，劝君各满觞。

---

① 叵罗：音译自粟特语 patrod，唐人用以指敞口的盛酒器，小者可作酒杯，大者可作酒尊。

诸人轮次持杯回敬，亭畔一列音声人亦奏乐送酒。胡婢沉香击钹、苏合弹琵琶，汉婢绿竹吹筚篥、兰叶拨阮咸。一时间丝弦并奏，竹管间响。

为首的来瑱笑道："咱们武人不会作诗，我代诸位满饮一杯，答诗便省了罢！"

张无价闻言忽地自嘲地大笑起来，向来瑱低声道："祝酒诗是我托我家小妹写的，实则为兄的也丝毫不会作诗！"来瑱不顾张无价阻拦，朗声说与众人听。在座几个胡人，亦听高耀译了一通胡语，哄然大笑，拍手叫好。

宋氏正亲捧一盘佐酒的鱼脯上前，听得笑声，顿觉疑惑。张无价见妻子凝视，蓦地双颊火热。高仙芝忙替张无价道："咱们都钦佩张兄文才，张兄太过谦逊了。"宋氏闻言，亦哑然而笑——他想恭维自家夫君，却偏偏夸到张无价最不擅长的事上。此时她只得上前相助夫君，言诸他事，与仆妇捧出各式佳肴。

先是一上罩白巾的巨盘。揭去遮盖，只见盘中所盛是一叠撒了胡麻又烤得焦香、冒着腾腾热气的巨大薄饼。张无价抽出腰间佩刀将其切开，原来当中实满羊肉，透出椒、豉、酥油的鲜香。这便是胡人所喜爱的吃食，唤作"古楼子"。宋氏亲盛分与众人，在座者若是汉人往往举箸，胡人则多是直接举手将胡饼裹肉抓食，亦见惯不惊。

宋氏偷偷拉过张无价耳语："阿郎，我并非只重衣衫不重人，

善善摩尼

可是阿家托你我替小九相看未来夫婿,总需谨慎些。你说是西州本地的高耀好,还是那安西镇上的高仙芝好?"

高耀在西州地方并不算是一个生疏的名字。他早年亦随父从军,不知在战场上经历了何事,如今年近三十,赋闲在家,不曾释褐为官不说,甚至仍未娶妻生子。他擅弓马、好驰射,已足以让诸位西州出身的武官仍视他为袍泽。但在宋氏心中,为小妹婚事所生的顾虑仍有许多,总想着必需如何如何的人,方不致使她受委屈。

张无价面庞愈发红胀起来:"高耀年纪虽长了些,但高家素来与我家交好,他亦是我舅父所爱重;高仙芝也正当应娶妻之时——不过……龟兹去西州远了些……"

宋氏扑哧一笑:"我看你是忧心他将来官品太高,欺侮了小九,你却管不了他?"又轻轻握一握张无价的手,"咱家小妹自是好的。少女归少年,华光自相得。我只担心旁人不配她。"

张无价被妻识破心思,吹着髭须眨眼笑道:"婉淑,你小声些,给为夫留些脸面罢!"转头窥得铃子独自在亭外刨土,不由奇道:"小九何处漫行去来?平日我见这小猁儿都由她抱着。"

"阿家本早有布置,拟带她自来相看,可今晨我在厨中督促仆佣,未及寻她……"话不待说完,转头张无价已为友人拉去赌酒。宴上伊州甜瓜、西州葡萄、白山松子以及来自北庭牧场的乳酪都陆续由仆婢奉上,宋氏忙碌着督促安排酒席,亦无暇再作他想。

少时,却见铃子口中衔着一物,摇尾扑入亭中。"如今小九性情沉静了好许,倒是无人来管束你了呀!"宋氏俯身要将它抱到亭外,又惊讶地"嗳"了一声,见众人望来,忙回头道:"无妨,是这猢儿馋食,我且抱去厨下。"

在田园僻静处,有葡萄柔韧的藤蔓冲破园墙,沿着藤架攀缘缠绕。偶或能听闻奇怪的沸声,仿佛长长蔓中有水流正滚滚而上,供给架上缠绕着的虬曲枝条与浓密枝叶。藤荫间凝着淡淡白霜的葡萄串串挂下,还未及收获。

九娘倚在架下,髻上簪一枝带有珊瑚色红果的胡颓子绿枝,面上由母亲为她妆绘严谨,斜红傍脸,黑靥贴颊;朱红罗衫与绛地锦背子下绣带长垂,一腰鹅黄纱裙里隐隐显出晕绸绫裙的彩纹。

身后一个胡人少年驻足。他正手持一管雕石横笛举至口边,纤长手指飞舞,吹出一段在胡人间耳熟能详、轻快甜美的旋律《善善摩尼》。

他有着一头浓密鬈曲的褐色短发,薄薄嘴唇,象牙色面容,碧蓝的双眼专注认真,几乎已经成年,面上有了淡淡髭须的阴影,但究竟还是不够安定沉稳的少年;一身衣袍相当旧,但颇干净,不似经历过漫漫风沙长路。

九娘眼圈微红,是先前偷偷躲藏哭泣时被闲步而来的少年发现,急忙忍泪的。她本想待少年吹完这一曲,但终于决定先对少年开口,心想这既非无礼,又不会显得胆怯:"你既是我家阿兄的客人,为何不去园里宴饮?"前些日与张无价同行的朋辈中,九娘见过这少年的身影。

善善摩尼

少年眨眨眼，中断了笛声，以胡人的方式躬身行礼："我不过是跟随张兄所护送的曹国商队的一个乐师罢了。我无意冒犯，也不晓得谒见唐人淑女应有的礼节。"

他流利的汉话让九娘有些惊讶。九娘感觉自己脸上发烫，心中寻求字句，什么话都好，以让他的注意转移。

但她一无所获。

微风拂动藤蔓枝叶，细影徒迎风转，轻荫唯向日动，她可以听到葡萄间野蜂飞舞的嗡鸣。

片刻过后，少年先说话了："我名为……穆沙诺。"

"你们曹国人不是都姓曹么？"九娘奇道，同时下定决心似的抬头，直视他双眼——他的双瞳是蓝色的，其中映出温柔的光，令九娘想起昨夜流淌过庭院由群星沐浴、晨间又泛起粼粼日光的泉流。

九娘咬着下唇微笑着，忽而发觉自己犯傻，忙别过头，看向地面："你的眼和别的胡人不同，像波斯产的瑟瑟宝石一样。"又转眸偷睨少年，见他摇头，蓬松的鬈发摆动，又想起夏夜凉爽的风在大漠里吹出的一脉一脉暗褐色沙浪。

穆沙诺的话语音调温和："我的确是波斯人。而所谓昭武九姓人，只是那河中诸国的人们将名译作唐人语言时，便以国号为姓罢了。"

"我不能告诉你我的名，"娇羞的颜色自九娘的颈项显现，她的双颊亦微微生晕，"不过，你可以叫我九娘。"

"九娘。"穆沙诺径直坐在了夯土台阶上，再次举起横笛，重复了一小节轻快曲调。

"你……你的笛声真好。"九娘也坐了下来，双手托腮，若有所思。九娘曾在《西域记》中看过玄奘法师记述的波斯，家中日常所用也有产自波斯的银器，甚至阿姊宋氏绘画时也会用到波斯密陀僧① 所制的颜料，但她是第一次见着真的波斯人。

"波斯国是什么情形，你能讲讲么？"九娘有些好奇地问道。

"你真想听？"穆沙诺将横笛挂回腰际，忽然严肃了神色，两眼直望向她——这实在有些失礼。

九娘有些不安，但对他予她的注视感到高兴，眨眼微笑着反问："难道还有假呀？"他不笑时也好看，当她望着他时心中默想。这想法连她自己也感到惊讶。

"我想先问你，你看西州如何？"

九娘没有想到他会提问。她没能立即回答，先是内心矛盾着的沉默，过了一会，才说："我身边的人说，这里很好，此处远离战乱，是丰饶之地、富足之地。世人总论及其美丽。"她微微垂眸思索，又道："可是，我更想到远方去经历。"

"我想我能理解，却又不能理解。"他严肃点头，没有笑容。风从他的前额吹下几缕头发，为他的双眼拂过一些郁郁的阴影。他对九娘的真诚报以同等回答："我的故乡……听说那里只余城市的灰

---

① 密陀僧：音译自波斯语 Murdāseng，指一氧化铅（PbO），又名铅黄，自波斯传入，唐人常用以绘画。

善善摩尼

黑废墟，田野均遭纵火，葡萄园烧毁，百姓沦为奴隶。来自西边沙漠里的人顺着征服的贪欲毁灭了它，继续向东进军，一路烧杀抢掠，人畜一概不放过。"

"啊……"九娘面上没有了笑意。她说不出话来。

穆沙诺继续不疾不徐地叙述，语声显出了一丝苦涩和嘲讽的色彩："大难中侥幸逃亡的波斯人，把警讯带往河间昭武诸国。虽众位王公只顾眼前小利，昭武胡人也实在不是以战士而是以经商闻名，但波斯的王子奔逃至唐土，曾向唐家天子搬兵求援。大食畏惧唐军威势，波斯王统才得以在河间存续……所以，我并不知思乡之痛，因我从未见过故乡。"

穆沙诺还要说话，被九娘制止了。她温柔而坚定地说："我在书卷里看过波斯呢。我讲与你听罢——那里是个光辉国度，四维有万里辽阔，其间繁荣的市镇也难以计数……"

九娘知道少年说的很可能确是他所知晓的真实，但她也知道自己必须否认他说的一切来安慰他，她甚至讲起梦中曾随玄奘法师冒险游历的世界："……唔，我曾听说，那些波斯人甚至比九姓胡人还富有！咱女儿家赌咒发誓，除却'水面秤锤浮、黄河彻底枯、白日参辰现、北斗回南面'，还有'病医人、瘦相扑、肥新妇、穷波斯'……诸如此类，都不可能有呀！"

穆沙诺以他明亮如泉的眼睛盯视九娘数着手指一一列举，仿佛为她的天真感染，面上郁色已去，逐渐露出微笑，伸手指一指自己："是了，那你今日便见着'穷波斯'了！"

善善摩尼：唐朝西域文书故事集

他见九娘面露担心的神色，于是又故意特别认真说道："玄奘法师途经我故乡伊兰①与相邻的图兰之地，已是百年前的事了呀，那时西州不也还是高昌国？不过，我阿娘也曾说过，曾经的波斯国都极美……满城富家巨室皆植玫瑰，每逢四月花期，满城鲜妍花色，香气笼罩，风吹不散。百姓将花采摘，蒸制出花汁，贮在琉璃小瓶中，售卖给穿沙渡海而来的商人们，或是献与他们所崇敬的沙罕沙……"

九娘随着少年的叙述出神，低声自语起来："我阿爷也为我植了一丛玫瑰，是明艳照人的花……可我顶多就像树下的苜蓿花，不为人知觉地凋谢了……"忽觉穆沙诺停止讲述，忙提高声调，用问话支吾过去，"沙罕沙是……"

"那是历代波斯王的尊号，译作唐人话来说，就是'王中之王'，如唐人尊帝王为'天子'一般。"

九娘观察少年的神色，看他似乎并未发觉先前她的自语，于是放下心来，又问："他的宫廷是如何模样？"

"他的宫殿有高起的穹顶，上悬一张锦绣挂毯，那上面以金线织入诸种天象与人间诸王。②世上从未有过这样的精巧织物，传说它来自东方的洛阳，那里当时是由一位端庄威严的女王代替她的丈

---

① 伊兰：即中古波斯语 Ērān 音译，或译为伊朗。下文的"图兰"为 Tūrān 音译，或译为突朗。二者都是波斯史诗中常出现的地域。
② 此为一则波斯传说。十世纪初塔巴里《先知与帝王史》中记载，波斯泰西封宫廷中悬挂着一块名为"霍斯鲁之春"的壁毯，以整块丝绸制成，上以金银线与宝石装饰各种花卉图样。

善善摩尼

夫统治着。"

"我知道,那是阿武婆!"九娘接过话头。

"不,还要更早。那时日出处的汉地中央还是一个名为魏[①]的国度,那尊贵的女王曾下令让无数民夫以四年建起一座百里外便能看到、百丈高的巨塔;而为了织成这张赠与波斯王的挂毯则耗去无数采女宫娥的七年……锦毯下是用象牙与乌木雕饰狮子的王座,身着织入中国金线的华袍,披挂璎珞,髭须上撒着金粉的王中之王端坐其上,那顶象征权位的金花冠因太过沉重,是由金索悬在他的头顶——远看好像是王戴着冠,其实并未接触着头。[②]"

九娘有些佩服这个显得样样都知晓的少年,但输心不输口,为了不在他面前显得无知,反而直视穆沙诺,抓住了话语里的蹊跷处,仿佛向他挑战似的质问:"你骗人!长安宫中的贵人们,都声称金线巧技是波斯人所造呢。"

但穆沙诺仍是笑,回答亦直率明确,好像深信她没有任何恶意:"看来咱们都被那些昭武胡人出身的商人骗了!彼等虽有巧技在身,可是为求得高价,却对波斯王公假称这金线来自东方天子的宫廷,至于在唐人面前,自然说是来自波斯的秘宝了。"

面对他的坦诚,九娘心头反而有了些不忿——为何他看似一无

[①] 魏:指北魏。波斯萨珊朝于三世纪初建立,《魏书》始见"波斯"之名,太安元年(455)才有波斯曾遣使朝贡的记载。此后双方多有遣使交流。
[②] 此为一则波斯传说。十世纪马苏第《黄金草原》记称波斯国王努细尔万(霍斯鲁一世)在位(531—579)时,中国皇帝遣使来到波斯宫廷致意并赠以珍异礼物,其中包括一尊宝石装饰的骑士雕像和一块以青金石般的色彩为底色、以金线装饰国王与群臣形象的丝绸,并一个捧金匣盛装此二物的美貌长发少女。

防卫，却又那么强壮？为什么她没法引他也紧张失措？

穆沙诺见九娘沉默垂目，以为她在看自己腰际佩挂那支雕琢精美的横笛，忙将它用衣袖擦拭，递至九娘面前："你也试试？"

九娘一愣，面上浮出的喜色逐渐映亮眼眸，正欲伸手，却又神色一黯："可阿娘不许我……"

"有我在——噢，有张兄在，莫担心。"

九娘怯怯地接过横笛，手指慌乱压住音孔，吹出几个刺耳高音。"还是我听你吹，我学不好。"她又恼又羞，将横笛递回。

"不错，不错，能吹出声。"穆沙诺殷切点头。

九娘听他鼓励，却愈加难过："我这样无知的、不成器的人，你大概是第一次见罢？"

穆沙诺神情灿烂地大笑出声。

"有那么好笑么？"九娘恨恨地翻搅着挂在胸前的手巾，眼中再度涌起了泪光。

"我只知道有位看起来有些孤独、有些悲伤的小娘子在我的面前，我求她一笑，却引得她憎厌我了呀。"

"我？我悲伤么？"九娘忙举手巾掩面，又转头拭眼，"不，不，我只是刚被沙尘迷了眼。"

"脸色不怎么好嘛。"穆沙诺将横笛谨慎收好，斜挂腰侧，以关切目光注视她。

这目光正落在九娘的眼里——他真是个无礼的人啊——九娘心想着，却立刻又暗暗责备自己被母亲所规训出的"唐人淑女"习惯，多年来她一直默默反抗这习惯。

于是她在这个还属陌生的少年面前，再度流露了藏在心底的真情："要是我有男儿身该有多好！我可以读书写字，考取功名；可以跟随阿兄习武从军，立功获勋……我……我并不憎厌你，我真羡慕你。"她原以为自己说出这番话来，会感到放松、解脱，如今却只觉得挫败、羞愧。她终于发现，原来自己先前是在嫉妒他，低头看着地上，心情沉重。

"是么？那可一点不好玩，攻书学剑能几何？我情愿离书卷和刀剑远一些，多多认识香料和丝绸，到胡姆丹，噢，就是你们唐人所说的长安，多多赚取些金钱，最好也能被人们尊称为大商主'萨保'。"他以愉快的语气说着，见九娘埋头沉思不语，又提高了语调："我便是你们唐人都瞧不上的兴胡出身了！你是不是也瞧不起我？"穆沙诺的声音听着有点严冷，大概是生气的关系。

九娘忙道："是我不好，说错了话，你莫上心……"忽抬头，却见他脸上满是计谋得逞的笑容，显然先前的语气是刻意作伪。

她正欲作色，他却做了个道歉的姿态。九娘眉头复又舒展，变得精神起来："当兴胡也好呀，我听说西至大秦，东到高丽，无一处他们未去过。佛家总说大千世界，可我的世界只是一个小小的高昌城……你到过长安么？"

"还未曾。不过我阿爷年轻时长居在长安呢，我如今也是要去那儿看一看。待我将来从长安归来，再讲给你听？"

九娘面上笑靥生出，挤落了原本所贴的一对黑色假靥，烦恼仿佛被她忘得干净："说定了！我不能白听你的笛声，我也唱歌与你听。"

于是九娘击掌为节，轻轻哼唱歌谣。倒不是赞佛的颂词，也不是长安时兴的曲调，只是一曲九娘往昔从葡萄园中劳作的胡人女奴处听来的歌，纯是记音，意味不明。

穆沙诺听着九娘哼唱，面上微笑加深；随着哼唱的字句逐渐清晰，他却整个脸涨红了，因为肤色白皙，更显出红得前所未有。

"你知晓这曲子的含义么？"他待九娘唱完歌时说道。

九娘摇头。

于是穆沙诺改用汉文唱起同样的曲调：

你是孩子的高耸城墙，
你也是我的英武情郎。
我畏惧情郎战死沙场，
高高的城堡轰然倒塌。
一想到你将征战远方，
我的泪水就滚滚流淌。
请你原谅我难抑悲伤，
祝你永驻在美丽天堂。

你是太阳的闪光碎片，
你是月亮的晶莹泪斑。

善善摩尼

即便我们已身处艰险，

你仍使我们和睦平安。

生命的长河直直弯弯，

时而平缓，时有波澜。

珍爱生命的人啊，

才能勇敢穿越万水千山。

"这是河中诸国流行的曲子，是一位娘子唱给她那身为'柘羯'——就是唐人所说的勇士——的阿郎，阿郎又为娘子赠以答歌的。"穆沙诺解释完立即背过身去，身体颤动，仿佛是要压抑笑声。

九娘面色通红，起身掩面即走："你欺负人！"

身后穆沙诺仍不罢休，还大笑着回话："我阿娘也对阿爷唱过！"

葡萄架外丛花四照，少女身形隐在花影之后；穆沙诺眼中却落下了大滴的泪水，原来先前他是为了掩饰才转过身去——实则九娘所唱的是首挽歌，在昭武胡人的河间地也很少人唱，就算唱了，也很少漫不经心随意唱。唯有那些失去故国的流浪者，才总是哀哀地在陌生市镇唱起这歌谣，以期博取同情，换得几个铜子，继续漫无目的的行程。

穆沙诺痴痴看着九娘离去的方向，叹息着补上了一句唯独自己才能听见的话："可我阿娘已不在了……"

行梦

历书上常把春夏秋冬分开来谈，西州的夏与秋却热得粘在一起。时日皆毫无改变地平平过去，反复又反复，如渠中水轮般灌满又倾倒，水流在斑斓日影中流入干涸土地。

安稳度日原是好事——宋氏心中的怅惘，似乎皆在夫郎归来后逐渐消散了。

为着料理安排城外田园丰裕的秋收，宋氏索性与夫郎在田庄里长住些时日。可张无价毫不解得思量，白日不过与友伴呼鹰逐兔、游猎为乐，入夜也不待与妻温存几分，便径自困倦沉睡。宋氏却难以入眠，沉默注视夜色。窗畔有浅淡月光洒了一地，风过花木引起轻柔骚动，层层虚影映着帘幕摇曳。好不容易入睡，待天光微明，窗外又有黄莺在飞，致使宋氏的睡眠里尽浮着那一声声《法华经》的诵声，做的梦便也是荒唐寥廓的梦：

茫茫然起身，却是处在无边碛漠，身后有漫漫黄沙夹在暴风中飞涌而来。不记得自何处行来，也不知往何处去，只是掩面独自走

善善摩尼

过重重沙山。风沿着荒漠不知尽头地吹着，绾好的发髻已然松溃，随着漫天沙尘摇漾开来。但先得俯身将绣线鞋脱下，以便抖落流入其中硌脚的砂石，最后索性将鞋提在手中，继续前行。

沙尘越来越大，身也越陷越深。看远处有无数人影浮出，又疾步奔去。可一旦走近，那身影便在风中散碎，一人又一人。伸手去抓，只能掬起一抔抔沙尘，又任其在指缝流走。

即使知晓无法得到，她还是不忍放弃。直到——

沙中怎会有莲花的影子浮显？

——终于，能抓住它了。

是光辉灿烂的，真实的青莲花啊……

在这样想着的一刹那，身也深深埋入了沙中。在沙海里漂浮的躯体，毫无征兆地悠悠沉下去。她冷眼看着它下沉，先是缠裹在罗裙里的颀长双腿，系着绣带的莹白酥胸，然后是笼着纱衫的丰腴臂膀。细沙流入了眼耳鼻舌，万缕青丝也逐渐没入沙里，唯见一只手还在沙里徒劳挣扎……

好在那一茎莲还紧紧攀在手中。它从沙里向上生长，引着她的魂魄越升越高。眼前的莲花变得大如车轮，瓣瓣绽开。在簇簇伸展的鹅黄花蕊里，逐渐有一身影浮出。

那尊贵的形容超脱凡尘：发丝如金精，肌肤如黑曜，宽洁的额下是舒展的眉峰、挺直的鼻梁、轻抿的唇……他并不是一具发热的躯体，但他像风、像水、像光，可以给予另一具躯体所必需的呼吸、血液、温热。他那温柔美丽的一双青眸，却让人感到灸晒，真是，真是……可怜许，可怜生……

可是他逐渐显出了庄肃悲悯的神色，目光半垂俯视过来，眉间光明照于东方，直照得狂风平息，大漠的热沙皆现金色……

直到枕边人的鼾声将梦影惊散。

睡眼蒙眬间见得残星几点还未西沉，宋氏拥着狐裘再欲睡去，又感闷热，一歪身，倚着床屏坐起来，摇头甩脱残留梦境，自嘲地笑了——秋意渐深，夜里凉得要偎着炉火、拥着皮裘取暖，一到白日里却仍是闷热；她早已让在床围装置了十二扇屏风，何处能有风来？梦醒时分所见的残星，也不过是屏上所绘花鸟间点染金泥所泛起的光点罢了。

起身推开屏风，拨帘望去，空中群星早已逃散，天光正明。

宋氏仍穿着家常汗衫，慵慵挽起青丝，轻轻跂着花头履子，掀起寝堂畔一道长垂窄地的罗幕，走入近日绘画所处的静室。室内香炉中火星已灭，唯余淡淡残香弥浮。她所能寻来的种种色彩颜料已从城中自家画堂移来此处，那张绘着还未完工的释迦牟尼变的画帛也已在架上铺陈。

画上位置早已经营妥帖，细细勾描的线条间，诸般妙色辉映如虹——重重青绿琉璃铺成的讲堂、精舍、楼阁、伽蓝，片片彤霞紫云自林立的朱红廊柱间浮出，无数奏乐的天人次第穿梭于遍撒金粉凝成的薄雾之中。紫金的树，翡翠的叶，珊瑚的花，映入铺满银沙的金池；池水中有无数莲花随着微风摇颤，一朵深青的莲花由迦陵

善善摩尼

频伽捧起，落在了天宫中央……

可其上主尊大像还只是模糊的影。

宋氏当然也曾试着摹写那些来自西域或中原名家的画本旧样，其中固然不乏佛像端严的气度，但其缥缈无情却与愁人的梦境相去甚远。提着未蘸颜色的画笔在绢面试着描摹他的面容——梦中的他形象栩栩如生，在庄严与美丽间的最恰好处，胜似幻影。可是在梦醒后，一切都无处搜求了。

他应是哪般面目？为何我只记得他那难以勾描的眼神？听闻世间男子才会私下议论彼等女子的艳丽，我这般岂非同他们一样……这铺画究竟何年何月才能完成呢？

宋氏胸中忽涌起一阵室闷烦恶，忙搁笔离开画室，欲去卷起寝堂廊柱间垂下的纱帘通气。仰面闭眼，略略平缓心神，却仍能感受到暖红的日光飘在眼前。这令她回忆起曾经从崇福寺的崖窟走出时，那炫人眼目的光辉，那垂着长睫的青色眼眸，以及……

忽有飞鸟振翅的声音，将宋氏从朦胧的幻视中惊出。

原是一只胖硕贪食的青雀，口衔一粒葡萄，在井栏上蹦跳着，歪头望向帘里的人。

"安静一些罢。你为何来扰人心神呀！"虽如是轻轻地说，宋氏却唯恐惊走了它，不敢将帘卷起。与它隔帘对视了半响，直到廊下传来一阵急促的足音。

青鸟飞去，一个青裙、白衫、绿帔的少女走来。是身着家常衣裙、粉黛未施的九娘。

"阿姊——"九娘走到了帘外。

"九儿,你怎来啦?"宋氏醒过神来,转头向里微微一扬,"你阿兄还在睡着。"

"昨日可是他遣才伯到城中来唤阿娘与我过来呀。"九娘认真起来,"阿娘只与我说有要紧事,他却还睡着?"

宋氏并不感到意外,只是淡淡答话:"近日是葡萄收成的时节,大约是要请阿家来尝鲜。"忽又想明关节,低叹道:"啊,是时候了。我原只当他不晓事,又要呼朋唤友地赌一场酒……"

"是甚时候啦?"九娘问。

宋氏只含笑摇头,不说话。

九娘仔细观察宋氏那白皙端庄的面容,却没有看出她心中的思绪,只好试探着说:"阿兄定是想着田宅里琐务太多,心疼娘子操劳,才托阿娘来帮忙。阿娘遣了阿姆去葡萄园里看秋收的租税账簿了。我不耐看那些,才来寻阿姊呢。"

宋氏先是不信地轻笑,听到九娘提及麹夫人时,态度才正肃起来:"这原是做主妇分内的事,怎好反劳阿家屈步?倒是我夫妇在城外闲住,久不向阿家晨省,愈发懒怠了。"连忙移身要向外去,又见身上还是寝时的衣衫,心中一阵慌乱。

做新妇不比做女儿,即便不愁姑嫂阿家严,仍生怕显出分毫典砚①来。或是操持家事,或是点检用度,偶尔歇息游乐,也得匀出

---

① 典砚:唐人俗语,指行迹不正、行为不检。

善善摩尼

一些心思看顾家人。至于还在室未嫁的女儿，虽照样同阿娘、阿姊学些家事，却终无多少专责，心思便也活泛。

"是我同阿姆先来，阿娘还要亲自去邀都督阿叔过来呢。不过她可是说了，'久别胜新婚'，嘱我不可扰了阿兄。"

这回宋氏倒是真的笑了："我还道你是第一念我，有了你阿兄，你便总向着他，由着他欺我呀！"

张家的田庄与葡萄园都在高昌城外东畔。

有河渠远远地从北面对峙的景教寺与佛塔间穿过，平平流到东城墙边忽然转折，便入了热闹的人世。夹岸垄亩田园、花草果木缓缓铺开，豪族土流家家自足。一路行来，见得果园中一派明媚丰收景色，累累艳红硕果已令安石榴树垂枝难举，浓翠藤叶下饱满成穗的诸色葡萄珠果也将酿为醇酒，果木藤架间劳作的农人身影终日可见。

世人皆知西域多产葡萄，而葡萄最多最好的地方，便是西州。这与本地的水土相关——中原百姓总是期冀风调雨顺，而对于依托引水浇灌田园的西州人而言，降雨却是一场灾难。葡萄总是要经日晒夜冻，熟时才更可口些；一旦遭受雨水侵害，便致减产歉收。在西州人的记忆里，自武后直到开元天子的数十年间，仅罕见地下过一次雨，那年幸存的葡萄因酸涩而无人采摘，只能烂在地里。为了葡萄的香甜，西州人宁愿忍受盛夏的烈日与初秋的焚风。

时到如今，深秋之日仍不知疲倦。天光明且媚，宇澄风气清。

一处敞望通风的缓坡上搭有晾晒干葡萄的荫房。采摘下的串串葡萄已盛在篮里，正待挂入其中——这些娇贵的珠玉离了藤蔓，易在日晒下变色变味；而荫房既以屋顶挡住了日光，又以土块间错砌成的四壁确保炙热的秋风吹透其中，晾晒出上好的干葡萄。

阿麹正在一处荫房外指点着仆佣搬运晾挂葡萄，看见宋氏与九娘，忙搁下手中的活计，走过来招呼："娘子，只需七八天，张家的葡萄便全收得了。"又转头打趣九娘："九儿，太夫人交代的针指你都做完了？我看你一定又搁开不顾了。"

九娘虽听得分明，却佯装不闻，转头去指着那些篮中的葡萄与宋氏瞧。那些澄澈的琥珀色、浅金色、青玉色的葡萄都是佳种，香美可爱。九娘多次随母亲来看过自家田园的收获，都能叫得上它们的种类名字。她拾了一串泛着清朗绿晕的葡萄送到宋氏手中："这是西州出产的马乳葡萄，的确要比别处香甜些。只是鲜果不好贩运，若行商要卖去中原，都是晒干了或酿成酒。"

阿麹也来附和："我听西州的老人说，昔年太宗皇帝时，在长安也有引种栽植马乳葡萄，还亲酿有八色葡萄酒。可惜中原的水土似有不同，结实总不如西州的甜，酒亦不如西州的香。"

宋氏已闻到了葡萄在热风里蒸起的浓郁甜香："我嫁来西州才知晓，原来葡萄在这里这般多。一旦过碛入关，便不一样啦。"又向阿麹点点头："阿媪去歇歇，我来看着。"

九娘扶阿麹在一处草席坐下，阿麹仍不忘口中絮叨："往日先主人张公出征在外，这里的屋宅也罢，果园、田地也罢，太夫人都

善善摩尼

无心去打理了。我等做仆婢的看了，也觉得荒废了可惜。后来先主人不在了，太夫人独自操持全家上下，一切都大好了，可咱又心疼……"说着甚至流下眼泪，"如今阿郎已能当家，又有善于持家的娘子在，我就安心了，我真高兴啊。"

宋氏只是笑了笑，九娘却装作生气的样子说："阿姆，难道我不是张家人？张家一切有我，我也会把一切安排得好好的。我会安排，什么事都会！"

阿麴却进而抓住了话柄："好阿九，你以往总说自己惫懒，从不愿听太夫人教诲，如今倒想着去操持家事了？你莫忧心，老妇人也替你瞧着小郎君，今后不知哪家小郎君有幸由你来持家呢！"

九娘被如此一说，急着分辩道："不过怄阿姆一笑，何苦拿我打趣！"疾疾起身，抛却身后人，向坡下跑去了。

沿着小丘的道路远眺，能看到绿洲边缘隐隐显出的一痕与天相接的赤红。但绿洲的平坦宽广，足以让人忘记四面还有茫茫碛漠围起的荒海。近处有防沙御尘的白杨成行高矗如军阵卫士，头肩上负戴的叶片甲胄已被秋霜染出斑驳的色彩；为牛马过冬预备的草料，也已倚傍着树干堆积如堡垒。林间田地有云样白烟焚起，那是乡人在焚烧收获后的剩余的麦秸。

经历了最后一轮收割，疲劳的土地行将休息，然而高昌百姓还不得松懈。官府已派出了行水官员，沿着绿洲中的各处水源勘察，又有专职的知水官，征发民夫修补破漏损毁的堤堰。这一切都须在

善善摩尼：唐朝西域文书故事集

入冬土地封冻前完成，以待来年春回桃花汛再来时，即可速速灌溉耕作。

不过，更引九娘注目的，是一方空地上即将开始的马球赛。

两队人马已对峙于场中两侧，一方着青衣，一方着红衣，望去俨然都是面白无须的少年郎君。九娘仿佛忘却了先前心中因阿鵕言语带来的羞怯，在近处挑了一处高地坐下，要看这场赛事。

待开场击鼓的号令一响、小球被掷入场中，霎时两队策马驱驰而动，纷纷挥起球杖，竞相敲磕小球。场里尘飞马后去，空中球势杖前飞。有人向着目标直追而上，却控制不住所骑骏马奔驰周旋；有人好不容易当先，却又迅速被敌队横杖立马堵截在后。唯独两队领首之人技艺精熟，无论进击退守都自如从容。

转眼一人已夺得先机，将小球击入了场中立起的小门。场畔即有人举一小旗，高声唱筹——这便算是拔得了头筹。顿时场上响起一半欢呼与一半吁声，却都是女儿声气——场上原都是做男儿装束的女郎。

竞赛到激烈相持、难分上下时，诸人流汗，衣湿难耐，更是纷纷卸脱了半边袍衫，露出了内衬的织锦半臂来。额际的汗珠、肩上的织锦、腰间的钿带、马上的银镫金鞍，都在日光里映出光辉。两队人马兴致极高，不以三筹为取胜之限，直到马乏人力尽，赛事才告完结。

待马队四散归去，其中二人却策马径向九娘行近来。九娘正待避开，身后却传来薛十五娘的笑叱："阿九，你不来帮我，害我输了,你休想走!"

"九娘,阿薛是输了不甘心!她原说,若你来,准是能赢的!"是野那的声音传来。

九娘只好停步,向她二人玩笑似的回道:"对面来的是谁家郎君?生得俊朗非凡,是要在此处私会小娘子么?"

十五娘驻马,抱臂看向九娘:"我便是要会一会你!你家阿宋难得见夫郎回还,我等闲人不去扰她。连你也不愿同我等去打球!你既不愿,为甚又来偷偷看呀?"

九娘不好明白说出那是因母亲不许,仍分毫不让地回答:"这位官人,分明是你踏进我家果园,怎么反倒问起主人家的不是来了?"

十五娘便不再纠缠,另问道:"嗳,你家葡萄卖不卖?"

九娘怕她是话里藏话,笃定答言:"不卖!"

"真不卖?我不占你家便宜!"

不待九娘回应,身后却传来宋氏的声音:"小九说不卖,没说不许你拿呀。你要吃,尽管摘。"宋氏走到九娘身边,轻拉了她一把,笑言:"快回去罢,咱们张家还待你操持家事呢。"

九娘依旧故意做出计较的模样:"我如今正是在持家呢——高昌行市上,一斗粟不过三十来文,一升干葡萄却要价十五六文呢!我可舍不得白白送人去。"又向十五娘伸手:"钱呢?"

"要钱一文也无,我把曹大娘子留给你可好?"十五娘驰缰扬鞭,将要行开。原来在几人说话间,野那已偷偷策马走到一处藤架边上，用球杖勾取了一大串葡萄，正得意地举在手中向十五娘示意："阿薛，咱们快跑！"

"窃果贼！"九娘向着马上挥手作别的二人恨恨喊道。

远远地听十五娘回应："她就要随波斯王子一行往关内去了，将来看你往长安向她要钱去！"

归家走上堂时，九娘正听得屏风后母亲与叔父张君说着一件已言语了许久的事。

只听母亲说："今日我儿借着约朋辈游猎的因由，已邀几个儿郎到园中见过了，你说哪一个好？"

叔父说："……这高耀原也是在安西军中，可他所率行伍遇袭，朋辈全数战死，只他一人得活……唉，现在只向官府报病，闲在家中，再不敢上战场，……倒是那高家小儿郎，还不到二十岁，便已经积功擢升为五品高官，安西再无第二人！"

麹夫人则答："谋一五品武职，不知要多少次血染战袍……我却也向人打听过，他得朝廷颁赐告身时还未有婚约，安西无数长官想把女儿嫁他；各家夫人错意工巧，小娘子也看上他既有武勋，面容又生得好，各个都使伎俩想讨他欢心……这样的人，想必看不上我这寡弱之家生长的女儿，……倒是北庭都护总会为他独子谋上官身，我那兄弟也应下做媒了……"

"仙芝儿郎他阿爷原在河西军中与我相熟，此事不难！……阿嫂，儿郎行学剑攻书，哪一个不想谋得功名啊？那高耀罢却龙泉身

善善摩尼

解甲，能学得几分文章？……你是畏怕将来侄婿走兄长的旧路么？"

听闻张君如是说，麹夫人沉默了。

九娘听到两位长辈所言，只觉莫名其妙，不愿再听，想悄悄溜下堂去，这时候张无价已同宋氏携手进来，朗声问："小九，你怎在这站着，不去见过阿叔？"如此一说，堂上两位长辈便知九娘已偷偷听得了谈话。

无论九娘性子多么开朗，遇到这般情状也不禁发窘。只好低垂着头盯着裙角，一步步挪到堂中，去向长辈见礼。

可张无价还扬着声音笑着向母亲道："我家小九如今也是将及笄许嫁的人了！"

宋氏推张无价一把，嗔怪道："哪有你这样急着把小妹嫁出门的阿兄？"正说着，忽将手捂在口上，显出难受的神情。

"娘子？"张无价上前轻扶一把。

宋氏只是摇头，指着随侍婢子捧的一壶果浆。不待婢子上前，张无价忙忙取过银壶，斟了一盏捧给宋氏饮下。宋氏这才说话："不知怎的，近来口中总是犯苦，只想饮些酸浆。"

九娘却生气似的抬头，大声说："阿姊样样都好，张家有了阿姊，阿姆便不要小九了，连阿兄也不要小九了！"

这样说着，堂上诸人全笑起来。听着母亲还向叔父笑着说："你看，她还像小孩儿，什么也不懂。"

九娘脸上发着烧，自觉心里十分生气，红了眼眶，听着一阵铃响，见铃子摇尾吐舌地扑上前来，忙将它抱在了怀中。

好不容易挨到夕食过后，送走了叔父，九娘以为家人更加要笑她，只抱着铃子，在园中寻了一处胡桐荫下躲开。哪怕张无价找来，在她身畔坐下，九娘还是转过头去，打定主意不同他说话。

张无价说："安西的高家可是好人家！"又顿了一顿，"……小九，阿宋与我定下时，只有十六岁。"

九娘明白兄长的意思所在，红着脸不理会他。

"怎么样？……你想过么？"张无价因为实在高兴，依旧笑着说，"小九，假若高家要你做新妇，请你叔父、舅父来做媒，你应是不应？"

九娘不答，只抬头向上空望。

秋色已深，热光为胡桐枝叶一挡，荫下微带凉意；只要一点微风，便有离枝的叶如黄雀般飞下。九娘一手为猕儿顺毛，一手伸出承接几片飘落的木叶，用指甲在掌中掐刮着干枯叶脉。

张无价还在说："高家的郎君，模样比阿清还要俊。"又有些不安地窥探小妹的反应。

九娘心神乱转，终于开口："阿兄，你再说，我就再不理你了！"将手中的碎叶拍在地面，又站起来要走开。

"愿意嫁与他么？——哎，小九，你到底想些甚啊？"张无价还是随之起身跟过去，"你若不说话，我便当你愿意了？"这话说来，竟像是一切已安排就绪，只差等待九娘点头应下。

九娘倚着树，不说话，只摇头。

善善摩尼

迟了许久,待身后再无声息,转过身去,发现张无价已然离去了。

于是九娘倚着铃子坐下来,仍忖想自己的事。不知过了多久,倦意袭来,不知不觉便睡着了。

直到铃子见了生人,连声吠叫。

九娘从梦里惊醒。头顶枝叶稀稀朗朗,一半已伴着黄黄的日光直落到身上来。像是近斜阳时分了。眼睛被耀得睁不开,低下头只看着身前是男子的袍靴伫立。她想起自己先前对兄长的无道理处,先开口说话:"阿兄,你又来?"

"九娘,我可不是你阿兄!"那人带笑答言。

九娘这才发现,面前是前些日见过的那个波斯少年穆沙诺。他穿着天马锦胡袍,系一条珠钿腰带,往日蓬乱的短发也规整地压在日月冠下,俨然是扮作醉胡王[①]模样。

九娘心里又惊又羞,却不想显露出来,只伸手随意抖落衣裙上的落叶,看他还不走,又在铃子额上轻拍一下:"你叫也不看看来人是谁!"她本意只在"那轻薄儿郎还不值得你提醒我",故不再理会他,依然埋头想自己的事。

但在穆沙诺听来,仿佛眼前少女是出于好意,再看铃子俄俄如狮子行步卫护主人的神气模样,不由失笑:"你这般声厉色威给谁

---

① 醉胡王:唐时伎乐表演中的角色之一,头戴金冠,身着锦袍。

善善摩尼:唐朝西域文书故事集

看？扮护法金刚么？"他蹲下为铃子顺顺背上的毛，且在它耳际亲昵地揉了揉。铃子已不再吠叫，但喉中依旧低低啾着，仍是不欢迎来人的态度。

九娘不作声，面上还微带一些恼着的神色，但心中原先对他那一点儿埋怨，早已没有了。可是另一些思绪，与他相关又不相关的，却使她继续沉默着。

"你怎地不说话，还在生我的气？"

九娘并没有回这话，而是反问他："你既扮作醉胡王模样，想必是要去城中贵人豪商面前献艺讨些美酒来喝，怎还在我家园里？"

穆沙诺神色一愣，连忙点头："是这几日景教寺里有节庆，我已去过啦。我是你阿兄的客人，要在这里借住些时日。"又指了指已落得满地朱叶黄华的树荫，故意想要玩笑："我原想为一位树下的贵人献歌，可这猇儿好凶，我不敢过来了。"

"铃子，不许这样！"九娘将铃子抱在身前，看少年还伪作害怕的模样，也不由被逗笑，"它很乖，你放心，不咬人的。"

穆沙诺便走到她面前，从袖中翻出一小束草花递过来。是深秋时零星残余的几朵粉白色石竹花。

"这样不起眼的花，有甚好看？"九娘不接。

他却郑重其事地将花收回袖中，微笑着打量九娘，像是对她的没耐心抱予宽容。他径自在九娘身畔坐下，接着变戏法似的从衣袍中取出一包麦饼在地面摊开，说："那么，这些花好么？"原来是以酥油合麦粉烤制的小小花形甜点，其上点缀各色干果拼出的花蕊，

善善摩尼

极是小巧可爱。

九娘眼光动了一动，可依旧做出不领情的模样。急得穆沙诺又取出了盛着赤红葡萄酒浆的琉璃酒壶并两个酒杯，斟酒举杯，轻唱起祝酒的歌辞：

天马常衔苜蓿花，

金樽多泻葡萄酒；

杯已斟满，悔当抛掷……

九娘听得一怔，终于认真注视他，眼眸泛着清澈的光；对递来的酒杯却是摇头，只又放下了铃子，看它追逐一只飞蝶跑开去。

直到穆沙诺放下酒杯，伸手递一小块酥麦饼过来："你也来吃，高昌波斯寺里的阿叔为我烤了许多……"

九娘这才伸手接过，咬了一小口。

"你在想些甚？"穆沙诺又问。

九娘抬头含糊道："想天上的云。"

黄昏时分，天色柔和，漫天淡淡的霞光将散，却并无一片云。照西州的习惯，这话意思就是"都不想去想"。但同时九娘又在心里暗暗说："我想着很远或很近的事，可又总想不明白。"

"我要走了。"九娘做出起身欲走的模样，将手中麦饼全塞在口中。可是不待穆沙诺挽留，她已被麦饼噎得涨红了脸，只得急忙又坐下来，抓过杯来，把酒压唇。

一杯饮下,销愁解颐,九娘不好意思地笑起来。那是毫无旁骛、真心实意的笑。

穆沙诺也咧嘴朗笑出声:"莫走,与我一同看看夕阳,好么?"

九娘略略点头,甚至玩笑着敛手行礼道:"赐惠交情,幸垂听许。"

他也举酒相敬:"酒食贱陋,供给单疏,只恐不堪,终无吝惜。"

二人相视大笑着坐定,看着秋日余晖开始暗沉。

直到一弯弦月挂在天上,眼前一度色彩分明的世界都逐渐披上了一层淡淡银华。草里织着虫声,忽有宛转鸟鸣传来。

"在胡桐树下,有这样好的夜莺鸣唱,你听着了么……"穆沙诺望着九娘笑,同时自往杯中斟满了酒,"夜莺的声音,像不像在唤'酒、酒、酒来'[①]?"

"这样酒徒一样的鸟,有甚好听?"九娘以为他又想着什么恶作剧,故毫不客气地回道。

"好、好!"穆沙诺举杯抿一口酒,像是在赞酒,又像是赞夜莺啼声,"唔……或许,它是看见有位美丽的小娘子坐在树下,牵动了情思,在一声声地唤'九娘、九娘'呢。"

"你这——"九娘面上似已染上了酒晕,心里想着不去理会他,

---

① 中古波斯语中葡萄酒读作"may",发音与夜莺啼鸣类似。

善善摩尼

口中却突然轻轻叹了一句,"阿兄就快给我定下婚姻了呀……"

"婚姻?"穆沙诺忙将酒杯搁下,喃喃道,"张兄也未与我说过……"他有些迷惑,思索着九娘为何说这番话。

九娘隐约觉察到这个异国少年的心思。她这么说,也许是为了让他少说几句轻薄的话。可是,穆沙诺好似没有听出来,反而以为她的短短告白是某种催促。

于是穆沙诺又试探着说:"其实……来日有件事,我想要向张兄面告,行么?"

然而,九娘似乎没有听着,只顾看向远方,没有瞧穆沙诺一眼。

夜月照映下,远方田野已安详沉睡如一片静海。忽有明灭有无的微尘数点在原野里浮了出来,缓缓向南掠去,影痕冉冉。九娘最初还以为是有流云在空中划过,直到听得嗥然作声,才知那是南飞的征鸿,缓缓拍击翅翼,正高远地飞在夜色里。

穆沙诺只得又说了一遍。

"你同阿兄去说话,同我有甚干系呀?"九娘依旧不看他,语气也不大认真,"你看,雁即使飞去异域,也总是成群结阵,从不孤单呢……"

穆沙诺面露无奈,只好稍稍加强语气,直接问道:"你是舍不得家人,忧心嫁人后感到寂寞孤独么?"

"不,那人家就在安西,我还能时时回还。"

"……"穆沙诺沉默着注目九娘的侧脸,她的眼中若有光点明灭，恐怕是月色给染上的一点淡淡愁绪。

九娘感到浑身暖融融的，似有些醉了："我家阿娘曾说，既投生成了女子，何必读那些书。对世间知晓得越多，反而越碍事。倒不如无知无识地嫁作人妇，生儿育女，浑浑噩噩地过一生。想起这话，我才有些……有些……"

"害怕？"

九娘思忖了一会，终于点头承认。

"婚事都是要听从父母长辈安排么？"

"是，我家阿娘、阿姊都是，祖祖辈辈都是……"九娘毫不犹疑地答，"人们总说，这是世间应有的道理——"

"如此能有多少喜乐？难道她们都连一分自我也无？"

"有，十分有，所以才不好办呀……"

"那你呢？你是你，你不是她们。"穆沙诺的声音有些颤抖。他将杯中酒饮尽，侧身靠近九娘，想要在夜色里把她看得更清晰。

"我是我？"九娘有些惊讶地转头看他，眸波明动。

穆沙诺连连点头。他又在斟酒，鲜红的葡萄酒液已沿着琉璃杯的边沿缓缓流下来，滴在他握杯的指间，他却愣神般未曾觉察。

九娘微微笑了。正待再说话，却闻阿麹的呼唤声传来："九儿？九儿？你又躲去哪处玩啦？"猧儿也在兴奋地吠叫回应，似是在引阿麹过来。

九娘醉意减退了，脸色发白。

"晚风渐凉。你快回去罢。"穆沙诺叹口气，埋头躲开了九娘

善善摩尼

的目光，只顾将酒杯举在手中，仿佛在细细赏看其上细细镂刻的花纹，随口轻哼起新的曲调唱辞：

> 苜蓿随天马，
> 葡萄逐汉臣。
> 当令外国惧，
> 不敢觅和亲……

九娘起身回望，看着自家屋舍的阴影沉沉压过来，目光所及，影子都变得浓黑如墨。

她忽感到深深的孤独与畏惧，一面自顾着轻轻说："若都不要九儿，九儿就不回来了。"一面回走，将月下有夜莺啼唱的胡桐树与那异国少年，都抛在了身后渐渐寒冷起来的夜里。

怀风

夏秋之际，因着十分丰收，人畜都有食粮，西州吏民除了吃饱穿暖外，无事可做。好在还有大大小小节庆可供消磨光阴。这些节庆多是依照每年长安颁赐予西州记载四时八节的历书次第举行，在大唐境内上下如一。

七月七日的乞巧节已过去了。每年这时候，张家都要将妆楼帘帷改换水晶帘子，众女眷盛饰登楼，于帘前拜新月，望牛郎织女渡银河，将花果炉饼陈在案前祭织女，低声念过祝词后，又以金银输石为针，穿彩线乞巧。今岁因张无价自安西返家，阿麹便总在九娘面前念："正因娘子拜月格外虔诚，阿郎才得回还。小九若也有此心，想必早觅得郎君了！"

九娘掩住耳不耐听，不过依旧满怀欣喜地随阿麹准备七月十五盂兰盆节。当日除却备好瓜果饭食供奉佛塔与斋僧外，麹夫人与宋氏还专为军阵亡殁的张公设道场荐福；张无价则带着小妹去听了一回寺中僧人转唱《目连救母》变文①。

八月一日,宋氏在清晨拿出预先以锦彩缝制的"眼明囊",盛来朝露与诸人拭目。阿麹则仍是用为小儿驱疾去病的法子,以银盏调了朱砂,又折来了梨枝,蘸一点朱砂点在九娘额上。

至九月九日,一家人并未去登高、饮菊酒。这是因为赤山无甚可看,白山又太远,但全家人都忙着为九娘的婚约打点安排,大约也是原因之一。麹夫人一眼识破女儿赠与诸家亲友的茱萸绣手巾是阿麹代制,本想训斥她,可碍于那是在都督夫人置办的家宴上过了明路,还引来了高家长辈夸赞,麹夫人只得皱眉强笑,隐忍不发。

此外,西州本地还有依着胡人火袄历而办的各式节庆。

譬如寒食节就与唐人不同,看热闹的人常以为只有昭武胡人大肆庆祝、分发以酥油合麦粉制作的餢飳饼的那天是寒食节,殊不知他们视火为圣,预先已过了十余日不生灶火、只食果菜的日子。庆贺那日,张无价也随他那胡人结义兄弟一同去了胡城,归家则献宝似的带了各色烤得香甜的花形餢飳饼送与九娘。九娘却并不稀罕:"我曾吃过的比阿兄与我的还要好!"

之后还有葡萄成熟时的品圣葡萄节、葡萄酒浆酿成时的饮酒节,张无价与友伴相约,畅饮美酒彻夜不归,却使宋氏与麹夫人忧心得彻夜不眠……

---

① 变文:"变"即"变相",指绘制佛经故事的彩画。转唱变文为佛寺中的通俗节目。讲经的法师如乐官一般,指着一张张彩画中的人物情节(转变),将佛经故事以通俗形式唱念与民众听(唱文)。

每逢节庆时，百姓们扶老携幼，呼朋唤友，竞相涌入高昌城中，四处人流汇聚，一片喧哗热闹。世家大族的家眷则宁可避居在城外自家宁静的田宅。即便如此，他们仍能听到城中古老的梵钟间隔撞响，徐缓传来的袅袅余音，让人想起岁月的流逝。

当寺中开讲经文之际，便也如节庆一般。不喜喧哗、避居城外的贵家女眷们，也要与友伴相约礼佛上香、听法师讲论。女人社众人早早就开始集钱筹物供礼佛之用，作斋、进香、奉物诸项事务在手待办，虽有年初佛诞日的旧例可援，仍忙得转不开身。

既是赴正经的讲筵，理应有与之相适的盛装。那日麹夫人与宋氏均是早早起来，匣中取镜，箱里拈衣，祛服靓妆地装束妥帖，衣上还缭绕着熏香的气息。宋氏特地挑拣了娇艳的退红缣衫子、葡萄紫缬绫裙来穿。麹夫人也为九娘选了波斯织金绿锦背子、泥金泥银裙衫之类足以让世间少女长久艳美的衣物。

九娘却没有往日的喜悦神色——年末她便将行笄礼，与高家子弟议定婚约。作为张家女儿，同家人一起出游的时日所剩无几。她在镜前默坐，乌发长垂在肩。

宋氏在身后执梳半跪，执意要将为她梳一个少女间最时兴的发式："等你出嫁了，就得上头梳髻，再不能梳这样的垂鬟啦。"

九娘没有答言。

看着手边发鬟已将绾成，宋氏对镜中一看，有些疑惑："小九，你怎么啦？往日听闻要出门去，你都等不及……"

九娘只是摇头。

善善摩尼

宋氏叹息一声，赶紧为她将因移身而显出松溃迹象的发鬟盘稳系好，这才柔言细语地劝慰："你可记得，我刚嫁进张家时，是哪般模样？那时候我想家，不敢在阿郎面前说话，只得偷偷哭，被小九瞧见，小九可是给我说：'阿姊，莫哭，这里便是你的家；若阿兄欺负你，我帮你出气！'后来你扮作男子偷去学堂，偷玩你阿兄的长剑，阿家打你，你却从未流一滴泪，我很佩服你。这些你可都记得？"

"我……我情愿在这儿陪着阿娘、阿姊！"九娘像是在自言自语，又以执拗的语气说，"我不要嫁人，永远不嫁！"

"那边你也听闻了，高家是好人家，高家儿郎是个有武艺、讲义气的好人。"宋氏在她肩上轻拍，替她押好绕在裙衫之间的轻容纱帔子。

"我有个理由，"九娘仍拧着眉，显得思虑重重、心绪烦乱，许久才迟疑着低声说，"可我不能讲。"

"不能讲？对我也不能讲？我可要伤心呀——"

九娘想了一想，目光变得深沉起来，以毅然决然的模样悄声说："你不认识我阿爷！"

"先阿公？我只知晓，他过世那时，你还小呢。"

"可他害了我阿娘一世，阿娘不许旁人提一个字，但我亲眼见着了，直到他死了，她还被他折磨着……"九娘身上不禁战栗起来，"若嫁与一个人，就得一世忧虑、一生受苦，我才不愿这般！"

"难道世间男儿就无一个好人？难道世间就无举案齐眉、相敬如宾的恩爱夫妇么?"

九娘陷入恍惚思绪之中,说:"但我阿爷与阿娘的情形,旁人也只说是难得一见的深情啊。旁人不知晓,是因阿娘宁死也不愿向人诉苦。若嫁人便是如此,要忍受痛苦,要在该呼救时强忍着闭口不言,那我宁愿不嫁人,出家做尼师去!"

宋氏面露惊色,将手中的梳落在了席面,有些不安地强笑道:"你还小,哪里知晓这些?"又停了一停,"你看你家阿兄,他不是待我很好么?"

九娘闻言,面上的恍惚神色消失了,反倒凝眸注视宋氏,认真问道:"阿姊,你嫁与我阿兄,是真的欢喜么?"

宋氏一愣,口唇翕张了两下,到底是没能直接回答,只好用了更强硬些的语气:"你若嫁过去,也得跟着未来婆母学着当家,也要记住,在婆母面前千万莫哭,郎君若是出行在外,你得帮着她。若受了委屈,可不能耍小性子,在郎君面前作色。"

"那么我嫁人后,就能随着自己心意么?"

"自然不是,你得守着家,让夫君没有后顾之忧;或夫君在哪儿,你在哪儿。"

"……我在哪儿?"九娘跟着念道。

宋氏便不再劝,只轻扶九娘的肩,轻声缓唱道:

香车宝马竞光辉,
少女堂前哭正悲。

善善摩尼

吾今劝汝不需哭,

三日拜堂还得归……

"——这是我出嫁时,阿娘唱与我听的呢。阿娘说,待我有了女儿,也要教她唱。你看,世间的妇人都是如此这般。"

九娘闷闷地说:"我才不哭,也许我便不是呢!"

"这是哪里话来?常言道,'徒来生处却为客,今日随夫始是家',如今我便早已把这儿当作是家了。若我要离了西州、往敦煌家去寻阿爷阿娘,小九可舍得么?"

"可……可是,我……"九娘不知该如何言说,只是翻倒了镜台,手引绣带,背过身去。

宋氏轻拍九娘肩膀,若有所思地起身离去:"好了,我要去帮阿家准备车马了。"

恰逢天竺的法月大师入唐,暂留高昌城内朝廷敕建的龙兴寺里。进香的人们从西州各处涌来,寺门前处处拥挤喧哗,极其嘈杂。途中也有西州都督夫妇前来上香的队伍,前有随从开道,后有仆婢众星捧月般簇拥着,声威甚为显赫。

见自家车马被阻在人流中,驾车的才伯自觉受了欺侮,恨恨向空中抖响马鞭。贵家之中,虽有禁止闲话的规矩,但长久为他人阻在道中,随车的婢女们心中有了愤懑,也低声说上几句。有的说:"若不是先主人战死,如今西州都督之位自该落在我家,怎会是我等避让他家车马？"也有的言称："今日合该是都督请安西那边来相看我家小娘子，都督夫人却非要带着她家十三娘子盛装打扮着来，也不知道存着何种心思——那位小娘子才十一二岁呢！"

"噤声！噤声！太不像话。"在闲话散入车中贵人耳里之前，阿麴连连怒斥，又向才伯使眼色。才伯回身冷冷往几个婢女那边瞪了一眼，她们立刻闭口不言。

可阿麴也自觉得有什么如鲠在喉，只好遥对着寺门合掌抵额，虔诚祈祷："老妇人别无所求，只望神佛护佑我家小娘子，将来也做个都督夫人、都护夫人。那时我定也随着小娘子，轩车花马，仆从簇拥，前来隆重还愿！"

车中的麴夫人对此不置一辞，只让宋氏与九娘随她下了马车，一同步行入寺。

大殿内已搭起了讲台，女人社诸位夫人也早早遣奴婢在讲台前占了好座席。麴夫人一行为避让都督家车马，阻在了殿前拥挤的人流中。远远听得殿中薛十五娘招呼，麴夫人便吩咐家人仍留在原处，只亲携了宋氏与九娘，又吩咐阿麴领两个婢子同去。

此刻席间颇显混乱，时不时传来女儿家的笑语喧哗，仆婢在穿梭忙碌于安置礼佛所用的各色器什。不知哪家夫人带来两个身着锦裤红袜的小童儿，还在乳母身畔嬉闹。

"张家女儿即将许人出嫁了。"几位夫人望向来人闲聊说。也有少女若有所思地看向神色郁郁的九娘，说："他家为小九选的那位是很好，可是……"然后夫人们便不听了。她们的人生都是从新妇

善善摩尼

过来，经历过那份担忧："一旦她出嫁，立刻便没事了。"

待麹夫人入席，众女眷皆来序礼，一再寒暄，又是一番排定座次的忙乱。西州杜司马家张夫人也抱了先前所见的一个小童上前来见礼，令麹夫人有些惊讶："阿张，你又有孩儿了呀？我怎未见……"

"六郎是妾生的，记在我名下罢了。"张夫人有些酸涩地轻声讲着，然而低头面对孩儿时，由他扯住衣袖，仍露出慈爱笑容，"佑儿，阿娘带你拜佛好不好呀？"

众人上前逗弄孩儿，又是谈笑一番。

直到寺中钟声敲响，台下听众才暂停谈话，各各坐定。

台上先是由讲僧开一段俗讲。这并非止于宣唱佛名、依文教礼，而是随机应变，适以人时地发挥讲论佛经故事。但见台上讲僧已手把如意，升狮子之座。他先朗声念一段以七言韵文写就的押座文，听得四下归于肃寂，才开始唱释经题，讲的是《悉达太子修道因缘》。又念一段"开赞"，赞叹佛威，颂扬帝德，祝愿海内平安、岁时丰稔。待念至"又将称赞功德，奉用庄严合宅娘子、小郎君贵位"时，麹夫人望向怀抱小儿的张夫人，又看一眼宋氏，摇头轻轻叹了叹。

趁麹夫人转头去逗弄孩儿，九娘拉了身畔宋氏一把，悄声道："阿姊，你看座上，那不是利言么？就是在崇福寺中见过的那个呆和尚。"又有几分讶异，"怎他言语如此顺畅？"

宋氏没说话，只是脸微红，浅浅地点头一笑。她似是畏风，牵过肩臂上环绕的一条淡青罗帔侧头将面半掩了去。帔上以银泥绘着流云与疾疾飞起、千姿百态的白鹤——与其说是飞鸟，远看倒像是云间飘落的雪花。如此让人生寒的纹饰，却因衬着她唇间点染的一点朱砂与面上泛起的红晕，竟显出一种暖意。

此刻有沙弥捧上一轴彩画，以鸦叉高高展挂在讲台上。九娘便也凝神看去，不再与宋氏言语。

画上是缤纷桃李花中一角宫苑彩楼，中有无数昏睡的宫娥彩女，唯钗花盛服作太子妃模样的贵人蹙眉独坐。原是拣选了一众妇人爱听的悉达太子同太子妃耶输陀罗的故事来讲唱。

只听利言发声宣诵道："……太子预见前事，遂唤耶输夫人向前：'今有事付嘱，别无留念，只有一瓣美香，夫人若有难之时，但烧此香，遥告灵山会上，启愿必当救护。'临行之际，宫人睡着，彩女昏迷。太子便被四天门王齐捧马足，逾城修道，回手却着玉鞭，遥指耶输。夫人无奈处，若为陈说：

父王为子纳耶输，容颜美貌世间无。
彩女如仙都不顾，一心修道听真如。
既为新妇到王宫，将为君心有始终，
准望百年同富贵，抛妾如今半路中。
……"

这一篇俗讲经文，在佛寺中常常陈说，无人不熟，可是由这青

善善摩尼

年僧人曼声宛转吟唱出来,只觉情真辞切。座中听讲诸妇人,多是有至亲长行在外,心有所感,似又见那人离别故土、远征宿旅,更觉心声得以歌咏抒发,不觉已泪眼盈盈。

有冷风吹进殿内,宋氏打了个寒噤。肩头纱帔为殿内摇曳的烛火一照,银泥涂饰处耀出点点光斑。台上有一束目光随之看过来。宋氏眼中忽有了光彩,盈然坐直身。一道银河无声地从肩头倾泻开来。

转眼台上鸦叉所挂变相画轴一换,展来却是画着浓烟滚滚、烈焰熊熊的一处火坑。侧畔绘着太子妃怀抱幼子,已是乱发粗服,枷锁系颈,面色凄怆,为吏卒驱押,跟跄前行。听众看得原先含悲的面上悚然变色,听利言继续宣讲下去:

"太子与四天门王,便往雪山修行。到雪山已经时久,耶输降下一子。父王闻之,拍手大怒道:'我儿山间苦行,近及六年,因何有此孩儿?'其新妇答云:'此是马鞭指腹化生之男。'父王大怒,要罪耶输母子,差壮士,令拥出于宫门,推入火坑。悲急交加处,若为陈说:

> 逾城修道也从君,无事将鞭指妾身。
> 六年恃养宛家子,此事如何辩正真。
> 苦说万般交处置,中心更向阿谁陈?
> 母身一个遭火难,乞惜怀中一子伤!"

听利言讲至太子妃母子二人即将被推落火坑的紧张处，人皆震动，屏气凝息静候下文，间或传来一两声妇人低抑的悲泣抽噎声——她们常日在心头压抑无尽忧惧，辛苦持家，彻夜难眠，空待征人，正如时刻身处火宅之中。听这一出转变，仿佛正是听人解说自身故事一般，哀恸掩面，不忍再闻。

宋氏却眼中一片澄明，空望向一片虚浮的烛光香雾中，甚至安心地露出了笑容——那里有青莲花从彩画上无尽的火焰中盛放出来——原来是沙弥又挂出了另一轴彩画，先前灼人可怖的火坑已变作层层涟漪涌起的清池，耶输母子正端坐于莲台之上。

利言声音洪亮，抑扬顿挫地诵道：

"耶输遂将太子所留美香一瓣，只于手中焚烧，其香烟化为一盖，直诣灵山。其世尊见于香盖，便知耶输母子遭难。世尊遂向灵山遥望火坑，以手指其一指，火坑变作清凉池，兼生两朵莲花，母子各坐一朵。其使者却诣王宫，奏告大王，具此奏对，母子并焚烧不煞。

  武士拥至火坑傍，含啼泪落数千行。
  合掌虔恭发愿重，如来德为放光明。
  素手金炉焚宝香，头面殷勤礼十方：
  若是世尊亲子息，火坑速为化清凉。
  清净如来金色身，多劫曾经受苦辛，
  今日出离三界外，救度众生无等轮。"

善善摩尼

听得耶输母子险死还生,四围又沸起嘈杂的诵经念佛之声。座中各夫人、女郎依次起身,恭敬合十,接着或焚香或散华,口中念偈,称佛菩萨名。

麹夫人也手执一柄焚有宝香的金铜鹊尾香炉,引着家人要绕室行香。她心中默诵佛名,正欲回向发愿,忽听闻身后有金铜落地撞击之声,又有人"哎呀"一声后惊呼道:"阿宋这是?"忙转过身去,见宋氏已松脱了手中香炉,晕倚在九娘身上。

大漠里万籁俱寂,狂风已平息了,天空愈发澄澈。

当空烈日为沙丘染上了绯红的边缘,那辉光如火焰在燃烧,越烧越明亮,烧向了天地,最终世界只余一片耀得刺眼的白,但在这片虚无缥缈间,分明有个熟悉的人影……

光芒灼得如此痛楚,她想要转过眼去,但一想到从此同那无情者再难见面,便无法移开目光。"再看我一眼罢!"她双手合十,虔诚请求着,"只一次,最后一次——"

天上渐有曼陀罗华纷纷落下,祥云也缓缓从四维上下的虚空中浮了出来,金、银、朱、紫种种色块都在云中显现,那是宫殿楼阁饰绘庄严的轮廓。殿阁之中许多天人奏乐,众鸟飞来,出和雅音。百千种乐,同时俱作。终于,沙中汇涌出清泉,大漠变作了金沙布地的广阔池沼。池中生出片片莲叶,随着微风乱颤,间有无数纤长茎干,一一撑举青、黄、赤、白诸色莲蕾。其中那一朵辉光最灿烂、色彩最琳琅的，仿佛就是佛前供奉的青莲花。

莲花瓣瓣绽开，上有尊者显露半身。那宽厚的双肩，结实的肌体，庄严的身姿，是如此灿烂辉煌。他的脸上带着温柔的笑，低垂的双目原该满怀悲悯，此刻却渐渐以烁亮眸光观量过来；他微抿的双唇，也像是为着倾诉而张开了。他两眼直望着她，血涌上她的面颊，她自己能感觉到。她什么也没做，他什么也没说，但彼此都好像是做了，说了。

哪怕她会妨碍他的志业，他会损害她的令闻；哪怕眼前只是梦幻泡影，终会幻灭……

可她已将他的面容深深印在了心中。眼看着那人的身影逐渐融进了光中，直至最终消失不见。那光亮也迅速黯淡下去，眼前只余漆黑一片。她感到自己正如油将燃尽的长明灯里那微弱的光焰，心中有什么在渐渐消隐。

虽耳畔有可憎的杂音嗡嗡喧扰作响，宋氏仍慵倦得不想睁开眼，深深沉在繁杂的心绪之中。

"婉淑！婉淑！"分明是有男子在一声声唤。

宋氏像是从梦魇中醒来般缓缓睁眼，怔看向身畔坐着的身影，想要起身，却觉身子疲乏得令自己吃惊。

那人惊喜地唤："娘子，娘子醒了。"

又有数人疾疾入内。

鞠夫人满眼泪水，连连称颂佛号："你这新妇，可是要把阿家

善善摩尼

忧心死！"这话虽是嗔怪，语气却满是喜意，"无价也来了，就在这里陪你，和孩儿。"

"阿家说甚？"宋氏惊讶地瞪大了眼。

"你已有身月余，难道自己还未觉察么？"麹夫人柔声应答，"我曾在礼佛时许下誓愿，不想这般快便要还愿了！"又起身向外，传语在外侍着的奴婢，要亲自看顾煎煮汤药。

"不想那期期艾艾的呆和尚还精通药理呢，已托他看过了……"宋氏听九娘在身畔细细言说，原来自己晕倒后是在寺内一处静室休歇。佛殿上依然传来信众诵念经佛、音节密集的鼎沸之声。

张无价从案上捧过一只盛着果干的小盘，在床畔坐下，哄慰道："好好吃药，先苦后甜。"

宋氏回想过往的种种征兆，强笑了笑。随即两行清泪流下了粉颊，她掩面转过头去："谁耐得喝那些，怪苦的！"心中有千百般思绪纷纭，待捻住一个念头想要倾诉，却又茫然不知该向谁诉、该如何讲来。忽觉腹中微微有些钝重的痛，心中也猛地一颤。

终于，她颓然放弃了。

哪怕感到心头一片空落寂寥，宋氏眼中的黯色微乎其微，难以为旁人觉察。她对张无价展露出如往日一般的温婉笑意："早已苦过几年，如今只想要食些甜的。"说着眨眨眼，径从张无价手中夺过了小盘，拈一片裹了刺蜜的酸杏干含在口中，含混向夫郎道："你也吃。"

二人对视半晌，宋氏又低问："你说，是小郎君，还是小娘子？"

善善摩尼：唐朝西域文书故事集

张无价看一眼九娘，低声道："唔……还是养儿好啊。养女真没意思啊——好不容易养大了，却又要把她嫁出去……"

"这是甚话！"宋氏轻斥，"你不也娶了人家养大的女儿么？"

在寺中还愿的诸多规矩，对于麹夫人而言已驾轻就熟了。

听阿麹甚为得意地炫示"此事应验，乃是我家娘娘专诚祈祷所致"云云，女人社的几位夫人也情愿同往随喜，张罗着在寺中一处廊下布设案座，摆上了茶果。

九娘本想拉着张无价出寺去玩，却被麹夫人强留下，要向一众夫人学着剪造供佛的布花。

所谓布花，起初只是某个卑微的寺家①女子在冬日里买不起折枝花草，才捡来人家用剩的残碎布叠来剪作仿生花草供佛。但在后来，常觉生活无趣的贵夫人们也逐渐对此有了兴致，只当是为积累功德，不惜拿出自家各色新染的丝绢制花，称作供佛所用，俨然成了竞巧争新的"斗草"。

布花固然美，但在九娘看来，那不过是群芳谢后不得已的替代罢了。斜倚着阑干，一手拿一枝丝绢裁出的萱草花在指间把玩，兴味索然地向外看去。唯见石阶缝隙里艰难生出的杂草中，还有零星的石竹花绽放。也许是飞鸟衔来的种子偶然落在缝隙里，自生自长，花极小，颜色粉白。九娘凝目望了许久，俯身伸手去摘时，发

---

① 寺家：即寺户，依附于寺院的人口，身份与奴婢近似。

善善摩尼

现花下匍匐着的纤长枝条却很柔韧，一拉便整枝生生拔起，带出了根须。

九娘只得轻轻下阶趿履，拔下头上钗子拨土，将它重植在一处树下井栏边。

庭中传来小儿的哭声。是杜司马家乳母带着两个童儿在争一只猢儿玩。两个童儿都才会走路，争不过的一个已哇地哭起来，连连叫闹："阿娘！阿娘！"另一个依旧瞪着一双乌亮的瞳子，只是摇头，紧搂着猢儿不松手。

薛十五娘也恰好漫步走来，向其中一个童儿逗笑道："阿环，你不知敬重尊长么？阿佑可是你族叔呀！"子嗣兴旺的大族常有这般年岁相当却差着辈分的情形，更有甚者，年长一房的侄儿鬓已斑白，年轻一房的阿叔还在嗷嗷待哺。

九娘看得有趣，立即反驳道："哪有长辈还夺小辈物事的道理？难道这便是长安的规矩？"

"你也休急，来年便有人唤你姑母啦！也许——小侄儿连姑父也有了！"十五娘刻意高声讲来，引得廊下众人都笑起来。她一贯为人饶剧、爱与九娘斗嘴玩，此刻也正得意扬扬地等待回击。却看九娘只低头搅弄着手中绢花不答言，不复常日的爽利。

只当是九娘生了气，十五娘忙上前道："好阿九，消消气。阿姊带你出寺去玩。"

也不待麹夫人应允，她拉着九娘要走，同时已寻好了由头向后道："如今寺中时兴这唤作'荼'的药汤怪难喝，与其受此'水厄'①，倒不如小九陪我去寺外寻些饮子、吃食！"

龙兴寺外的街衢热闹无比，各色小摊鳞次栉比，市坊中的各行商贩也来共襄盛会，搭起临时的铺子当街市卖。店家用尽浑身解数招揽生意，甚至有店子守在街边，一面找寻客人，一面高声唱道：

我家铺上新铺货，要者相问不须过。
交关市易任平章，买物之人但且坐。

薛十五娘领着九娘并几个健仆，一路看一路买，先是挑了昭武胡人售卖的鎏金錾花钗钏，又选了关内妇人售卖的长安新样义髻并胭脂口脂，甚至为自家长史买了一块突厥人鞣制的上好革料，要托匠人制鞋靴；而九娘只买了些蜜饯糖食，便顾着去瞧那些斗鸡舞马、跳剑爬竿、蹴球踏绳的卖艺人。

忽闻前方人众喧哗："坊前看舞剑去！"九娘听得精神一振，拉着还在试妆粉的十五娘也向人群中挤去。

坊前所搭的高台上，各家豪商也不吝花费，邀了各路胡汉伎乐轮番上台，引得行人驻足观看。

渐渐已听闻前方场上大鼓、羯鼓、钲鼓渐次击响。随着鼓点渐转激昂，一个身着锦衣、手执长剑的舞人稳步上前。看他头戴假

---

① 水厄：茶即茶。盛唐以前饮茶之风尚未广泛流行，多见于寺庙，茶中会添加葱、姜、茱萸等佐料。不惯饮茶者往往称其为"水厄"。

善善摩尼

面,演的显是《大面》[①]之舞。吹笛击节声起,舞人则扬袖挥剑起舞,做出指麾击刺种种状貌,以效仿古代兰陵王着假面奋战退敌的情状。

昔年兄长学剑之时,九娘也背着母亲偷学过一些,即便身手不行,也已足够看得出他人招式好坏——这时的战场厮杀,早已不兴用剑而改用刀,所谓舞剑器,大多只是纨绔子弟的无聊消遣,或卖艺人姿势花巧的"舞"。可台上那人不同,他的招式并非寻常舞剑之人习用的轻捷讨巧的击刺,反而如持刀一般用尽全力砍劈,勇猛身姿映着寒日,一招一式也随了鼓声缓促为节,白光璀璨,势如万钧,似能斩断清风。

众人看得屏息凝神,仿佛眼前不是舞人娱目嬉戏,而是真的武人在沙场饮血拼杀。九娘先叫了一声好,驻足观看的众人才仿佛醒过神来般轰然喝彩。

十五娘看不明白其中精彩处,只拉着九娘悄声道:"这武人招式也太拙了些,长安的剑舞才是处处有机心花巧可看!"

"机心花巧能成底事?不过一人敌罢了,想那兰陵王带兵征战,自当是威势凌厉的万人敌。"

"小九倒是有将军之风呀!"十五娘忽显出恍然的模样,趁着四处喧哗,在九娘肩上敲了一记,假装发怒地责问道,"说!他是

[①] 《大面》:唐杜佑《通典》记《兰陵王入阵曲》:"大面出于北齐。兰陵王长恭才武而貌美,常着假面以对敌。尝击周师金墉城下,勇冠三军,齐人壮之,为此舞以效其指麾击刺之容,谓之兰陵王入阵曲。"

善善摩尼:唐朝西域文书故事集

个哪般的人?"

"谁?"

"你家为你瞧上的那个武人——"

九娘一心全在场上的剑舞,漫不经心地随口应付:"听阿兄说,是安西最年少,却军功最高的……"

十五娘愈发来了兴趣:"哦——他模样俊吗?"

乐声愈发高昂,九娘只是聚精会神看着台上那扮作兰陵王的舞人,为着那人稳健的叫好。忽地场上管弦之声都一时消歇,只听到擂鼓声渐转激越,舞人以剑锋指日,高声唱将起来——分明还只是个少年,却压着嗓音故作威武地朗声啭唱:

> 我等胡儿,吐气如雷。
>
> 我等胡儿,踏石如泥。
>
> 我等胡儿,我国守护。
>
> 右得士力,左得剑回。
>
> 日光西没,东升若月。
>
> ……

一曲唱毕,他横剑在手,略略俯身作礼,便要下场去。台下看客却连连相留,甚至有人高唱起另一首《剑器辞》,引来台下众人齐声相和:

善善摩尼

>皇帝持刀强,一一上秦王。
>
>斗贼勇勇勇,拟欲向前汤。

九娘也为身边的欢笑沸腾所感染,随声轻轻哼唱。

舞剑的少年闻歌似又来了兴致,返身将剑当空一抛,又跃身舒臂持住,戏耍着舞出剑花。他的身姿依然沉稳,两手挥舞长剑却异常矫健轻盈。这是唐军骑兵在马上用以攻击、回防的架势——只见随着手腕转动,剑影在两手间翻转腾挪,使人想象长刀闪耀、群马奔杀的战场上,一骑少年武将横刀立马、冲锋陷阵,只若闲庭信步一般。

观众为之感染,震天叫起好来,不少人更是陆续挽臂踏足,一面随着乐声起舞,一面应着歌声唱和:

>应手三五个,万人谁敢当。
>
>从家缘业重,终日事三郎!

十五娘听得歌声却有些憎厌,皱眉掩鼻,微扬音调,不依不饶地向九娘再问:"你的好人到底是甚模样的?"

"我哪里知晓?"九娘摇头,又想了想,指向台上那人道:"我阿兄说,那人若是上战场,也得同兰陵王一般戴着假面才行……"

十五娘发出"噢"的一声惊呼,见身旁人都看过来,赶紧举袖掩过面庞,在九娘耳畔低笑道:"那不就是很俊呀!"又拉着九娘要往外走,"我真不耐看这些刀光剑影、打打杀杀,我请你饮浆去。"九娘自觉已看得尽兴,便也点头答应。

待走到围观舞剑的人群外,身后突然哄笑起来。

原来是一个白衫青年上台,拉着舞《大面》的少年,高声斥道:"是让你随都督来礼佛,可不是来台上戏耍!"

"高家郎君,你何苦来扫众人兴!"台下有相识的看客喊道。

待二人拉扯着到了台下,还隐隐听得一阵男子的训斥和少年的反驳声。想来那少年也是来寺中礼佛的贵人,一时兴起才登台献艺。九娘回身去看,究竟是人矮了些,在人群外已望不见其中情形,不知出了什么事。她心中有些迷乱,仍随十五娘走了。

终于在一处食肆中坐定,二人吩咐仆佣自去休歇。待他们走开,十五娘才看着九娘,渐渐端肃了神色:"不与你耍笑,你是要听真话,还是要听好话?"

"真话。"

"世间男子都不是好东西,一个个都坏着呢。女儿家婚嫁前只听得爷娘兄弟千般万般道那人好,可一旦嫁去,哪一家不是千般万般糟心事?"十五娘颇为果决地总结,"想来皆是靠不住,不如挑一个模样好的。"

九娘含笑斥了一声:"那又不是我挑中的,关我何事?"又思索着低声道,"……也许,他还不如那个人。"

十五娘正叫住店子,忙着挑拣糕饼点心,并未听着九娘的低

善善摩尼

语，依旧劝道："莫犹豫，嫁吧！莫让别家小娘子抢了去！"

是时，店中一个妇人已端着一壶热牛乳上来，又捧过四个木盏，分别垒着黏豆花糕、酥蜜寒具、千金碎香饼子、樱桃饆饠四样甜口小食。见得九娘，那妇人却惊喜道："原是小娘子来了！是我等怠慢。"

九娘并不识得她，面上一片茫然，待她拉了自家孩儿来见礼，这才惊喜一笑："想子妹妹？"原来是九娘曾在市坊同阿清救下的那个童女，此刻想子含羞向座上二人见礼，又躲在了阿娘裙后。

十五娘见得奇怪，连声询问，才听妇人格外添枝加叶地讲起九娘同"情郎"阿清如何英勇将两个孩童救下的故事。十五娘听得恍然大悟："原来，原来你早已——"柳眉一挑，显出半嗔半喜的模样，"你说！若个郎君？是甚时候？怎还瞒着你阿薛姊姊呀？"

店子见二人说的是女儿私语，已带着孩儿识趣退下。九娘连忙摆手："并、并不是他！那是我家表兄！"面上的红晕直染到了颈脖，又琐琐细细地解释一番，十五娘才半信半疑地搁下阿清不提。

十五娘亲为九娘斟了一盏牛乳："我知你喜食甜，不过且先用些热饮，省得噎着。"

不知为何，九娘的脸色更红了。

"我以前也喜欢吃甜食的。"十五娘拉过她，将一块樱桃饆饠递去，自己也一面吃，一面含混着点头，"相较之下，还是安西那位'兰陵王'好。如今这样的人不多了，可说是无可挑剔。"

九娘佯作色嗔道："我何时说过要嫁他？阿薛不必频频相恼！"

十五娘听得一怔，把眉略蹙，笑骂："何由叵耐！女儿行终须一嫁，哪有你这般漫造众诸理由的！"又宽慰似的叹气，"有家人怜你爱你，替你相看，你又是嫁作正室夫人，有甚可忧心的？"

九娘有些惴惴不安："我又未见过他，更未同他说过话……我是心里不好过。"

"嫁过去看看，才得知晓好不好啊。"十五娘仍是劝，又点头，"不过，面非他舍面，心是自家心。的确是要'我意相当'才行，等闲莫把真心付与他。若不乐意，就下堂求去也好。"

"阿薛，你疯了！怎这般话多？"

见九娘恼恨地瞪视过来，十五娘依旧忍不住调谑玩笑："若你忧心那人不好看，我带你偷偷瞧去！"

"可……"

"可不是嘛！你敢自己去见他么？还不是要求你阿薛姊姊。"

"阿薛实在可憎！我随你来，不是要听你说这些！"九娘举箸夹了一块酥蜜寒具，想要堵住十五娘的嘴，"秒糖吃时牙齿美——"

"饴糖咬时舌头甜！"十五娘立即回以对句，也拿了一块黏豆花糕喂进九娘口中。这话原是店家招徕客人的口号，二人学着笑闹一番，只顾着用几样糕点，总算是沉默有顷。

九娘忽然突兀地说："若妇人能与男子同列便好了。即便是阿武婆那般生前做了皇帝，退位后却仍要削去帝号，死后只能葬入夫君山陵——想着人活一世百年，却只能为人妻妾、为人母的，真不甘心啊。"

善善摩尼

"照你这般想,哪怕做了妃子,又有甚好处呢?总是等候着,愿令皇帝留在身畔,失望分给了众人。"十五娘语带讥讽,又加重语气切齿道,"不过,我家妃主也说,她是前世有孽债,才生受业报,在宫中'终日事三郎',连如世间妇人那般和离都不成……"

"阿姊说话可要当心!"九娘原本神气有些郁郁不舒,听到这里,也不禁感到一丝好笑,问:"宫中那位贵人又寄信来了?"

"是啊,还怨我在宫外逍遥快活呢。她如今是做几个孩儿阿母的人了,在宫中谁人不羡?可她偏说宫里太闷,只爱看我信里写的西州风物,"十五娘姣好的面上仍笑容可掬,眼中却隐约有些淡薄的哀愁,"……来年我家老头子要调任福州,她又央我写写一路经行所见与她看。"

"先往碛西壁,又向海东头……"对十五娘这种能够周游南北的自由、无事挂心和了无责任,九娘心中不胜艳羡,但她仍勉强笑着做出不在意的模样,"阿薛好去、好住!你走了,我便再不念你!"

"今后再难相会,你这负心薄幸的郎呀!"十五娘强作欢颜,还是玩笑的口气,轻轻倚着九娘的肩,又从袖中取出一枚手镜,抬手举在身前,看着镜中两人。

九娘一声不言,感到有泪珠滴在自己肩上。

十五娘以面轻贴一下九娘的面,悄声说:"常言道,天下一切河流皆得归海,可在安西,我也见着有一切之外的异数。或许你也是个异数,与我辈都不同。"

善善摩尼:唐朝西域文书故事集

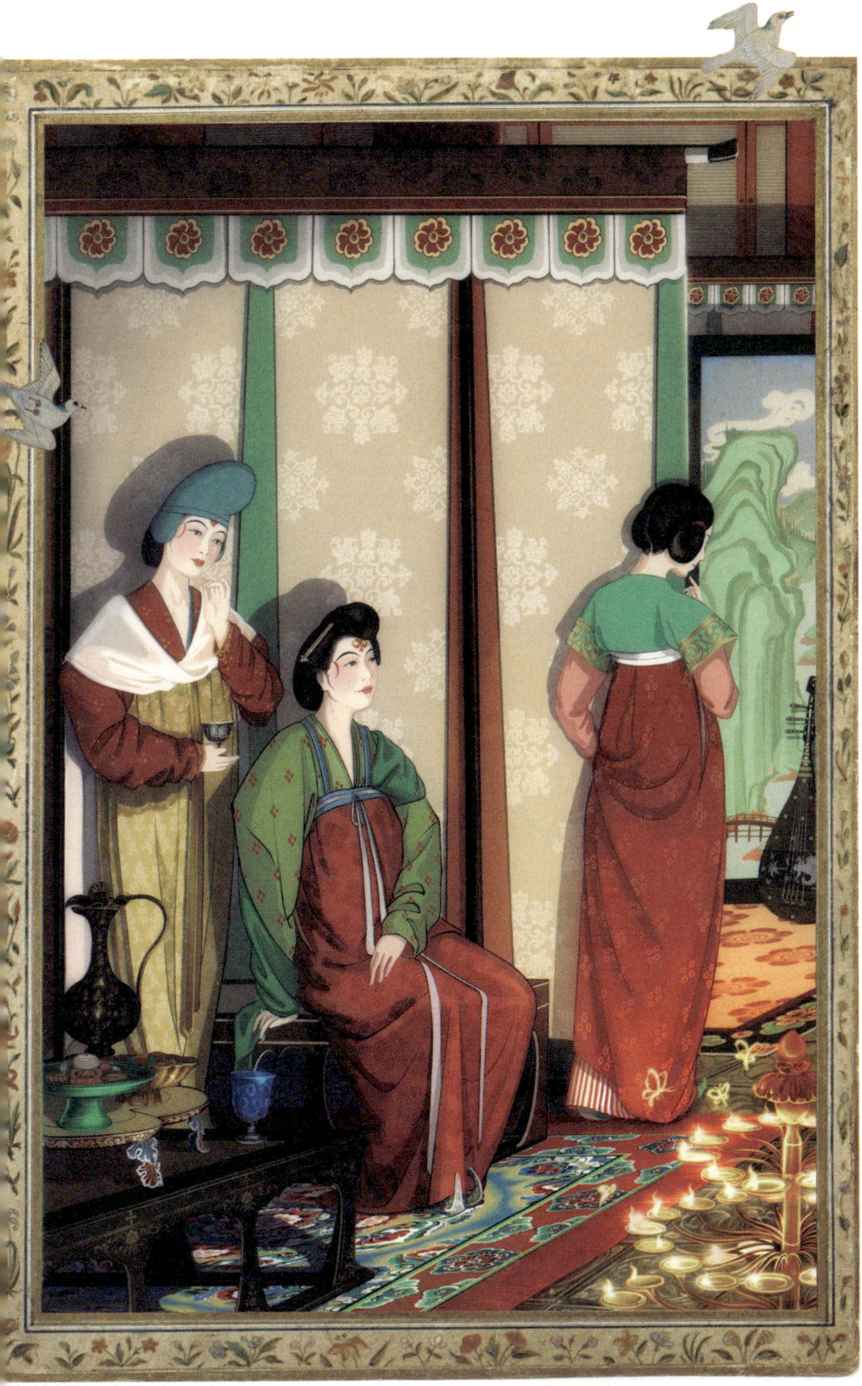

冬之卷

一 寒行

夜里风沙呢喃之声渐大，昭示高昌将入冬季。

待到白日，街巷少了秋日人来人往嘈杂的声音。人们宁可躲在壁上挂毡、炉火熊熊的温暖家宅之中，等闲不愿出门。似乎只余各家炉火冒出的一道道袅袅长烟，飘在静谧的城中。

张家中堂面北的门窗悉已封上，墙上张覆了织成壁衣，另三面也悬起厚重的绣帘，坐床都满铺花氍毹方毯。犹嫌室内空敞，一应帷帐榻席之外，又抬出数架屏风、画障隔围其中。正中坐床换成了一架火炉床，床中的金铜熏炉里兽炭正温。仍觉昏暗了些，即便时至白日，高低几架灯檠上依旧焰光摇曳，照映在帘、屏、障上绘绣的花鸟彩画上，愈显出一片融融暖意如春。

阿麹领着婢子们在堂上列烛布膳，堂下也安置了小风炉，几个奴子设了酒铛烫酒。麹夫人着一领绘红梅浅绿袄子，系一腰家常翠带红绢裙，正坐床倚着凭几出神——儿子张无价一早已陪着宋氏外出礼佛去了，大约临近晌午才得回还；家中为了他送别几个友人

善善摩尼

要置办一场小宴，却只得由做母亲的来亲自打点备菜、温酒诸般琐事。女儿九娘最近总是躲在妆楼里，不愿与友伴出门玩乐。也不怪如此，只待开春，安西的高家便要正式送上婚书、依循着六礼纳聘定亲了。

只觉愁儿未得婚新妇的那年犹在眼前，如今却又生出忧女随夫别异居的心思。麹夫人这样想着，感到骄傲的同时也感到孤单。本以为终于会无牵无挂，谁知一歇下来才觉累得筋疲力尽。蜡炬茫然映在眼中，光闪闪，影摇摇，心中只剩一片空阔零乱黯淡，令她自己诧异。

接着是记忆如山崩水涌般填满心神。

她甚至想起自己的少女时代。那个出身高门的少女，爷娘怜似瑶台月，终日藏于幽阁，从未解衣食之忧，等闲度过冬的寒风与夏的炎光，只觉事事平常无新意，闲来偶尔学过几卷文德皇后的《女则》，只以为今后也要同那古来的贤妇人般，无人教她要怀疑书卷中的话，更丝毫不曾预感到今后一切运命、欢喜悲辛都在自身。嫁人之后，她是自矜年少、倚婿为郎的麹娘子，镜前描眉，花下倾杯。上无阿家阿翁管束，夫妇二人大可任着心意行事，在内诵读诗书、玩习画墨；在外则宴语球赏不时。原以为能携手以偕老，但她最终还是眼看着他一次次赴战场去，直到最后悄无声息地回还。

犹记丧礼那时，身畔家人仆婢哭成一片，阿麹低声说："娘子，该回礼呀！该哭呀！"尚在少稚之时的儿子张无价还在一遍遍生硬地背着《书仪》上答复吊丧宾客的词句："罪逆深重，上延阿爷，不胜哀慕摧陨!"她怕听那些声音,眼中滞涩到流不出泪,只僵直立着,神色漠然地向来者一一行礼,同时心意纷乱地想:长久漂泊在外的征人已被关在身畔了,再也不会远走了。难道却是我立下的誓愿害他如此?为何当初焚香求祷的灵神,却是这般包藏祸心?我的罪咎,合该是我用身心来赎偿,为何要延及他?却宁愿任他一去无消息,魂梦天涯无暂歇也好呀!缘业至于斯,一时竟不知身在何所。只觉咫尺天涯,一切远而渺茫。

是还在学步、于世事一些也不晓的小女儿九娘趁着婢子不注意,趋到身前,咯咯笑着扯住她的裙角,摇撼着道:"阿娘!阿娘!"她这才一歪身,抱起九娘,倚着那棺木上支起的帷帐,哭出了声。她的心境终于明晰起来——不能再这般了,她还得继续走下去,再无那人可倚靠,寂寂春光的闲愁已去,只余凛凛寒风。要由她这个孤嫠未亡之人,提携着弱子幼女活下去……

转眼已过十余年,到了今日,忽觉长行的劳苦可以暂歇,她却无所适从了。她不要再往下想了。

"阿娘,我回来了!"是张无价走到了母亲身畔,"室中怎这般热?"

麹夫人瞿然一惊,回过神来:"你回来了。也累了罢?"见他正解去在外披着的厚实毡袍,露出薄薄一层浅绯绫衫,忙唤婢子另取一套件洁净外袍,说道:"当心受寒!一会你还要待客呢!"又问,"可将那些经卷送去寺中了?"

善善摩尼

"嗯,"张无价忙着将衣袍笼在身上,只是随口应着,"和尚离开西州之前,还不忘哄骗一笔金财!"

"别胡说,那是我与阿宋奉去供养的写经。"

法月大师在离开高昌往长安弘法之前,时常在高昌龙兴寺中开讲经文,信众纷纷奉纳了许许多多经卷,张家女眷也不甘落后,献上了亲自抄写在金银泥彩纸上,又以水精编帙、红绿牙轴装的种种绘饰美丽的佛经。

隔了一会儿,头戴风帽、身着红袄黄裙的宋氏也走了来。

麹夫人问:"怎样?"

宋氏从容卸却了风帽、暖耳,换了一顶青绢暖帽,才往床畔坐下,往熏炉上温了温手,这才回应:"寺中回赠了一卷《心经》与我呢。"说着从袖中取出小小一卷经轴,举在炉上,借着炭火的光,漫不经心地铺展与麹夫人看。

麹夫人看着经卷上的题名,连连点头:"这是法月大师口译,弟子利言抄写的……"她忽见宋氏执卷的手在微颤。

有小小的影子从卷尾抖落——起初以为那是飞蛾,再看却是一枝干枯的沙枣花。不待宋氏伸手去拾,枯枝已迅速落入炭火的焰光之中,迅疾卷作焦黑的一团。

灰烟带着淡淡暗香飘散起来。

宋氏愣住了,有那么恍惚惊惶的一瞬间,发抖的双手险些将手中经卷也落入火中。急忙搁开经卷,却撞得床畔小几上的笔墨诸物事哐当掉了一地,砚台倾倒,还好里面盛的墨已干了。

张无价原在埋头胡乱系着腰带，闻声急忙上前，问："娘子？"

麹夫人责怪张无价："让你陪着娘子，好好看顾，你怎让她吹着冷风了？"又对起身忙乱于收捡的宋氏温言，"妇人有孕在身，难免气血不足。你坐下，让婢子来收拾罢。"

"是有些冷。"宋氏轻轻推开了要来襄助的张无价，又向麹夫人说："阿家莫怪阿郎，不妨事……我很好，真的。"

喘息片刻，她看麹夫人与张无价都关切看来，又说："寺中人多极了。为何阿家领小九去那回，人却那般少？"

"上回是都督亲去，讲场上都是城中来凑趣的贵人，并无寻常百姓。"麹夫人并未显得意外，"都督领了高家小郎君，想借着法会之机让他亲眼看一看小九。可惜白费一番心思！听闻那高家郎君只觉寺中闲闷，还未见人，已寻个由头自去街市上玩乐了。"

"所以，才正好同我家贪玩的小九是一对佳儿佳妇嘛。高家长辈应下了，如今很是妥当，"张无价话说得很是得意，"今后在安西，我就有妹夫照应了。"

"罢，做妹夫的官职还在你之上，是甚体面事？"麹夫人心中虽喜，面上却不肯露出来，仍是刻薄自家儿郎，"你阿爷昔年也在绯袍金带的高位呢。别这般得意，免得让新妇替你羞死。"

"我虽只得七品，不也得朝廷赏绯袍鱼袋了么？"张无价大笑着揽住了宋氏，顺势打量她，从肩头看到腰腹，说道，"阿娘与娘子都嫌厌我，这家里呀，只有孩儿能安慰我了！"

宋氏默不作声，脸上也没有神情。

善善摩尼

有宾客陆续前来,不多时,九曲酒池、十盛饮器都由仆婢擎上。宋氏有身不便见客,只同麹夫人在西间另开一席,移来长屏与外客隔开。麹夫人只知中堂的客人有安西的同辈武官,又有张无价结义兄弟所率的那队胡商,诸人举酒数觞,谈笑之声也逐渐高昂,传入内里。

张无价甚至唤婢子将琵琶捧来,要亲自为贵客奏乐。少顷,堂上响起了《怨黄沙》的乐声,只是时时奏错几个音,实在拙得不像样。

"既是喜庆,何苦奏这般怨调慢声!"有郎君乘着醉意道。

弦音兀停,似有人接过了琵琶,移柱调弦,应命又改奏起《倾杯乐》。同时张无价还不忘斥喝回去:"你阿兄便只会得那几曲,还是今岁往北庭行军途中无聊,从穆波斯处偷学来的!"

众人闻言,发出一片放肆的哄笑声。

"你阿公在世时,中堂也曾这般热闹。"麹夫人向宋氏说,"只是他酒量还不如我,总是要我来为他挡酒。"

"哦,是么?"宋氏只是温婉一笑,随即将烫好的酒端了来。她斟酒的手在发抖,即便左手稳着酒壶,仍微微颤动。"我曾以为,我也能喝一些呢。不过……"宋氏无奈摇头。

因实在高兴,麹夫人连饮数杯。

这时候,她看见门上的厚夹帘为人掀起,是九娘走了进来:

"阿娘，中堂有人弹琵琶，都传到后宅来啦，我也想来看看。"

"小九啊，"麹夫人异常平静地唤她，"来年就定下婚姻了……"

"阿娘，何必说这些！"九娘乖顺地坐在麹夫人身旁。难得见母亲如此慈蔼，她多少有些讶异，大概此刻在思索着如何说几句安慰的话。

在女儿婚事将要定下的时候，麹夫人忽然有些感知到女儿所想。"脸色这般红？"她摸摸九娘的前额，"倒不发烧，准是害羞了？"说着，温柔地搂着女儿的肩，"这么多年，辛苦你照看阿娘啦。"

麹夫人认真凝视女儿，九娘只是着家常祅裙，不加新饰，垂鬟接黛，双脸销红而已，但毕竟已长成颜色艳丽、光辉足以动人的少女，不再是记忆中那个傍着阿娘的小孩儿了。

"你想何时出嫁都行。"麹夫人情辞愈发激切，"阿娘早已为你备下嫁仪啦，定然比西州所有小娘子的都好。虽你阿爷不在了，阿娘也不许他人亏待了你！"

九娘已移身躲在了屏后，偷偷听着张无价正信口开河地讲着安西从军时的趣事。不料在烛火照映下，屏风上已映出了双鬟少女纤长静默的影子。

中堂上一曲奏毕，张无价饮得醺然半醉，对着屏风，唤九娘出来拜见："小九，快来见过你义兄，是你义兄在战场救了我呀！"

那影子一惊，急忙闪开了。张无价又喊："唉，小九要许人了，

善善摩尼

连阿兄也不要啦!"屏后依旧无一句对语,只是身影再度浮了出来。

"既是张兄家有喜事,该让穆波斯横吹一曲来相贺!"有郎君喊道。堂上众人连连附议。接着笛声响了起来,随后又有羯鼓随奏——他们是以一曲《好时光》来相贺,有几人随着乐声唱道:

莫倚倾国貌,

嫁取有情郎。

彼此当年少,

莫负好时光。

这是开元天子所作,辞既新丽上口,曲亦悠扬入耳,在西州也是人人爱唱。只是现下由几个半醉的武夫以粗嘎嗓音唱来,未免有些引人发笑。

少女一些横波与素靥也不露,但那屏后的身影举袖掩面,轻轻耸肩摇颤,的确笑了笑。那身影顺着一排屏风溜下堂去,又在垂着御寒厚夹帘的廊下显出一点裙角。她顿了顿足,身影迅速闪没不见。

乐声忽一停,又一阵喧哗笑闹声。

宾客轮番把盏,主人殷勤相劝,不觉都饮得酣醉,有人醉酒太过,呕吐还了席。仆婢们纷纷趋上去要收拾残局。

直到再添残酒,乐声再起,仍无人注意到,有个少年身影已掀开北墙壁衣,推窗翻了出去。

妆楼里安置的火炉里并未生火烧炭，只焚着一些熏衣香。几样草草绣过几针彩线的绫绮衣料胡乱堆在熏笼上，缕缕烟痕从缝隙间漏出来。看铃子眠在帘隙下透进的冬日暖阳里，九娘也想让日光照进来，轻轻移身，要将垂帘卷起，挂上帘钩。不经意间，指头却被窗外玫瑰树枯干的茎梗拂刺，疼得她赶紧收手。只听厚重帘幕啪地打下来，将酣睡的小猊儿惊得跳起连连狂吠后，自身却再度若无其事地悬垂摇晃着了。

九娘急忙将割破流血的手指吮在口中，另一手抱起铃子，颓然坐回了床畔。床畔围立的十二扇床屏上，是她往昔求着宋氏绘制的青绿山景，奇石、怪树、云烟在灯烛照映下因朦胧而趋近真实。她常幻想着自己行在画中：时而是远行的旅人，走在蜿蜒崎岖的山径上，或是在某处小亭暂作休歇；时而是等待食物的猛虎，躲在山岩或草木间，随时预备着要扑上去，将自己当过的旅人一口吞下。

这无数幻怪的念头，曾使屏上山景在九娘眼中变幻无穷。但眼下某种未知的忧虑与紧张让她再也无从想来，画屏只是画屏，其中并无别的世界。九娘回忆着这些时日的所见所闻，心中仿佛有一样事物，看不清、抓不住，只余一点痕迹留在心底，却并不是想起阿清时的喧闹市声和烈日映入眼中的光斑，也不是揣测高家那人时端正、无生趣的"兰陵王"画样，而是很明朗地在眼前——就像夏夜温暖的沙，或像秋晨清凉的泉，即便捉摸不定，也极分明地可观可感……

善善摩尼

"一个人想些甚,这般出神?"垂帘掀起,一个熟悉的身影翻过阑干跳了进来,地上铺起的一方绒线毯吃没了他的足音。他的衣袍上挂着干枯的荆棘碎叶,短发蓬乱,脸微微泛红。

是穆沙诺。

九娘以为自己出现了幻觉。

见有生人,铃子也从九娘手中蹿下床,却并不吠叫,只是围着穆沙诺的靴子嗅来嗅去,最后只是摇摇尾,又懒洋洋地走去火炉畔趴下。

"嗯?……哎呀,是你!"九娘忙将放在唇上的手指收回,将手背在身后,站起身来,自以为动作很从容,但脸上慢慢热起来。自己觉得不对,脸上一定是被他掀帘带入的凉风吹着了。可是现在一丝风也无呀。他一定把她的脸红看在眼里了。她心中一急,脸上反倒更红了。

"我猜,你是在想……"

"这可不是你该来处!"九娘急忙驳他。

穆沙诺仍倚在窗前,不紧不慢地把话说完:"春风已携玫瑰消逝,肯信韶华还得几时?除非问取曾在枝头啼唱的夜莺儿,你在这凌冬是从何处飞来,又飞往何处去?"

九娘听得有些怔怔,忽然醒悟过来,嗤地一笑:"我听得中堂上的笛声,便知是你来啦。但我怎知你这夜莺儿要往哪处去?"

少年浓眉下的双眼敏锐明亮,只是注视她,紧抿着唇,显出有些冤屈的神气。待看九娘转过头不理他,这才说道:"我来日就要启程啦,是来道别的。"

"是么?"九娘心中有了一点隐痛,仍旧勉强笑着说,"好,道过别了,你走罢!"看穆沙诺依旧木立着不动,甚至伸手去推他,"走,走呀!你不该来的!"

"欸欸?"穆沙诺不仅不走,还径自坐了下来。

帘外阳光移过来,照在铃子身上,它懒懒扬一扬尾。穆沙诺俯身将它抱在怀中,屈指托着它的下颔。这小猊儿舐了几下他的手,表示领情。他完全是孩子似的,把嘴凑在铃子耳边,低声笑问道:"你并不想赶我走,是不?"

"你这没心肝的冤家!"九娘指着铃子骂,却反被它吠了几声。她只觉心情松快,学着他坐下来,把头枕在臂弯里,只是看他逗狗,不再说话了。

屋内显得温暖安稳,唯有灯焰跳跃摆荡,投射摇晃阴影。

不多时,妆楼下响起阿麹的呼唤:"小九,太夫人有些醉了,娘子唤你去帮忙劝劝酒呢!"

九娘一惊,探身出窗,回了一声:"就来!"又伸手去拉穆沙诺,指一指北向的窗,低语:"我不与你说了!走罢,莫让人见着了。"

穆沙诺终于点点头,放下铃子起身。翻过窗户时,他又回头道:"当日该求你带我看看高昌城,可惜来不及啦。"说着在怀中一掏,抛入一件物事,落在倚窗探看的九娘身畔。

善善摩尼

"送你。"他从窗外指一指,以愉快语调说着,又道一声"珍重",然后立刻沿着墙攀下去。可他依旧不愿走,不时满心期待地回身仰头探看,又假装没有回头张望。直到九娘将一团带着墨迹的纸团打了来,正打在他胸前。

穆沙诺拾起,展纸一看。

"那便说定了!"他语带惊喜,声音高得有些放肆。

直到看他的身影不见,九娘在心里又想起他委屈的神情,不由笑起来。过去从未有人察觉到她的心事。当然,关于九娘的很多事都没人察觉到。人们对她的期盼,同对待世间所有高门出身的小娘子一样——只是一个个隐在帐幄屏帷后模糊不清的艳影,她们不须言辞敏锐,不须勇猛精神,只任由着父兄叔伯待价而沽地安排婚嫁。可这少年却发现了她的所思所想,还想着法子讨她开心。

至于他抛入的物事,九娘起初不肯碰触它,直到听得有人脚步渐近,才慌忙抓起藏入怀中。

是他那管装饰花草与飞鸟的雕石横笛。

九娘卸去了头上钗梳,解散了双鬟,梳起男儿发髻,戴巾子裹幞头,换了一身兄长旧日穿过的青袍,足踏乌皮履子。

骗过阿麹与才伯,只说是要去寻薛十五娘玩,她独自溜了出来,穿过一处处街衢坊巷,要往高昌城东北古老的圣人塔去。

入冬后日短夜长,晚霞早出,但白山隔绝了来自北庭的寒冷冰雪,这是西州一天里最暖和的时候。

远远就能看见取法天竺、层层墼土筑成的五层高塔。塔顶平旷，四角与中心各置一座覆钵塔刹与金铜铸造的相轮、露盘。这是自大唐启运，泽被西州，"庶均大化"之后保持的少有几处陈迹之一。有僧人言称其是仿效天竺的佛陀伽耶精舍所立，甚至还有那是天竺阿育王所建用以安奉佛舍利的八万四千座宝塔之一的传言。无论如何，这座高近百余尺的大塔伫立在此，常令外来人感到不可思议。

这处塔庙早已因朝廷另行选址敕建的龙兴寺而荒废，但塔中有往昔麹氏王族的祖先入祀，九娘自幼便不时随母亲前来祭扫，对其并不觉稀罕。

在九娘年纪尚小的时候，与兄长张无价要好的那些少年郎君们，玩腻了斗鸡走马、射弹簸钱，又转而寻求起新的冒险。他们随即便将目标瞄定天空，相约攀登圣人塔的高处试胆，这并非只是经塔内的楼梯攀登望远，还要沿着壁龛走到塔外，踩着突出的雕饰、裂隙直攀到顶，直到最终踩上与天光相接的塔顶。

阿兄立在塔顶神气十足的模样历历在目。那时他还不过十岁光景。九娘年纪更小，在塔下仰着一张为日光晒得发红的素脸，只顾羡慕地看他，听他喊："你该去找女儿家玩呀！莫要跟着我！"他的友伴也带着淡淡的嘲意说："女儿家可没法习武从军，回家去罢！"

现在，她独自走在空寂的道路上，直到看到穆沙诺在不远处挥手。

"你来啦！九——"他歪头看一眼九娘的装束，莽撞地把手

善善摩尼

伸过来想拍拍她的肩,却想起眼前是女郎,赶紧将半举的手放在脑后,装作是挠着自己蓬乱的头发,哑然失笑,"该唤你'九郎'么?我是和九娘约定在此会面,你快把九娘还来!"

九娘用脚使劲顿了顿地面,说:"那可不行!我只说要带你看看高昌城,可不曾说要带她见你呀。"想了想,又指着圣人塔,嘴角浮起微笑。一时忘形,她往穆沙诺肩上重重打一拳:"你我先比试比试,看谁先攀到塔顶去!见出了胜负,自让你见她。"

"好啊,说定了!"穆沙诺回答得很坚定。

话音未落,他已迈开步,灵活攀上了塔底的夯土高台,在一处壁龛站稳,回头咧嘴一笑,又再度向上攀去。九娘赶紧迈步跟上,等攀到同一处时,他已领先了许多,踏入了塔内层层旋回铺设的木梯。

追逐的兴奋让九娘浑然抛却了往昔母亲的教训,抛却了"唐人淑女"的礼节,心中只想着要超越前方的少年。看他在梯上意态闲适地等待着,自觉受了轻视,赶紧加快步子。不想刚踏入阴暗的塔内,就不慎一脚踩空。有那么一瞬,看着木梯迎面向她扑来,心中暗道"出师不利",却来不及叫喊出声。

有坚实的臂膀接住了摇摇晃晃即将扑倒在梯上的九娘。

穆沙诺俯身扶她,关切看来,离得很近,气息拂过九娘的面颊。九娘呼吸急促,心中惊畏,可毕竟还是站着,口中依旧不服输:"你不必等我,自往塔上去罢!我总有法子追过你!"

"难道你就这般谢我?"穆沙诺显出嘲笑神色,又迅速转身,身影轻捷跃动着向上跑开。九娘稳了稳步子，也追在他身后疾奔起来。木梯在脚下嘎吱作响，每当跑过从外侧壁龛透进光来的地方，还能看见为脚步扬起的陈年积灰。九娘被飞尘呛得咳了几声，但脚下丝毫不怠慢迟疑，更加快了步速。

一层层盘旋而上，渐渐已到了最高层的小室。那个响亮、愉快而又异常熟悉的声音，在前方不紧不慢地说："张兄，是我胜了！"

穆沙诺在喘气连连的九娘身前，动作夸张地叉手行礼，又刻意摆出惊讶神情："不过，看来你也没那么慢！"

九娘喘着气，胡乱将自己衣袍上的革带紧了紧，趁他不备，拔步向一旁开敞的壁龛跑去，喊道："不……不对……你，你还没胜！还没到……塔顶！"她记得兄长曾说过，塔的最高层壁龛外有一处裂痕，可供人踩着攀到塔顶开敞的平台上去。

塔外猎猎风声在耳畔呼啸，双眼被吹得生疼，她努力不低头看自己身后足有百余尺的深渊，踩着那处裂隙向上腾身攀去——心中想着自己总归是比少年时的阿兄高，一定能攀上去——头上幞头巾子被吹落了，有什么飞禽被惊起，扑簌簌振翅从她头顶疾掠而过；有累土从缝隙脱落，使她险些立足不稳。也许她并不能到达，从此再听不到阿娘的训斥，再看不到阿姊的画样，再吃不到阿姆剥的果子……再牵不到他的手——她努力把一切关于失败的思绪从心头抛开，闭上眼，只想着攀上去，攀上去……

她发现自己手脚并用地攀到了塔顶上，虽姿势不大好看，但毕竟还是胜了——哪怕这往昔曾梦想过无数次的得胜只是因自己略施

善善摩尼

谋略，稍显逊色。

穆沙诺也探身攀了上来，可他被九娘吓得脸上发白。

两个灰头土脸的少年人在塔顶平台倚靠塔刹坐倒，平复呼吸后放声大笑。

"张兄不怕死么？"

九娘忽想起在某处书卷里看到的话："伏愿欢乐尽情，死无所恨。"

"好样的，张兄。我不如你。"穆沙诺懒懒欠身，是十足放松的模样。九娘还在缓着气，只转头报之以微笑。

虽已入冬，所幸天晴。阳光朗照之下，塔顶晒得暖和。日光洒满西州大地，九娘拉他坐起身，向塔下一指："你看，高昌城全在眼底。"

"噢，真的。"穆沙诺漫应道，眼光却只顾着瞧她，并未转头。

九娘这才发现，没有了幞头与巾子，自己一头柔长乌发已为风吹得披散泻下。"你是想说，我头发为风吹散了么？"她急忙绾起头发，拢了上去，同时白他一眼。

"……我是想说，你看着像是来过这儿。"

"嗯？"九娘闻言，稍有些犹豫地点头，心虚地屈指搁在唇边，又摇头，"是，也不是。"

"这隐语我可猜知不了！"

"是在梦里来过的，"九娘羞红了脸面，闭着眼说道，"那时候阿兄笑我不敢攀上来，我便在梦里变作了苍鹰，飞在塔上，比他还要高！——哎呀，你别笑我呀！"

"女儿家爱做梦，不算什么坏事，"穆沙诺并没有笑，只是轻轻说，"我也时常做梦。"

九娘又低头，勉强换上轻快语气："我也是第一次看得这般高。"

脚下的高昌城在冬日天空下安详慵懒地铺展开来，离他们仿佛很远。

举目远看，北面是赤山如墙垣般连绵横亘，那一片暗红山岩艳得欲燃；南面是一片望不见边际的赤褐色大漠，其间有洁白盐碛反射日光，如一地碎银熠熠生辉。细长塔影则向东方遥遥探去，那儿一路有边烽塞驿如珠散落碛中，其间为连绵不断的长线串起来——要到近处看才知那是一列列负载帛练正向高昌城迈进的驼队。商人们要在城中换得今岁新酿的葡萄酒后，才会心满意足地踏上回返之路。

低头俯瞰，是一带狭长的枯黄牧草，将远处沙漠和近处田园隔开。即便西州的阳光不容许冰雪放纵，往昔的绿野芳丛依旧匿迹潜踪。夏秋丰收的田野如今荒芜一片，仅余畦町成行；果园中一株株葡萄藤已被农人自架上取下，盘扭成小堆，预备埋进休眠过冬的浅浅墓穴，直待来年春回时复活。而在坚固的城墙内，是一方方规整的里坊，其中或是拥挤的住屋，或是雅致的庭池；街巷上偶有人迹，坊市内停驻的牛马骆驼也表明房屋里一定藏着无数小小的人儿。

善善摩尼

"多谢你。我看得很分明。"穆沙诺又看向九娘，关切问道，"九娘，你脸色很白，像是很伤心似的？"

"也许是为风吹着的缘故。"九娘说着，使劲拍了拍脸。

"那可不行，要是受了风寒，可不易好。回家去罢……我送你归家。"

"不要，现下没什么风。"九娘举双袖掩过脸颊，摇头，又把手举到额前，好似要遮住刺目的阳光，在阴影底下藏起她的眼。

穆沙诺哼地笑一声："你总是绕着弯说话。"装着漫不经心的样子，又躬身侧头，暗暗想要窥探九娘的眼色。他只能看见她的侧颜，几缕散发低覆在额上，神情也比往日所见更严肃。

风声的确静了。但九娘只觉心里空空的，仍有风在呼啸撼动。眼中涌起的热泪几乎要流下来了，她急忙用手去拭。

穆沙诺安慰地说："想哭便哭出来罢。这儿并无旁人。"

"只是风大的缘故，"九娘拭泪，又摇头，"我没哭，我从不爱哭，真的……"

穆沙诺只得柔声哄慰："好，我都知道，你不爱哭……"

九娘仰头，强自忍住了泪水。

又一阵沉默。天空平明如镜，风声很轻很轻。就连那些在塔顶筑巢栖息的飞禽，飞去来觅食时也悄然无声。

"我送你回去。"穆沙诺又提起话头，说得很干脆。

九娘没动，只是依旧望着天空。"你定然是不认识眼前的九娘罢？"她忽将自己心中一个古怪的念头说了出来。

善善摩尼：唐朝西域文书故事集

这"不认识"意味着什么？穆沙诺有些迷惑不解。但他依稀感受到了眼前少女的愁绪。她那隐隐染上霞彩的面，若今后隐在贵妇人的脂痕粉香之后，他还能认得她么？

九娘踌躇了一下，认真说："……那个九娘总是笑，一众友伴都喜欢她笑。可她自己不喜欢，只是为了不显得奇怪，才学着去笑。真正的九娘，性情可古怪啦！"这样的话，已在九娘心中存了多年，从未对人说出来过，现在，她却向一个只认识数月的波斯少年说了出来，"从前，她总是把悲愁藏在心里，不敢也不愿告诉旁人。可在你面前，她若还装着往常的模样，便没意思，是死也不甘心，非得告诉你才好，哪怕你憎厌了她也罢。"

穆沙诺一时间没说什么，接着笑了："古怪便古怪罢！我也是个古怪的人。"他依旧微笑着，丝毫没有讶异神色，反衬得九娘的惧怕和顾忌很孩子气。长久沉默，他再度开口，声音轻缓沉静："九娘，你可知晓，我第一次见你是如何？"

我怎能忘却？九娘在心里应着。她闭上眼，感受着眼前的一片金光赤红，直到那景象再度浮现，丰饶的葡萄园，远离人群、喧闹、乐声、宴饮，日光如剑锋刺入藤叶间隙，叶底轻影交错……

"我随你阿兄到西州，来到你家中堂，走在廊上——那儿望得见后宅的妆楼——翠帘徐徐褰起，一只纤手伸出，指画着楼下青衣婢子，吩咐要剪下夏末的最后一朵玫瑰。你不知道，是不是？"

没想到他竟然早早就看到了她，还这样失礼！喜色在九娘脸上一闪而逝。可她藏住面上的，藏不住心中的，抿嘴又显出脸畔的

善善摩尼

靥窝。

"所以，我那时在葡萄园里，是想过来看看是否能帮你做点什么。"穆沙诺低头，似有些腼腆，看着搁在身前的手，只以拇指刮掐着握起的指节，又说："你有无想要的物事？我到长安后，托人寄与你。嗯？"

"不要，我都不要。"九娘只觉心中泛起的念头逐渐明晰，拿定了主意，心中紧张，但并不害怕。她装作漫不经心地、平静地说："但我有事求你——你能带我走么？"

"啊？"穆沙诺以为自己听错了。

"我要你带我走。"

"……"

看他迟疑，二人目光短暂相接。

九娘本以为他的眼清亮如泉，但近看才发现眼瞳深处依旧一片深暗幽黑。他的神色难以言喻，疲倦或哀伤？过去他笑的时候，脸颊上也会露出笑窝。

但现在他面容冷肃下来，皱眉，深吸一口气，别过头，又强笑了几声，用自以为满不在乎的口气闪烁其词："先前还说你胆大敢攀上来，不敢下去了？我先下塔，再设法接住你。"

这话语更胜冷风，凉透身心。

九娘并未纠正他，缄默着，颤抖起来，同时点点头。看着穆沙诺起身要攀下塔去，她终于无声地掉下泪，不断地擦眼，使劲看那背去的身影。日光映入泪眼，照出散碎奇异的折光。

苑空

因腊月新妇不宜见阿家，高昌城中不少士庶人家都要赶在腊月之前嫁娶。在这时候，才伯与阿麹之子小德也终于寻得了新妇——是西州城傍突厥部落名唤思力的女郎。虽昔年为敌的突厥人如今早已内附大唐，此事原可欢喜收场，才伯却过不去心里的坎，只是恼怒、叱骂，不许小德娶突厥人。阿麹唯有对丈夫说谎，在麹夫人帮助下，为小德夫妇二人另寻了一处宅院安置。

比起大姓高门之家娶亲所经历烦琐冗长的三书六礼，百姓家的自要简便许多，六礼一概蠲免，通答过婚书便可迎亲成婚。但迎娶的礼节仍不可草率，当日阿麹早早就去忙碌。宋氏虽已有身，也情愿前去添些助力。家宅中有诸般讲究，要将粟填臼中，席覆井上，枲麻塞窗，箭三支置门户之上，院中也要搭起蒙以青布的毡帐，供新人当日拜堂花烛。张无价等人则充作夫家亲朋，随小德往城外女家亲迎。说是娶妻，却先要经历女家亲眷拦门"下女夫"的恶谑戏弄，待催得新妇登车，回返时又会遇着城中闲汉阻在道上"障车"

讨要酒食。

众人在外一番忙乱，张家顿时空了下来。

九娘却被麹夫人留在家中。一则九娘对于娶亲的热闹毫无兴致；更何况，麹夫人需要在来年女儿出嫁之前，教她学习如何成为一名当家主妇。时间实在有些急迫。

在一个大家族中，各人都应有适当位置，主妇更需应对亲眷往来。以往九娘对此全无思量，现在却不得不面对冗长的内外亲族名单，思量一年四时八节的节礼置办：冬至日赠与夫郎的履袜鞋靴，正月亲戚往来应预备的箕帚、长生花，立春时奉与长辈的春盘、春书，五月为孩儿置备的长命缕、宛转绳，夏至日内眷相赠的团扇及粉脂囊……

麹夫人指着书几上展开的一卷《吉凶书仪》，向女儿陈述着供亲眷朋辈往来参照的书札——哪怕是最小的细节，一个贤惠的主妇也应注意。九娘却只是愣神，心里好像失了一些东西，极力去记忆是什么，却想不起、忆不出。

"小九，小九！"麹夫人把女儿从愣怔中摇醒，见她轻轻叹息的怏然模样，却无论如何都开不了斥责之口。

九娘强作欢颜掩饰，道："阿娘，为何我辈只能嫁作人妇？男子却可以是文人，是武士？难道生作女子，便不能与诗卷与刀剑为伴么？"

"至少，在高门贵女间，从无这样的事。若学些绘绣、管弦，聊以消闲遣闷，倒也罢了。至于要凭借技艺谋生，都是身份卑下的妇人才干的事。"麹夫人对此不屑一顾。

九娘轻呼出一口气,又略带狡黠地说:"不是有过女帝么?也有过平阳公主、上官昭容那样武艺、文才胜过男儿的女子。"

"那些只是世间的异数,世人会感慨言说的,也并非'正因生作女子,她应当这般',而是'即便生作女子,她竟能这般'。不是么?"

"可是,为妻的只是为夫君活着,为母的只是为儿女活着!若单是这样,她就找不见自己了……"

女儿直率的话语,对于麹夫人而言却如刺骨锥心一般。"活着就是这么回事。"她僵僵地说着,因无法回答女儿的奇谈怪论而暗中生怒,"每个人都有前世的罪孽要赎,不到偿还清楚,绝不会自由。"

"噢,"她说,"阿娘,我记住了。"九娘的声音所含的失落并未被面上的乖顺所掩藏。那神情落在麹夫人眼里,分明是在说:"如此的自由,我可不想要。"

"够了!"麹夫人用命令的口气说,嗓音颤抖着。可是她的内心却责怪起自己,竟然会认为女儿说得对。这一定是自己多年以来待女儿太过疏忽的缘故,才致使她生出了如此荒谬的心思。她这样年少天真,今后怎能让母亲安心?麹夫人的神情为之黯然。

九娘敏锐察知到,麹夫人还有未宣之于口的重重心事,看向母亲的目光,也不由流露出了一些怜恤关切之情。为了宽解母亲,她好似浑然抛却了烦恼,显得十分高兴快活:"今日既是小德成亲,

善善摩尼

我这个小妹也当备些财礼送去。"

麹夫人忽似想明，竟是十分爽快地答应："你今后成了新妇，也不止孝敬姑公、料理衣食、结好亲眷这些……有的事你也该当知晓……阿娘带你出门去。"

由才伯驾车，带着主仆几人，直往市坊行去。

街巷上照例不见几个人影，直到进了坊间，人声才喧哗起来，但主人家大多畏寒，出门采买的不过是些仆婢。

才伯敛手向麹夫人道："娘娘、小娘子，这般冷，何必还要亲来？若有甚要买，便吩咐老郭罢！"

麹夫人由婢子扶下车，向着才伯问："老郭，你说说看，若是有小儿郎要娶亲，他家该为新妇子备上哪些财礼？"

"这……老郭怎知？娘娘该问阿麹啊！"才伯脸面涨得黑红，"她只说随郎君、娘子礼佛去，大约过些时辰就回还了。"

"哦，我知道！"九娘也从车中探出身来，"是纳采要用的胶漆、绵絮、蒲苇、嘉禾、双石！"

"还是小娘子聪颖！"才伯正要牵马系在树下，回头打趣说，"我已经迟钝了，老朽啦。"

九娘反倒是拉住他问："那么，阿伯以为哪些物事最贵重？"

"要咱看，还是人最贵重。别的财礼都比不上。"才伯只当麹夫人是想要为九娘添些嫁妆，采买的不过是些绫罗衣段，故未作多想，仍只是一味夸赞起九娘来。

麴夫人却点头应是:"哦,去口马行罢。"

"是要买马?"九娘看了看忙着系马驾辕的才伯,低声道,"听闻小德那一位倒的确很擅骑马。"

麴夫人摇摇头,不答话。

口马行在高昌城外。

这里是另一处市场,搭了很多棚子和围栏,挤满牛马羊群,同时也充斥粪秽与苍蝇。有的围栏里有些老少男女,或坐或躺,个个木然不动。他们衣不蔽体,在冷风中打战,身上垢腻的气息同牲畜一般,引人作呕。

才伯引着几人掩鼻前行,有些着急地回头道:"若是要买牛马,交与奴子打理便是,娘娘怎要来这般肮脏地?使不得!使不得!"

"竟然这般多?"麴夫人往四围看着,有些惊异。但九娘注视她时,她只是轻轻叹口气:"真是作孽。"

九娘也有些疑惑,拉紧了麴夫人的衣袖,"那些人怎么了?"

"都是些贱人奴婢!小娘子莫忧心,他们不作数,他们不算人!"才伯连声宽慰,又听麴夫人吩咐了几句,疾步走入一处土坯矮墙围出的大院落中。

在麴夫人与九娘说话的工夫,才伯领了一个兴胡出来。

他在麴夫人面前恭敬叉手行礼:"既是张家急需买婢,我自当送上门来,怎敢劳主人家屈尊移步?"

原是贩卖奴婢的牙人米禄山。随着他击掌呼唤,几个俯首系颈

善善摩尼

的胡婢列在了庭中。他让胡婢一字排开，站在买主面前，便如售卖牛马一样寻常。这些婢子身上的装扮同周遭凋敝破败的环境并不协调，她们衣饰颇整洁，画眉涂唇，头发也经过细致梳理。才伯上前仔细看问，她们都会些技艺，有的能读书写字，有的会丝竹管弦，也有的习得些歌舞。其中几个甚至讨好似的向九娘笑了笑。

看麹夫人皱眉有些不豫，米禄山忙赔笑道："绝非是诱拐贫寒良家女子，大可放心选看！"听他细细讲来，得以知晓这些婢子有的来自战乱之地，国破家亡；或是在饥荒之地，父母因饥饿卖掉女儿。兴胡定期在那里买来人口，卖至东方谋取利益。

米禄山又提高嗓门向婢子们喊道："快快行礼！"

数个婢子都俯身跪下。唯有两个身量最小、年纪最幼的，行动稍显迟滞了些。她俩立即挨了鞭子。一个红发小婢看着不过十一二岁，低头哀哀哭泣，只有在被鞭打时才以胡语高声哭喊；另一个黑发婢子年岁长些，眼色无神地瑟缩一下，又变回阴霾的木然表情。米禄山狠狠一鞭抽去，毫无回应。

九娘看着有些惊心："奴婢也是胎生肉长，如何经得住这样虐打！"拉着麹夫人直往后退缩，低声道，"阿娘，别看！"

麹夫人沉着面，站定，向九娘说："你今后是要做主母的，必得要看看。"又转头向米禄山问："我听闻，司马家张娘子是卖了个人与你？"

米禄山想了一想，道："是。莫非，夫人也是要……"

麹夫人不答，冷声道："你细讲与我听。"

"不过是个买来的妾,往日恃着解些诗文,受宠生子,对主母多有不敬。趁司马出行在外,张娘子便唤家奴绑来卖与我了。"

"人呢?"

"她颜色还好,又卖与一个过路豪商了——依旧是做妾。"

"啊……"九娘听得心底发寒,脸色煞白。

米禄山忙赔笑道:"好教贵人得知,奴婢贱口,律比畜产。主人喜欢便罢;不喜欢,要打杀也是随意。"

才伯也低声向九娘道:"这些贱人,要么卖去酒肆里娱客,要么卖去给哪家做妾。若小娘子能看上哪个,让她当了侍婢,倒算是好命了。"

看米禄山对着不识相的婢子再行鞭打,九娘内心生起了激愤,赶紧拦身上前,挡在两个挨打的小婢身前。

米禄山急忙收鞭,收去面上狰狞怒色,对九娘又变出生意人的和善面目:"小娘子,是看上她俩了么?这红发的名为失满儿,黑发的是绿珠。两个胡婢年纪都小了些,只是凑数,何不挑个更好的?"

九娘不理他,只是俯身扶起失满儿,替她拍去身上尘土。揭开残破衣袖,只见手臂上伤痕累累,显是已被虐打多次。九娘连连向她问话:"他这样虐打你,你为何不逃呀?"

失满儿单顾着发抖,只是战栗哭泣,不回应。

"逃不掉,我辈都记录在官府文书之中,逃亡有官府缉拿,一日杖六十,三日加一等!"一旁原作痴傻之状的绿珠,突然叩头向

善善摩尼

九娘谢过，面对九娘的关切眼神，平静地说，"贵人有贵人的活法，我辈有我辈的活法，这都是命。"

九娘蹙眉，无言以对，神色像是痛苦又像惭愧。

麹夫人拉住九娘："小九，你记着了？今后若是嫁去安西，郎君好也就罢了，若不好，有了妾室或别宅妇人，你也可这般处置。不要待那些贱人客气，你生来就该命令她们、使唤她们！可记着了？"

九娘沉默地挣脱了母亲的手。

麹夫人以安定的眼神看着惶惑迷茫的九娘，说话的态度温柔和悦："你既然看上了她二人，阿娘便为你买下，好么？"

但在九娘听来，只觉母亲的声音里带着一些嘲讽，她又沉着脸色辩道："难道薛十五娘不也是长史家的侧室？我家也同她那样交好……"

"你也不怕阿薛听了作恼？"麹夫人不以为意，只是淡然解释道，"她也有朝廷的命妇告身，同我们一样是官家夫人，自是与那些买来的贱妾不同……"

米禄山殷勤上前来打断二人谈话："那我便算便宜些，四十疋白练一人。"看麹夫人点头应许，又满意地说，"此处保人都是现成，只需同往市令、市丞处交割了身契便得。"

太阳西沉，夜晚续临。夜空下一片澄澈寒冷。

在温暖的妆楼里，搁置着诸种绣丝、帛采，那是要为出嫁预备的衣料,织成锦袖麒麟儿,刺绣裙腰鹦鹉子,大袖连裳的绣襦尚未完工,一只孤鸾绣成独栖。它们都被九娘毫不上心地随意放着,又为小猧儿铃子玩得四散杂乱。

铃子已安然伏在绫罗间睡去。九娘躺了很久却仍旧无法成眠,由于没有风声,得以听见自己徐缓的心跳。日复夜来,一切依旧,唯独心上某处仿佛有了个看不见的缺口,始终无法填补。那儿一直都很冷,即使身畔有许多彩绘屏障、织锦壁衣和燃着兽炭的炉火,穿着皮毛或白叠衣袍,也还是冷。冷意深深侵入骨血之中,难以驱离。

思绪又一次闯入内心的某处窄巷。眼前不断重现高塔上望见的那一切:那个晴朗冬日,朗阔无云的天空为日光染作微黄,一只可能是鹰的猛禽在绕塔盘旋,迎风振翅,越飞越高;脚下城市与广大荒凉的旷野无声铺展,冬阳静谧,光辉浩然遍照,映红绿洲的每处夯土墙壁、枯枝干叶,也映红身畔少年那宁静温柔的脸庞;她坐在日光遍照的塔顶,长发散在风里,身子并非因寒冷,而是因心中的惊恐与欢喜颤抖。

不管原来自以为能多么轻易地放下,自从穆沙诺离去后,她才意识到大大高估了自己的心——

也许他的汉话并不好,他的确误会了自己的意思?她本该明明白白地告诉他,而非隐晦试探。她原是想说的,一定是攀上塔顶时,为风吹得心绪混乱,她只顾着惊讶于自己不怕死,竟然忘了自己更怕那些记着夫君身份官职与朝廷封诰的"夫人某氏"的命妇告

善善摩尼

身，千篇一律、毫无意义。男子奏起了乐曲，而那些女子只是任凭安排地随乐起舞！她多想生出翅翼，飞在风中，向着风与光的天穹冲去啊……

九娘又暗暗嘲笑起自己的想法，若她也像白日里所见的那些奴婢，没有父母家人可倚靠，也不甘心服从命令，那么不要很久，她定会自己死去或被打杀。又忆起母亲的话——她出身高贵，同那些摇尾乞怜的贱人奴婢不同，也不需要如那些贩浆卖饼的妇人般终日辛劳。尽管她因此安心，心底依旧感到羞耻、不公，厌恶如此思索的自己。她不敢再顺着往下想。

那个身影，如今又在何方？若当时她能追上远去的他，情形又会如何？

她能想象穆沙诺的样子，他的布衣为沙尘染过，蓬乱如鸟窝的乱发被风沙吹起，脏污的脸上笑出一口白牙，一手扶着骆驼缰绳，另一只手搭在额上，望向远方。

"你真的要与这样的我走么？"穆沙诺在骆驼上笑着问，"我可是个无家可归的人！"听她抛出确切回答，他便伸手过来，微笑说"来"，拉她坐上了骆驼。

她可以依偎着他，把头靠在他的肩上，能够闻到森林、沙漠、草原、旷野篝火的气息；能够听到驼铃清响、骏马嘶鸣、日照林摇、风吹沙走；能够看到沉默的旅人，他们摒弃了藏在城池街衢里所有不公的秩序，向着日沉月落、星斗升降的天际走去。

她甚至能听到他的低语："是的，我明白你的痛苦，所以我要你同我走。"话虽不算多,但他如知交旧友一般,用眼神就能说出很多故事。

谁知道这种幻觉的来源是什么呢?他只是偶然地途径西州,她只是偶然地见着了他,可能这只是一场梦,连大漠里壮丽的海市蜃楼幻境都不算,只是一滴来不及照映出天地间任何形容便匆匆地在炙晒中消散的水滴……

想着想着,九娘终于疲倦地沉入了梦境。

她听见园圃间有夜莺鸣叫,自幻想中醒来,欲哭的感觉再度难以抑制。她带着哀伤推窗,举目望向夜空,见一钩残月畔落几焰黯淡小星,一片皂云缓缓浮过,将月色掩去了。

犹记离别之日,那鸟鸣声是约定的暗号,她推开窗扇,见他乘上了骆驼,反身望向妆楼,以笛吹起《善善摩尼》相送。

现在,不知何处又有笛声传来,九娘凝神听去,满腹愁闷无从说起。然而他已离开高昌,往她也曾梦想过的金碧辉煌的长安去了。那不可能是他,她也不愿在夜里想他。

笛声骤停,又传来一声夜莺的鸣唱,然后低声唤:"九娘。"

她从哀愁中按定心神。四下寂静,窗外只有玫瑰树落尽了叶的枯枝映出朦胧暗影。哪怕不再有夜莺将玫瑰的名字颂唱,不再有月光将玫瑰的花瓣暗赏,追忆其芳馨却仍旧迷惘……

她只以为那是自身幻想,关窗欲睡。

可是,分明又听得一声"九娘",是真切无疑的他的声音。

善善摩尼

满是猜疑的心中仍旧升起了一些希望，她再度探看窗外。

月光冲出云围，照见妆楼下伫立的一个熟悉的少年身影。

真的是他！她心中激起一股无可名状的喜悦，与先前浓重的悲伤愤怨交织在一起，终化定为一个决心。

"你等等。"九娘低声道。

穆沙诺来回踱步，等待良久。

在这静院空庭之中，小池因冬旱而水位极低，边缘都已结冻，有霜生在岩间干苔的边缘，池畔绽出长穗的白草密丛。玫瑰树的枯梢在月光下织出一片黑暗，树下的苜蓿草叶也已萎褪于风中，蝴蝶不知僵蛰向何处了。

他终于见着少女从树影里走出，不待看清，已将她紧紧拥入怀中。

被这行径惊到的九娘想要挣开，她微带惊惶的眼光如稚鹿一般，仿佛随时皆可举步逃入山林。待看清了来人，就又从容站定，眸中生出日月般的光辉。

寒气袭人的静夜里，两人沉默相拥，臂弯中拥抱的仿佛是各自未来。彼此都有积压在心底、无尽的言语要说，待到嘴边，却又不知从何说起。

终于两人放开彼此。

"你来了。"她的眼中盈满喜悦与嗔怒的泪水，声音轻如白草间拂起的微风。

善善摩尼：唐朝西域文书故事集

穆沙诺定睛看向九娘——云低鬓鬖，月淡修眉，颊染石榴，唇点珊瑚，她像一片晨光将寰宇映照，使他甘愿像烛火般将自身焚烧。

"我……我来了！"他说话结结巴巴，难得如此，"一切……一切都好么？"

在斑驳疏影间，九娘也借着月光细看穆沙诺的身影。他还是穿着旧衣，不过特意浆洗过；鬈发整齐地拢在抹额后，唇髭已长，但打理得整洁，一定是想让自己显得不那么幼稚。可他脸上依旧是明朗、孩子气的笑，行事也依然如此可爱。

于是九娘悄声问："你怎又回还了？"

"你……你还未改变主意罢？"

"嗯？"九娘只是在他耳畔呼出温暖气息，一语未发。

"我想你。你同我走。"

"什么？"

"我想带你走！"少年有些急恼地提高了声音。

"听着了，我听着了。"九娘生怕惊醒了人，急忙伸手掩他的唇。

"不用怕，我已托人造好了过所文书。虽中途麻烦了些，不过总算是稳妥了——我带你到长安去！"

"你要我怎的，我就得怎的么？我不久就要出嫁啦。请你走罢，你要做什么，悉听尊便。"

"喔，我知道，"穆沙诺显得气急败坏，浑身颤抖着低吼道，

善善摩尼

"你要嫁与安西的官宦子弟！而我，我配不上你。我这次回来，与我离开时一样，都是傻子！"

九娘竟然一改往常温柔口吻，只是冷冷回答："他自然很好很好。"

穆沙诺急得蹲在地上，灰心丧气，以手捶头，又扯头发，失去了以往九娘所见的沉静、温柔、内敛。

九娘忙拉住他的手，扶他起来，稍顿，笑着出声："可我偏不喜欢。"

穆沙诺惊喜抬头。

"先前你害我那般难过，难道还不许我还回来呀？"九娘脸上笑意盈盈。寒风拂面，却是如此悦人，吹走了心中的怨恨与悔憾。

于是他松了一口气，也笑起来，是在想"瞧我多呆"时发出的那种自嘲的短促笑声。他轻抚九娘的浓密乌发，为他先前的行径道歉，转念一想，仍有些丧气，害怕再被她骗，没有勇气地粗哑低语："你为何不喜欢？"

"我不想像阿娘、阿姊那般活过一世，那不是我想要的。"

"不后悔？"穆沙诺再次确认，面色严肃，没有笑意，"你应当有真正的婚嫁之仪——盛大宴会，尊长祝愿，友伴庆贺，像别的唐人小娘子。而不是在半夜，鬼鬼祟祟，没人知道……"

九娘回想起过去所见的婚礼场面——盛饰打扮的新妇从马车上下来，面目掩在花扇之后，只看得头上花钗覆笄，身上绣襦长裙，佩璎累累。而新郎亦冠帻公服鲜明，一脸神气。九娘再看着水中倒映的身影，她还穿着厚实的白叠寝衣，急急过来时鞋袜还沾上了尘，进退实在狼狈。而他只是个一文不名、带着些傻气的异乡人。不过，他还是他，那个能理解真实九娘的人，这很足够了。

"不后悔！"于是她亦踮起脚，附耳轻声将自己最后的保留透露与他，"我的闺名，便是无悔。"

"无悔"。他跟着念。在他干燥的口中，她的名如葡萄美酒般甘美沁凉。他看出九娘笼在袖中的双臂在冷风里轻颤，鼻尖冻得通红，但神情异常坚定，两眼只是看他。那乌黑的双眸光彩焕然，似落入满天星辉。

也许是天神知晓这众芳摇落、苍茫惨淡的尘世还缺少鲜花供奉，才代以这眼前的可爱少女。有人追求现世的荣耀风光，有人则把希求往来世里张望，但他只余终身不渝的思恋在胸膛。穆沙诺俯身上前，再次紧紧拥她入怀，在她额上轻轻一吻。"你是我的，"他的声音颤抖，"我也愿是你的。"

九娘似是微惊，往后退缩，又似全在意料之中，默然垂下了目光。

于是，他再度确认：眼前少女的心已同他在一起了。

九娘离去时留下的书信，是在一卷还未抄写完成的《法华经》纸背仓促写就的：

韶颜稚齿，难若丈夫。女子善怀，亦各有行。

善善摩尼

锦帐屏帷，非我所愿。绮罗弦管，实劳我心。
缄恨雕笼，不能奋飞。人生意专，必果夙愿。
尊亲在堂，虽惜间阻。覆载之间，岂甘饮恨。
今从穆郎，以遨以游。征痛黄泉，无怨无悔。

远道

在天刚破晓的时分,待城门一开,两个少年人便匆匆离开。

从骆驼上反身看去,只见高昌城越来越小,来时的路越来越长。她偕同穆沙诺,穿越了这座仍在睡梦中的孤独城市,穿越冬日的清冷晨光。甫升起的太阳将他俩的身影染作金黄,道旁成排高矗的白杨林,兀自探出灰叶枯干的枝条,在飒然微风中戛戛摵摵,间或以阴影在行人身上画出条纹。

朗阔苍穹洒下霞光,轻曳在穆沙诺蓬乱的短发间,他的面容沉着且温和,予她安心。她又仰望前路,内心愉悦、雀跃不已。这与她在高塔上眺望时所产生的悸动完全不同。

在大沙海的边缘一处名为柳中的小小绿洲市镇,有十数名胡商组成的商队等候着。

他们邀九娘——如今是张家九郎,一起享用一些胡麻饼。这些人不像九娘往昔所见那些言谈粗野的胡人,大约是面对新来者,显

善善摩尼

得举止拘谨，但不失友善。他们叫九娘"书生"，因她的外貌比一般十六七岁的郎君纤弱些，又会读书写字。旁人是称赞也好，是揶揄也罢，"张九郎"都报之以坦率笑容。几个胡人甚至凑过来，求她沿途无聊时来教几个汉字。

天上有风刮起，催促着商队启程。

目之所向，沿途的绿洲逐渐变得破碎。眼看着林木逐渐矮小，偶见一两片荒地。再后来，是胡桐树丛间穿插大片荒漠。接着已不见林木，唯有丛生的白草与羊刺偶尔从沙碛地里钻出，既短，又硬，且枯，没有一丝风使之摆动或窸窣。直到视野里再无田土草树，只余无限粗沙杂石的枯焦旷原平衍开去，远远望去，使人有地尽天底之感。

他们总算真正踏入了千里大漠之中。

沙地缓和了车轮的声音，骆驼踩下的脚印不久又为沙覆盖。骆驼的颈项随着脚步韵律轻点，响起低滞的嗡嗡铃声，打破大漠的寂寥。一匹猎犬也跟在骆驼脚畔静静前行，后来干脆在主人号令下跳上驼背，安顺地卧起。

穆沙诺抛来一顶狼皮暖帽，九娘接过，满心欢喜。

一个在绿洲之中生长，偶尔也能在绿洲边缘骑行的少女，却从未亲身走入过这片荒漠。她过去只是把绿洲世界之外看成空阔无常的暗域，如人入暗，即无所见。即便是白山之北的庭州，也属未踏之地；而阿姊宋氏故乡所在的敦煌、阿兄张无价从军所在的安西，亦只是亲人口中的传闻。

而现在，日光明照，见种种色。曾经仅依凭着梦境远行的九娘，仿佛是被唤入了一个新的世界。故乡、亲人、世俗的圆满，这些都在身后，而她已脱逃，前往另一旅途。虽然她还并不明白这意味着什么，会有何种改变，只隐隐知晓，在那途中，哪怕如玄奘法师那般念持佛号，仍牵动大量未知机缘，危险重重。

但旅人们快乐的叫喊、驼队轻快步伐扬起的铃声，向九娘心头奔凑而来，使她不舍故乡的悲哀和对前路的恐惧情绪都淡薄了。也许那从来不是悲哀，而是因为面对陌生世间而产生的惊愕、迷茫与困惑。大概只是女儿家天生多思、爱流泪的缘故。更何况，大沙海的确是个令人生畏又教人惊叹的地方，使九娘的眼、耳、心都深受冲击——这并非一片平坦的沙地，而是有沙砾堆起的山丘层叠如浪，汇成一片波光荡漾的金色海洋。

大漠中所见极清晰，事物仿佛无远近可言。眼见一丛枯树近在咫尺，却往往要走上一两个时辰才会来到它跟前。看似不远的一段埋在沙中错落的残垣丘墟，却在半日旅程之外。骆驼队行走，行走，直到夜空已戴上星辰点缀的黑色面幂，才就地扎营歇息。

同样一片夜空，九娘过去在西州也曾凝望。但相较之下，这茫茫碛漠里的夜空更为浩大无边。没有屋宇高墙将它阻碍、切割，它无限延伸，有新月半弓，北斗一柄，银河如淡淡的流云在天顶飘浮，一片莽苍光明，风吹不散。

入夜寒气森森，冷侵肌骨。九娘蜷缩在穆沙诺身旁。刚点燃的篝火跳跃着，时而照亮他的脸庞，时而又把他推入黑暗里。直到众

善善摩尼

人又添了些树枝到火堆中，火焰才燃旺起来，火舌熊熊穿越黑夜，予人持久的暖意。

远方也有跃动的火光亮起，九娘以为那是同样有人扎营，但旅人们称其为"鬼火"，是精怪试图诱引误陷歧路之人的把戏，不待人走近，下一刻就消逝了。这是胡人行经大漠中所获得的离奇虚幻经验之一。

于是他们围坐在篝火畔，继续讲起这类故事来。有人谈到沙漠里突然出现的荒废城池，有人提及隐在沙地之下深不可测的河流，有人言说带有雷声鸣响的沙丘，还有人述及可以在远方清晰看到，走近却发现子虚乌有的绿洲水源。九娘听得半信半疑，却唯恐让人觉得自己没见过世面，也随着众人点头附和。

穆沙诺则讲起故乡波斯的落日景象，在波斯的内陆海——一片湛蓝的、水的大漠上，太阳行将沉入其中，将天与海都染出一片赤红，接着晕染出紫红、蓝紫，直到回归深蓝本色。又有暗黑如漆的脂水①浮在水面，泛起种种彩光，有好事者将其点燃，火光再度将天空映红，直到由新月流溢着的泪光所抚慰，海面才最终回归一片沉寂黑暗。

九娘从未听闻世间会有如此壮丽景色，完全沉醉其中，心满意足地沉沉睡去。

次日，他应九娘要求，在骆驼上为她弹起琵琶，唱起歌谣：

---

① 脂水：即石油。

无事辞却家，等闲到流沙。

马口聚冰沫，剑头生雪花。

少年事不晓，塞漠徒经过。

……

同时以他特有的方式目不转睛看她。

大约是在众胡商旅伴面前，他有些不大自在，歌声也小，最终红着脸说，她其实是他歌声的第一个听众。九娘听了只是笑，在友伴的嘲谑声中，牵紧骆驼缰绳，加快步伐，越过了他。

千里荒旱的漫长行程中，并不只有单调的沙漠，广旷的沙地也时常会被散布砾石的平原、劲风侵蚀的谷地、高峻的山崖打破，显出青、红、黄、白、紫种种色彩。有高峻怪石仵立，远望或是一片绿意如有草树生长，或是通身赤红如有火焰燃烧，近看却都只是荒芜的岩层；一些早已干涸荒废的绿洲水源中，枯树上仍旧有鹰鹫的嶙峋身影，时时振翅飞起，俯视着地面孤独行进的队列；偶尔能见着三五只野骆驼或野山羊，它们见着行人就匆匆逃开；一处峭壁上甚至有野鸽筑巢，当日的烤鸽肉使吃腻了干硬胡饼的众人大饱口福。

第三日，在一处微不足道的小小绿洲中，九娘发现了一处泉眼，见骆驼饮用无碍，几个少年正欲上前去盛水，商队中的老人却

善善摩尼

拦住他们，指着湖畔落下的禽鸟残骸，说沙漠中的苦水有毒，唯有骆驼可以饮用。还好沙面留有一些白雪，正在日光下扬出明辉。众人赶在其消散之前，用随身的漆胡樽蓄满雪水。

第四日，一段地面全为盐壳覆盖，有人马行过，压碎了盐壳，便有细碎的盐粉被翻搅起来，飞在人面上，使人肌肤干裂生疼。还好商队中还携有面药、口脂。九娘为疼得龇牙咧嘴的穆沙诺涂了，两人相视大笑。待他人也来向九娘相求时，穆沙诺却一把夺过面药，要代她为旅伴效劳。

第六日，总算行到一处胡桐、羊刺丛生，泉水溢出成湖的绿洲。老人称这是千里沙海中唯一一处可供人饮用的水源。众人精神为之一振，欢呼着冲到湖畔，痛饮一番，又洗去了面上沙尘。湖中尚有一只孤雁游着，众人原想将它捕来吃，穆沙诺拦住了："大雁总是忠贞成双，它这时候还不南飞，必是伴侣失去了，还不肯离去，在苦苦寻觅着。"九娘对此不以为意，因此向他打趣说："穆郎也懂鸟语么？"他只是笑，厚颜回答："不懂，不过，我也是只呆雁。"

入夜，一行人有时在露天搭建帐篷。夹杂沙砾的冷风利如冰刃，又刺人又遮蔽视线，众人只能缩在骆驼围住的窄小毡帐之中。有时他们在残破荒废的遗迹残墙或高大山岩后与驼马一并歇息。有野狼成群，蜷伏在隐蔽处，等候着捕食落单的人或牲畜。众人轮流举火鸣锣，达旦而止。甚至在穿越一处荒凉山谷时，要忍耐着疲惫连夜赶路不歇——因为传言谷中曾有强贼杀人弃尸，野狼则尽其

善善摩尼：唐朝西域文书故事集

余事。

旅伴们会在夜里讲起种种见闻故事，九娘将其如美酒般一饮而尽，虽然其中的不少内容她无法理解，甚至感到畏惧，诸如世间的贫穷、疾苦和战火。唯一清晰明了的是穆沙诺的双眼，那里时而燃起愤怒的火花，时而因悲伤而微带泪光，当他看向九娘时，却盈满使她安心的温柔笑意。

在九娘眼中，穆沙诺是博学却谦逊之人，在众旅伴间总是绘声绘色地谈论四方见闻，却从不提及自己。数日以来，为了减少行路的苦闷，他为九娘讲起波斯史诗《霍斯鲁王所行赞》中的故事。他的声音清亮，但在沉寂广阔的大漠里听来，更显空旷寂寥。

那首长诗首先讲述霍斯鲁王偶遇并倾心于美人希琳，为谋夺权位，却又另娶大秦的王女末艳为后。故事还未讲到多年后这位国王与心上人再相见时的物是人非时，九娘已沉沉睡去。后来该讲的是，霍斯鲁王为昔日恋人营造华丽宫殿，希琳入宫毒杀王后，霍斯鲁王为亲子弑杀，希琳自尽……

次日一早，九娘再求他讲剩余的故事，他却另起一头，讲于阗国一位王子法尔哈德恋慕王后希琳，并为之所做出至死不渝的牺牲。时光渐至正午，阴沉天空渐转开朗，一轮淡日在云间散发着微弱的光。

"阿九，你可想有霍斯鲁王为希琳所造的那样一座宫殿么？"穆沙诺试探问道。

"不，才不要！"九娘从容答。她想起自己曾拒绝了阿清的

善善摩尼

"猪猴"，也抛开了可供家人"隆重还愿"的命妇封诰，不由大笑出声。

听到笑声，他便饶有兴致地问："什么那么好笑？"

九娘只是慢声唱：

> 白玉非为宝，千金我不需。
> 人生似行客，前程莫相负。

穆沙诺一语不发，只是若有所思地眨眨眼，摸了摸下巴。原先为见她才打理整洁的髭须，如今又变得乱糟糟。反倒是他骑着的骆驼打了个呼声，在阳光下抖了抖沾满沙尘的皮毛。

"前方是否有泉水？"九娘问。

他缓缓摇头，良久才说："没有。"一会儿又道："这几日都没有。"

驼队缓慢前行，仍无尽头。再壮美的景象，看久了也会生出倦怠。疲惫逐渐袭来，白日里每个人的话都少了。当日驻扎休歇时，九娘便露出了些气馁的神色。

突然发现穆沙诺正无言地朝她递来一只漆胡樽。她接下，饮了几口，将重量几乎未减的漆胡樽递回，问："还要多远？"

"三四天，"穆沙诺说，想了一会，又说，"两天，至少。"

看着众人都在忙碌着搭建毡帐、生起篝火，九娘忽然轻轻开口道："曾经高昌国有位王女，也想过与人逃离呢。"

"谁？"穆沙诺微笑道，"也是随我这样的人？"

"是与玄奘法师。阿姊说是她从一卷拾来的经卷上看到的……"

"哦？"穆沙诺面色变得庄重起来。

"故事是说，那位王女曾恋慕西行的玄奘法师，甚至请求父亲逼迫法师还俗，与她成婚……但她最终发现，自己心中的只是那个德行高洁的圣人，一旦他为了她抛下宏伟志业，甘心同她一起度过余生，他便不再是他了。因此，她才亲送法师离开高昌……"

"所以，她所恋慕的，只是一个永不可及的幻象？"他深深看了她一眼。两人静默良久，最后他才说："阿九，我想问你些事。"

"嗯？"

"你果真不后悔？今后，你会想家人么？"

这话吓得九娘愣了一愣。他的双眼直视她，她却并未能给出果断回答，反倒是犹疑未语，眼中泛起了泪光。她对此感到如背誓般的羞耻，不愿让穆沙诺看见自己在哭，赶紧伸手掩住了面。

"小九，你的面色骗不过我。"他谨慎和缓地说。

于是她终于语声哽咽着说："我若走了，阿娘该多难过啊……我是忤逆尊长的罪人、不孝的女儿，我从不是自由的。"

穆沙诺只是静听着她哭，没有半句言语。最后，他叹气，强撑着笑容，勉力启齿道："我……我送你归家罢，这么多日，你家阿娘该急了……你阿兄曾是我结义兄弟，可如今他准得揍我！"那强撑的轻盈语调，却并不轻松，好像他一直是孤单一人。

"不。我不要回去，"九娘防卫般地说，"我想家人，但我不后

善善摩尼

悔。"两颊泪痕干后，只觉有斑斑盐迹浸得面颊生疼。她只是仰头凝视他，看得他逐渐脸红，显得有些不好意思。

在她凝望他，且好像渐渐看清他的短暂过程中，穆沙诺的神色也变得清朗。他轻轻唤："九娘，"同时紧握住她的双手，仿佛对自己再做一次放心的保证，"所以，那些'罪'，都算在我账上！"接着，他又说："九娘，你只是你，从不需埋进他人所造的笼中。"

九娘点头，淡淡一笑。她站起来，身姿挺直，卷起了衣袖："来帮我撑起帐子好么？我得承认，你力气比我大……对，撑着，我来搭毡子，好，好了！"

"好了，"穆沙诺也点头，"今晚有烤野羊吃！"

那天夜里，九娘开始梦见自家那波光粼粼的小池，那是几尾游鱼所拥有的整个世界；她也怀念那棵玫瑰树，盛开的花枝在窗前投下摇曳的影；怀念果园藤架挂下的一串串紫珠绿玉，有蜂子循香而来，盘旋不去；怀念温暖的妆阁里，弥散着焚香的幽妍气息。她离开西州至今的数日，从没有想起这些在她短暂人生中曾历经过的若干碎片，此时却突然忆起来了。

她这样想了一夜，直到冰寒的夜晚已过，太阳犹疑着显现。

未来方向如何，她不知晓。但她已经敢于面对原先藏在内心、不敢面对的想法——想回到西州去，放弃见识广阔世间，同时也远离对未知的恐惧，平稳地依照家人所希望的方式生活。但每当她转而想起同他在一起的喜悦，再度发觉，自己的意志绝不在此。这意志令她心中安宁欢欣，再也无法被悔恨或恐惧所抹杀。

善善摩尼：唐朝西域文书故事集

她逐渐认识到"自由"的沉重。自由不是放下一切，只是选择了另一种沉重负荷。做一个负重的旅人并不轻松，而且可能会更艰难。但她终将与故乡背离，这必是命定的劫数。

第九日，视线里终于出现了苇草和泥垒砌的长长城墙痕迹。

一片片荒草丛生的矮丘上，胡桐在若隐若现的冬阳下探出枝丫。丘墟间星散几个烽燧，那里燃起的并非浓黑烽烟，而是戍卒们生火造饭的袅袅炊烟。

茫茫远道行来，最终看到此景，实在教人欣喜。

天上飘飞细雪，下下停停，寒气侵人。商队加紧了步伐，直到看到远方玉门关的高耸关楼，那上边的旌旗在风中瑟瑟哀鸣，众人才发觉自身早已疲惫不堪。眼看大风即将刮起，验了过所文书入关，众人便急忙先在市镇里找寻客舍安置。

休歇未久，又要为接下来的行程准备。客舍中的角落很快又堆起了干粮，外面也买好了牲畜的草料。

穆沙诺也拉着九娘要去买两匹好马。待选定了马匹，穆沙诺道："小九，快些去歇息罢。我来牵马便是。"

"我如今骑马必然可比得穆郎了，"九娘虽满面沙尘，心中还想着要在客舍里好好梳洗，现在却只是摇头，一口回绝，"这等小事决不麻烦你。"

"若不是我将那匹看上的突厥好马让给你，你怎可能胜过我？"穆沙诺嘴上丝毫不让。

善善摩尼

九娘急得顿一顿脚:"你——我才不要你施舍!"

"小九,我得告诉你……"穆沙诺换了一副神色,在一处僻静街角站定,握住九娘臂膊,附耳沉声道,"穆沙诺不是我的真名……在波斯都督府时,我名唤继忽婆①……我,我是波斯的王子。"

"我不信!"九娘断言道,"你又想作弄我。"接着又笑:"波斯王子到西州时,我可见过他。他是个极高极壮的武人,面上还有几道怪吓人的伤痕。听阿兄说,他喝起酒来,武官们都比不上他。"

"那才是穆沙诺,是我的武卫。因畏怕途中有人暗害,我同他才换过了。"

九娘霍然转身,提高声音叱道:"我不信!"语气仍强作轻松。

"他是初冬启程,大队人马走的伊吾道,脚程不快,此刻大约是在敦煌官府等着了。你若不信,待我俩明日去验过便知。"

"我……我才不信你!"九娘腾地从他身边走开,瞪大了眼,脸上泪珠如串,"你骗我。"

"九娘,你别哭,我决不负你!"继忽婆也变了脸色。

"谁哭了?不过是风沙迷了眼。"九娘呜咽着拭泪,却将沙尘也拭了一脸。

继忽婆温柔地举手替她擦去,和缓说道:"世界很大很大。你慢慢会看到的。"见九娘仍是绷着脸不言语,继忽婆又讲起了他的

---

① 继忽婆:可对音为 K'yfrn,粟特语、中古波斯语复合人名,意为"国王之荣光"。

善善摩尼:唐朝西域文书故事集

见闻："……我同你一起，去唐都长安。这座城市很大，人口众多，一条宽阔的朱雀街将全城分成了两半。沿街开凿规整的河渠，淌着潺潺流水；路旁葱茏的树木整然有序，一幢幢邸宅鳞次栉比。皇帝同他的朝班大臣、外戚贵胄，都住在这条大街东面。在街西，则住着庶民和商人；这里有货栈和商店。每当清晨，人们可以看见街东的奴婢、仆役，奴婢的奴婢、仆役的仆役，或骑马，或步行，鱼贯来到街西，采购主人家起居所需，或是供奉贵人的奇珍异宝……我先带你去街西看，喔，那儿真是应有尽有，景象实在壮观，令人赞叹！接着，我带你去皇帝的朝堂……不行，他若要我把珍宝奉上，我却只能把你藏起来……"

九娘默然点头，知晓他正努力激励她，神色稍缓。但她的内心并不为之惊喜，也并未因被欺骗、被辜负而愤怒，反倒只觉有股渐渐增强的恐惧——除了书卷上旅途惊险但结局圆满的冒险，世事她一概不知。前途未卜，知道那些故事有什么用？她一点也不懂他。她的欣喜全留在茫茫沙碛里某处早已熄灭的篝火畔了。那时他只有她，她以为全然知晓了他，可以毅然地随他去四方经历……

有淡淡的细雪从空中飘散下来。大风刮起沙尘的同时，也纤佻地将这些天上的落花戏玩。九娘在西州从未见过雪，此时却毫无惊喜之意，只觉那些无根无枝的片片瓣瓣，依旧同故乡春日的杏花一样，在风里飘谢，在泥里凋落。

她沉默着随他牵马穿越街衢，举头四望，唯见身畔的百姓都急

善善摩尼

着归家。冬日昼短，不少人家已点起灯火，窗户透出暖光。九娘听着妇人在门边闲话家常；看见孩童裹着厚实袍袄，在院中追逐；也有熔炉畔打着赤膊劳碌的铁匠，他荆钗布裙的妻红着脸，为他擦拭汗水。她看到荷锄的农人归家，屋内的妇人忙从织机边起身，牵起幼子，欢笑着迎接归人。

九娘只觉这些都离自己很远，哪怕自身对其毫无期许，心中仍泛起酸涩，但她不肯承认自己在悲伤，只是长出一口气，轻声问："过去说定的，都还算数么？"

他很慢才回答："阿九，除了西州，我还不曾在一座城中滞留那般久。可我得完成我必须做的事，而那些事之后，才能……"

"嗯，我知道。"她先是重重摇头，又模棱两可地轻点了点头，面无表情，不卑不亢。

继忽娑不知该说什么，先仅答以"九娘，多谢你"，行至客舍门前驻马时，才又许诺："我的故国被大食侵占，我要去请大唐皇帝出师，抗击敌军！今后，我会为你修筑天下最华美的宫殿，你会是我最尊贵的夫人。"

九娘没有回话。

一想到今后站在做王侯的他身畔，又将长添眉黛，重染唇脂，只能故作娴雅地在嘴角浮起伪饰的、惨淡无温的笑意，她的心就愈加凉冷。囚笼再美，仍是囚笼，在笼中久了终究要气闷的。

九娘只觉自己做了一个好长好长的梦，而如今她要醒来了。有一个声音在心底不断说着："我宁愿因思念他而长久痛苦，也不愿以妥协换取暂时的安稳！"她的神色起初还有些冷硬，但在再度开口时已不复存："望终有一天，你能如愿。"

"长路行来，我饿了。你替我去厨里要碗驼蹄羹去。你得仔细盯着，不许他们以次充好！"她紧紧抱一抱他，以近乎平常的柔软声调说着，声音在继忽娑听来有些奇怪，"你先进去，我给牲畜喂好草料便来。"

待继忽娑捧出厨中炊好的驼蹄羹，却在客舍中寻不见九娘了。

他向马厩奔去，只见唯独自己的马悠闲食草，另一匹已无踪影。自己的马鞍上系着一个小囊，囊中所盛是一方题诗的素布——那是临时从衣上撕下的，其上是九娘所留、笔迹潦草的一首小诗：

巨耐玉郎多谩语，
锁上金笼来送喜。
比拟好心何凭据？
腾身放我青云里。

继忽娑一摸怀中，先前藏在衣袍里的那卷过所文书也不见了。于是他急急策马奔出客舍，冲入风沙之中，对着远方高声喊道："九娘——九娘——"

善善摩尼

天空由狂风卷起的尘沙涂绘得混浊脏污。雪片随风翩旋，落到须发上，打在脸上，霎时便和着尘灰融下来。

风声回应着："九娘——九娘——"

他却看不到那个少女的身影。

尾声

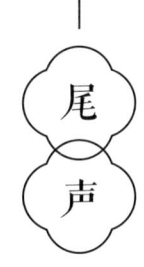

从此西州再没有人看到过九娘的身影。

光阴流转,直到每个清晨都化作夜晚,直到每朵花都结为果实;直到那些曾在芳园花光里追逐的夫人与女郎们,有的子孙绕膝,有的墓木已拱;直到那些曾在猎场驰骋、举杯痛饮的武士与少年们,有的埋骨沙场,有的老病缠绵;直到朝阳与落日所照见的一切,都被迈着天马般步伐的岁月所消灭……

百余年后,曾有好事的人依据传闻把这段故事编成一首悲伤的歌谣。每当黄莺开始鸣啭,这歌谣便立即在白山南北的市镇里四散。

那时世间有着千万座妆楼,千万个楼中的少女自梦中醒来,千万只明镜的袂衣卸褪,她们对镜梳起同样的双鬟,终日在仄暗的闺房中起居,只得凝望那窗户开向私密的花园,纵能闻知世间一二俗事,终究未得见。但她们乐于花几个铜板,唤侍女递给路过的卖艺人,让他在妆楼外的窄巷里吹起笛管,拨动琴弦,唱诵起这歌谣的选段;在她们抄写的经卷中,纸背偶尔也会藏有淡淡墨迹写就

善善摩尼

的唱词。

直到严酷的现实迫使她们认识到自己选择有限,没有异域的英雄前来找寻,也没有夜莺啼鸣从窗下传来;直到解散了双鬟梳起发髻,嫁为人妇,守在襁褓摇篮前,穿梭于家庭琐事中,可她们仍乐于聆听这歌谣,于是得以梦见那春园杏花下少女的身影,知晓她的细腻哀伤与微渺愤怨,她的发如鸦黑,肤如雪白,面上泛起玫瑰色,她骑上骏马向远方驰去……

即便如此,随着时间巨大严酷的洪流淹没西州祆寺的颂唱与佛寺的梵呗,世纪迁移,人事已非,高昌城已成为一片静如坟冢的废墟,既无驴马嘶鸣也无市井嘈杂,歌谣的曲调与唱词都逐渐散佚零落了。只有后世文书约略转引,记称歌中讲述那世间最后一位波斯王子,曾经如何隐姓藏名,在芳园里邂逅唐国美人,美人如何被恶魔掳走,王子又是如何将她寻回的事迹。后来讲的是两人的爱情,阿特拉赫之役,王子战死,美人殉情,河间地陷落。

歌谣最终是以此感喟收束:

> 天国之园中的玫瑰荡然无存,
> 贾希德王①的七环杯湮没无闻;
> 但葡萄仍酿出古老的美酒,
> 尚有傍水芳园里花开缤纷。

---

① 贾希德王:古波斯王 Jamshyd。传说其有象征七天、七星、七海的七环杯,杯中盛有不死药。

天上的星已飘散，地上的歌也黯然。自吐鲁番阿斯塔那地区累累墓冢中出土的唐人日常生活残纸文书，为这长久归于死寂的歌谣传来最后一点回音。但它们不会顺服于传诵歌谣者的情感目的，也不会寄托传之后世的教诲，而是隐隐透露出另一些更为真实的可能——

麴夫人生前没能原谅女儿。多次有九娘的书信辗转自远方寄来，麴夫人总是并不拆看便将其投入火中焚尽。直到儿媳宋氏偶然或刻意在夫人面前遗落绘图叶子一张，上有九娘自画小像，旁书：

九娘语：四姊，儿初学画。四姊忆念儿，即看。

麴夫人偷偷地将这一片小像收藏，直到带至坟墓，珍重地陪葬在身畔。在二十世纪初，瑞典人斯文·赫定探险中亚时曾在吐鲁番短暂驻留，自盗墓贼手中购得此画。后来这帧画叶收藏于瑞典斯德哥尔摩国家人种学博物馆。

宋氏在生育两子后再次怀胎，不幸难产而死，临死时口中仍喃喃念佛，最后做梦一般地留下遗言："看见了青色的莲花，从沙中浮了出来……"

宋氏生前所绘那一铺释迦牟尼变的彩画，曾供奉在高昌城中最为庄严的大寺之中，为一众善男信女膜拜着，直到战乱时才被寺僧仓促收敛，封藏于一处秘窖中。千余年后，有个农人为着取土筑

善善摩尼

墙，再度从坍颓毁坏的古寺遗迹中发现了它。那破败残绢上饰绘金彩的古代神明依旧面目如生，令他惊恐，唯恐生事，左右为难，最终他将这画绢裹了石块，投入了涛涛河流之中。

宋氏生前亦曾绘有游乐图屏风寄托思念，屏上四季行乐景色，均是回忆往昔岁月绘出。屏风随宋氏葬入墓中，后来残叶由英国人斯坦因探险西域时盗掘获得，现藏印度德里博物馆。

而二十世纪七十年代的考古工作者曾于阿斯塔那唐墓区发掘张无价之墓。自其中纸棺拆出的文书表明，安史之乱后张家败落，张无价晚年痴迷丹药，家财散尽，无力埋葬。一个老尼行来，自认张家故人，筹钱将张无价葬在了张家墓园中宋氏的坟茔侧畔。

在吐鲁番的葡萄架下，弹奏着都塔尔的老人唱着一首古歌，唱词即以"善善摩尼"开头，或许与这往事有关。这里以浅白的汉语将其译出：

情人呵，情人，
你不要再折磨我。
你已离我而去，
是否仍想毁掉我？
河中大蛇追鱼而去，
骑马牧人赶羊而来。
你在我梦中来去，
想安慰我？或害死我……

风过天山

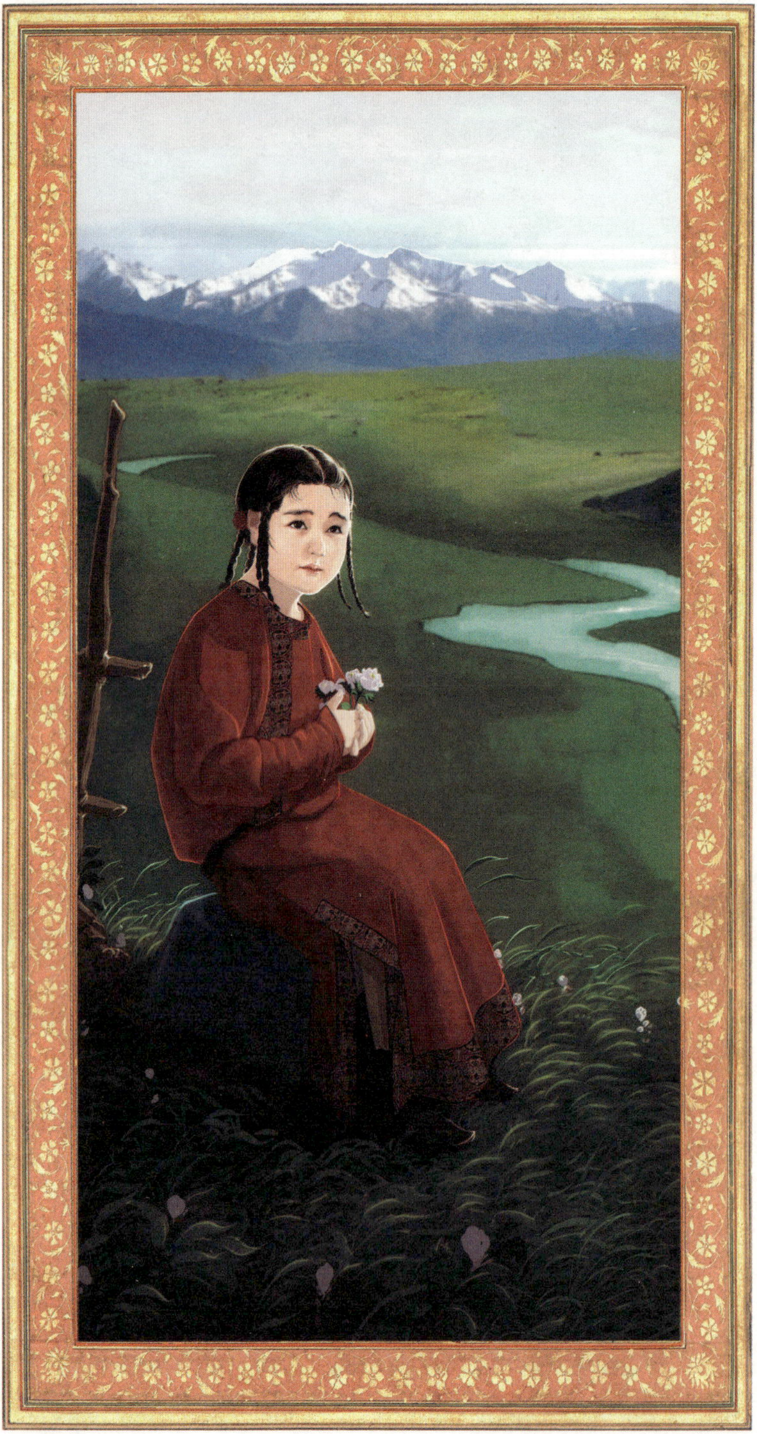

一

这一段天山或称白山，横亘在庭州与西州之间，虽是西域要地，与之相关的故事却不多。北面的庭州有着连绵战事，大风吹过草原，也吹过兴亡传闻与英雄诗篇；南面的西州坐拥财富与美酒，商队来来去去，住民见惯波斯银币和拂菻金币。而在白山中，却只有陡峭山岩、荒滩草地、深谷密林，山民强盗仰赖连绵高峻的山势作天然隐蔽屏障。因为有这些危险，南来北往的大队车马都只好绕远路，走各处山口之间、沿途有唐军烽戍与官府馆舍相望的坦途。

突播山是白山南面的一处低矮支脉，穿越山中谷地的大道因山而名"突播道"。山南荒原与河谷交接处有一座驻守士兵的夯土小城堡，高伫在河流左岸悬崖上，因谷中水得名"悬泉烽"。自那里的烽火台上，可以南望西州赤山畔的城市赤亭镇，向北极目，越过云层，又得以依稀望见白山积雪的连绵群峰。

风过天山

烽上现有戍卒八人，五个是应朝廷征发来的白身庶民，三个是拿人钱财替人上番的穷汉。小德也在戍卒之中。他才十六岁，瘦瘦小小，浑身上下没二两肉，脱衣能让人清楚看见肋骨，眼神倒是像猴似的机灵。他的父亲郭才感也曾在这里任长探，在冬夜里侦得敌情，疾疾步走报告军情，冻坏了双脚，小德这才放下了故乡高昌城中商人学徒的活儿，前来接替父亲为朝廷服役。

小德原以为，一旦成了士兵，便可以立刻投入战场：他将随将领征战四方，建立军功，可以拥有称手的刀剑、坚实的铠甲，他甚至为未曾谋面的爱马取好了名，梦里幻想着学会奇巧兵法、精妙军阵，甚至得到上头赏识，谋得一官半职。

但事实远非所盼。

那时西州已日渐安稳，唐与突厥虽常有战事，但大多都发生在庭州。小德只是一个戍守烽燧的小兵，所拥有的不过是官府配发的一套衣袍与简陋兵甲。日日所见，除了山谷里的一小片绿洲，就只剩下远方枯焦的荒原与突播山耸立的暗红山岩悬崖。每天干的活儿除了候望敌情举烽火，还得在水畔开辟田地耕种，自行获取粮草。因此在悬泉烽一侧戍卒起居的睡房旁边，还搭起了一间简陋牛棚，养了一头耕地的老牛。不过小德总是嫌恶那畜生的气息，在入夏的热夜里，宁可到烽燧上守夜，倚着土墙假寐，或是仰头空瞪着眼，任由天上的星子在眼里摇曳。

这般戍守烽燧的日子实在是无趣又无望。

年长的戍卒倒是挺关照他，因为他略能识文断字，甚至收到家信也会拿给他读。大多数家信都很愁苦，这家拖欠了地租，那家卖掉了女儿，或是老娘要病死了，或是妻不堪受穷与人跑了。如此这般，小德便经常即兴添些愉快的事，以玩笑话把真相糊弄过去。

小德也托人向远在高昌的母亲阿麴带去口信，希望她为儿子在北庭寻一项随在武官身侧、有望出头的仗身差使。一日，他终于收到来信，信中却是说母亲侍奉的贵人家主人战死，她在忙着为主母置办丧事，无暇顾及其余，让他好自为之，父亲又对他严加申斥，告诫他当勤于任事，莫作妄想。

随信寄来了几贯钱，小德与军伍友伴赌博，输得精光。日头一升，小德又得牵牛去田地耕作，这样最苦最累的事素来是他来做，不过也不能说戍卒们欺负他——小德总是借此机会去烽燧外闲逛。

时值盛夏，等太阳的灿烂光轮开到了中天，旷原上无一处阴凉地。天热得不可忍受，小德的心情同眼前的干枯田地一样颓丧。忽一阵旋风卷来了沙子，弥漫原野。小德闭着眼睛忍受着这天灾，身上汗流如注，与沙尘混合，又迅速被烈日蒸干，变成附着在身上的一层盐渍。

草草将田地耕过，他就想躲懒去河里洗个澡。

然而水流一到谷口就迅速潜入地下，近乎干涸，地面只余隐约湿润痕迹。偶有的几处积水洼地，也已静滞成了死水，成群的蚊蚋从湿泥与草丛中飞出，在人耳际嗡嗡鸣响。小德只好牵牛向山谷深处走去。

小德知晓一处活水的泉眼，只需沿着河道北上数里就到。反

风过天山

正日头还早，他牵牛慢悠悠地走过去了。这时，他听见烽燧上吹角的声音，却想：大约又是西州哪个长官出来游猎，想召集戍卒去低声下气地前驱劳役？与其白费力气，宁愿装作没听见，躲懒休息半天……

这一带山谷，两畔都是突兀的岩石陡壁，视野并不开阔。小德将牛系在一片茂密苇丛边上，在泉畔俯身，就着已被日光晒暖的活水抹一把脸，才觉放松下来。正想脱掉身上脏衣跳进水里，却听见水畔马匹嘶鸣和突厥人说话的声音。

小德暗暗吃惊。他出烽燧耕作忘了带武器，即便带了，单凭自己也对付不了这十余个全副武装又骑马的突厥人。他只敢轻手轻脚地在芦苇丛中潜行，又悄悄拉回了耕牛，以为自己能无声无息地甩掉他们。那头一向吃着烽燧里粗粝草料的老牛，却舍不得眼前丰美的草芽，反倒是"哞——"地叫了一声，使力挣脱了小德。

小德见势不妙，立刻撒腿就逃。

那些人看见他了，上马追来。小德的脚程虽快，突厥人的马更快。有个脏兮兮的突厥小子策马阻在了他前面，龇牙咧嘴，手里张弓。

"完了完了，"小德想，"听说突厥兵都是些屠夫，捉住了唐军，绝不留活口。"他吓得两腿发软，再也迈不动步，闭眼抱头伏倒下来，只等着突厥人的刀砍下来。似乎的确也有人预备这样做了，不过让那个突厥小子拦了下来，只是把他的手反绑起来，拖到了马上。

善善摩尼：唐朝西域文书故事集

小德又想挣扎，有人从他的头后猛击。他两眼发黑，倒下时回头看到那头闯祸的老牛。它已被突厥人杀伤，翻倒在地面，腹腔喷涌出黑红的血水。一个突厥人上前，一刀刺进它的脖子。它抽搐着又挣扎了几下，这才死了。

二

许久之后，沉浊的马蹄声和踩动高草的簌簌声打破了小德的黑甜梦境。

他惊恐地发现自己伏身在马上摇晃着，像包袱一样被绑在那个突厥小子身后。头还晕乎乎地抽疼，手被牢牢缚住，口中也堵了一团破布，既不能动，又不能说话。

这些突厥人在往白山深处走去，走的还尽是偏僻的小道——平日里唯有那些没有过所文书又贪图厚利的走私商贩，才会冒着被强人劫掠的风险，在山中寻得这些外人全不知晓的崎岖小道。

小德想暗暗把路途记下来，但真该死，他的头实在太疼了，又被晃得晕眩，只得低头看向脚下的道路。

这些道路大多在高峻的山谷中，倚着高崖，沿着河流，蜿蜒向前。现在，有了山上融雪溺爱的河水正在道旁大闹脾气，哗哗撞击两岸山岩。日光照得飞溅的水珠晃人眼目，水底还有游鱼鳞片映出闪光。偶尔在水势渐缓的洄水涡，当空冲出一两尾鱼，在空中摆尾越过一块阻碍激流的巨石，又迅速没入白色水花之中；而食肉的猛禽也在河畔虎视眈眈地盘旋忙碌，直到俯冲至激流之中叼起渔获，才心满意足地盘旋几圈，飞走了。

我就是那条蠢鱼！小德心想。

他们在山岭间转悠了许久，直到雪山溢出的寒气逐渐驱走山外的炎夏热气，过了几处山口，天色渐暗。溪流放缓了，山色逐渐变得柔和，水草愈加丰美。人马走入了大片的草海之中。

小德这才发现，在这高低起伏、岩山嶙峋的山间还藏有一处隐秘的草场。草场之间流过一道溪流，远处是好些奇怪的石像，小德后来才知道，那是突厥战士墓地上立起的"杀人石"①。

山溪满溢，山坡也被绿色笼罩，嫩草叶芽覆盖了隔年干草，草场上牛鸣马嘶。溪畔没过马身的野花簇簇丛生，花朵缀满枝条，五色缤纷的一浪一浪，柔柔拂在小德面上，引得他想打喷嚏。因口中被堵着，小德只能抽了抽鼻子，索性又闭上了发酸的两眼。

远远听到了狗吠，睁眼已见着了炊烟。那儿散落着突厥人覆毡的庐帐，放牧着骏马和羊群。晚霞如燃，晚星逐渐升起，暮色正将曙光散布的一切收回，带回了绵羊，带回了山羊，草场上几个牧童也要往家去了。这是个盘踞在山间隐秘草场上的突厥部落，他们把山羊羔掺入绵羊羔群里放牧，大约也时常干些下山劫掠的行径。

突厥人嚷嚷着下马，一群女人和孩童围拢来，向小德尖声喊

---

① 杀人石：古代突厥语 balbal，突厥人墓前所立的人形立石，天山中多见遗存。

叫，有人做出辟邪手势，有人甚至拾起石块打他。抓住他的突厥小子向那些人嘟囔了几句，就把小德从马上解开来。来了个突厥老妇人，看小德没有反抗，就给他松了绑，同时装上脚镣，系在一处木栅围起的羊圈里。

天已全黑，小德挣扎几下就放弃了，摸到一堆稍微软和些的干草躺下，又累又饿，心中的悔意压过了睡意。辗转反侧，难以入眠，直到天光将明，才浅浅眯盹，又强撑着起身向外张望。

太阳已升起，但谷中还笼着阴影，轻雾铺散在低矮草木生长的山冈。这里虽有水源，岩层却很厚，难以生长高大的树木。小德纵目远望，隐约可见顶戴积雪的山影轮廓消融在雾气之中。直到灿烂的阳光从山背爬上来，照亮了草地，缭绕的雾气消散了，天空万里一碧，群峰巍然突出，雪山脚下才有几抹淡紫色的云。

羊圈外一匹假寐的大黑犬骤然惊醒，冲他狂吠起来。小德看见一个突厥小男孩正从毡帐走出来，他剃着光头，鼻涕流在唇上还未擦去，穿着一身看不出原本颜色的破袍，足蹬接缝绽开露出脚趾的皮靴，手里拎着一个水罐。

小德渴极了，从栅栏里伸手招呼他，却被黑犬淌着涎水的利齿吓得赶紧缩回手。小孩只看他一眼，似乎听不懂汉话，蹲下身为黑犬面前的破瓦盘注满白色乳汁，顺顺它的毛，又进毡帐去了。又有两个突厥妇人走过，笑着看那黑犬驯顺地摆尾吐舌，其中一个转头看到他，就往地上一啐，拉着同伴赶紧走开。

看黑犬追着妇人离开，小德赶紧伸手将它的餐盘够进了羊圈。

风过天山

等黑犬发觉不对，回头狂吠时，他已赶紧将乳汁灌进了口中——是羊奶，腥膻得让人恶心，可他顾不了这么多了。

有个女孩大笑的声音传来。小德舔完盘中的最后一滴羊奶，抬头才发现毡帐的帘隙里有人在瞧他。小德实在生气，将盘子砸过去。可他饿得不剩多少力气，盘子只是撞在地面转几圈，就没了声息。

帐中的女孩跑了出来，她看着不过八九岁，黑发结成了几条发辫垂在两耳畔，眼睛又黑又亮，鼻子小巧，相貌挺美，脖子上挂一个金币护身符，身上一件旧袍倒是织锦镶边，不过不仅不合身，还洗得褪色了。她走到小德够不着的地方，咧嘴说了一句突厥话，看小德只是扭头不理他，又突然夹着舌头重复着说起不大通畅的汉话来。

小德仔细听她的话，说的是——

"唐军废物！唐军废物！"

她居然骂自己是废物！小德气得瞪大了眼，恨恨看向她。

三

女孩走后，小德独自坐倒在散发臭气的羊圈里，看母羊领着几只小羊，在他身边甩着尾巴拉屎。可是他连鼻子都懒怠捂了。他只是两手抱着头，失魂落魄地坐倒在草堆上。他就要死了！其实他略懂些突厥话，是从前在西州胡商石染典处当学徒时学的。那女孩先前说的突厥话是："阿卡①要拿你换阿塔②的命！"

想到自己还不过是小兵一个，却将在突厥人手下毙命，甚至至今还不知道女人的滋味，就要去冥间报到，小德的内心不由得慌急如绞。他低头注视细瘦的臂膀，其无力更让他生气。他想起过往在家时，一旦与人谈起战争，父亲时常与人谈道："我曾经有个从军的同乡被突厥人掳去，再寻回只剩几截血肉模糊的残骨了。"哪怕后来知晓那不过是突厥人抛尸后饿狼干的，小德仍觉得毛骨悚然，他活到现在，准是要在葬礼上被抹脖子，给她的父亲陪葬。

可是他做不出伤心欲绝的样子，也生不出多少惊恐的表现，哪怕心中其实怕极了死。他过去就常是这样——

小德的全名唤作郭德友，是母亲取的。但小德与母亲并不算熟悉，因为她在贵人家做侍女，忙着抚养别人家的孩儿。她是个面色严厉、身材矮小的女人，只有在侍奉的主人面前，才会挂起一抹逆来顺受的笑容。父亲郭才感亦严厉少语，数度跟随将军出征战场，直到冬日冻坏了脚再无法跋涉，一身伤病地返乡休养。小德上头还有几个兄长，有的早早夭折，顺利长大的也先后离家，各谋生路。无人予他温柔慈爱，小德如野草般长大了，从来是糊弄凑合地活着，没人告诉他人生路上该去往何方。

小德曾短暂有过梦想，但梦想对于他这样无足轻重的小兵而言，实在是不必要的负担。戍守悬泉烽以来，从那些老兵的故事

---

① 阿卡：古代突厥语 aqa，意为哥哥。
② 阿塔：古代突厥语 ata，意为父亲。

风过天山

里，他也知道了战争不怎么光彩的一面——残忍的交易，无情的屠杀、背叛和篡夺，无关正义。一如既往乏味的生活让原先燃起的一点儿雄心壮志都成了过眼云烟。不甘心积聚到了极限，反而在行事上显得对一切都无所谓。

小德正想着，毡帐里又走出了昨日捉住他的那个突厥小子，那人已经卸去了身上铠甲，穿的衣袍同样很旧，不过经人细细缝补过，腰间皮带上挂着的银把小刀倒是挺精致。他低声与女孩吩咐了几句，也不瞧小德，径自走了。

听到某处咕咕作响，小德才想起自己肚肠空空。自从昨日出烽耕作之后，就未曾有食物下肚。他实在是饿极了。

忽然羊圈的门开了，是突厥小子走进来。他身后还跟着一个老人，须发稀疏，皮肤干缩，弯腰驼背，只有一只手，衣着也破破烂烂。老人蹙眉斜眼地盯着小德看了看，令小德心里发毛。突然，他以流利的汉话说道："如今唐军没人了么？连你这样年纪的也来从军？"

小德扭过头，没有回话。但他的辘辘饥肠回了话。

突厥小子大笑起来，转头喊了一声："思力[①]！"

先前所见的突厥女孩走出来，捧来一块奶饼，递给小德。她径直走到小德跟前蹲下，睁大眼睛像看某种珍奇猎物一般，看他突然来了气力如饿狼般吞食，赶紧又站起跑开，重又出现时，为小德带

---

① 思力：古代突厥语 Silik，意为纯洁可爱的人，这里用作女名。

善善摩尼：唐朝西域文书故事集

来了一瓦罐清水。

那几人在圈外低声谈论了一阵，突厥小子进来时面色似乎颇满意，他用生疏的汉话说："走，和我，走！"

小德站起来，拐着依旧酸疼的双脚同他走，因为步子迈太大，反而被脚上镣铐拖得险些倒地。为了先前的饮食，小德想对思力笑一笑致谢，但老人已熟练地为他双手绑上了绳索，拖着他出去。

"快给我解开！"小德喊道，看老人不回应，又大声嚷嚷，"要杀我就给个痛快吧！大丈夫自当战死沙场，马革裹尸……"

突厥小子爽朗地笑起来，一只手表示和解地在小德肩上拍了两下，扶着他向前走去。小德知晓这几个突厥人无意伤害自己，逐渐安心。

他们走入了一处毡帐。这大概是这一部突厥人头领的大帐，地面铺着织花毛毡，四面挂着壁毯。突厥小子和老人恭敬地在帐门处脱鞋，上毯坐下。有侍从把小德带去一旁的泥地。小德满以为会见着头领，不想帐中端坐的却是个盛装的老妇人。她同来客以突厥话交谈了起来。

听几人谈话，小德才算弄明白了自己被抓来的缘由——

此前，突厥可汗默啜遣子同俄特勤、妹夫火拔颉利发、大将石阿失毕等人率军围攻北庭都护府，山中这一部突厥也领着兵马同去作战，不料都护郭虔瓘用计智取突厥，同俄特勤在内的众多突厥将卒被生擒。这些年默啜可汗年老昏聩，与唐时战时和，各部人马早已倦烦，人心四散，甚至与唐军形成了默契，战场上不过是应付

风过天山

了事，一旦被俘，只需用以赎金或俘虏来换。这次围攻北庭，各部是因为同俄特勤英武贤明，才愿意追随，一旦将领被俘，便无心再战，只想着筹集钱粮或用先前俘获的唐军将自家亲属换回来。

小德越听越是自豪，仿佛自身也不是因偷懒闲逛成了这突厥小子的俘虏，而是在随着这位与他同姓的郭大都护一同驰骋沙场了。

会说汉话的老人转过身，仿佛对老妇人的安排不大情愿，长吐一口气，才对小德说："这是骨逻拂斯①，"说着指了指那个突厥小子，"他阿塔被唐军俘获了，要拿你来换。你莫跑，不要你死。"

小德料定自己是不会死了，心中一块大石落地。同这些人打交道，越服软越糟。这回轮到他拢起手来，满不在乎地白他一眼，说："不行，我就想死，我看你们拿尸体怎么去换！"

老人赶紧把这话译给了骨逻拂斯。骨逻拂斯一听这话就跳起来："死，不行，要活！"

老人则是扯着嗓子对他喊叫了些含混不清的脏话，又劝骨逻拂斯还是杀了这个唐人省事。

小德也对着他吼回去："我从来不怕死，杀便杀罢！"

老人面带嘲讽地大笑起来："原来是个不怕死的，不是废物！"

小德愈加有了精神，心头笃定自己有了活路，继续胡乱闹嚷起来。

帐内几个突厥人也嚷开了，座中的老妇人唤骨逻拂斯近前，向

---

① 骨逻拂斯：古代突厥语 Qulavuz，意为前驱者、领路者，这里用作男名。

他耳语了几句。

接着,骨逻拂斯拔出了腰间的刀子,佯作凶狠地走到小德跟前:"死,可以,"拿刀指一指小德的嘴,"先,舌头,割掉",又指裆,"那儿,割掉!"

小德立刻安静了。在"势均力敌"的情形下,他只好装出不得已的样子妥协。

"等一等,"小德转了转眼珠,对老人说,"若拿我去换人,得告诉唐军,我是在战场上奋勇当先,一时不慎,才中了敌军奸计,让你等抓了去……"

他望着骨逻拂斯笑,骨逻拂斯听老人译了几句,也点头笑起来。小德便知道骨逻拂斯是答应了。这是一桩公平的交易。

回去的路上,小德已经心情松快地吹起了口哨。

前方拉着绳索的骨逻拂斯似乎也很愉快,朗声唱着突厥歌谣:

　　带兔鹰去狩猎,
　　纵猎犬去撕咬,
　　石击狐狸野猪,
　　我辈且称英豪!

小德被推进了羊圈。他这才注意到,这真是一处令人厌恶、臭气熏人的畜生棚,一切都还是先前的老样子。不过思力为他清理了一块地方,铺上了一张旧毡毯,又摆上一罐水,一块烤得半焦的肉骨——小德意识到，这就是害自己落到如此境地的那头老牛的肉。他先是觉得解恨，拿起狠狠啃咬了几口，心头又酸涩起来，仿佛是失去了一个老友般的失落。

四

这一部突厥人早就准备好赎回被俘亲人的粮草马匹，小德这个唐军小卒顶多只能算是个添头。小德原以为不日便能借机越过天山，去北庭看看，甚至又做起加入北庭都护军中的美梦。没想到在马队出发的当头，骨逻拂斯的小妹思力却病倒了。

骨逻拂斯决意要暂时留下来，连带小德也只能眼睁睁看着马队离开。

小德只好暂时安下心，探听起这处突厥部落的情形，倒不是想要逃走，而是想借此看看"敌军"的情形，今后去了北庭，也好向长官报知消息，计上一功。

突厥人没有固定的市镇，只有一处处牧区。各部依照牛羊的数量来划定牧场边界，四季迁徙不定，夏季迁入凉爽的山间，冬季迁到更温暖的低地。一座座毡帐搭建颇简易——用一圈呈网状交错的木杆做成栅栏，顶部则以木椽向中心汇聚作环形天窗；外部覆盖的毡片拌入了白土与骨粉，质地洁白，贵人的毡帐更装饰着色彩斑斓的纹饰。

这一部突厥人只是别支，不在唐人常常听闻的突厥十姓部族之内。此刻毡帐里出来的都只是些老弱妇孺,大约壮年的男子都被突厥默啜可汗征召去战场了。骨逻拂斯是部落里几个半大少年的领头,他们都穿着各家父兄留下的旧铠甲,于放牧羊群上帮不上忙,就每日纵马外出打猎。成功俘获小德,大大增添了骨逻拂斯在众少年中的威望。

小德实在后悔,转而又厌恶这想法——无能的憾恨,只会带来无济于事的狂怒。他得承认,骨逻拂斯的确是打猎的好手,总是满载而归。骨逻拂斯的祖辈似乎也曾经阔过,因为小德听到,那会说汉话的老人名叫提利格①,同他的老婆子都是这家中的奴仆,还有小德先前见着喂狗的小孩,唤作傻儿,是提利格的孙子。当家的男人去打仗了,这家中似乎也没有女主人。

听提利格说,他的孙儿就是在冬夜里犯了热病,虽骨逻拂斯听一个巫师的方子,去天山上寻来了一种"优钵罗花"来治,不过傻儿仍旧是病傻了,这便是他名的由来。这回思力的病似乎同傻儿一样。时时有年老或年少的妇人进出帐中,来探望病中的思力。但她们只会哭,搅扰得人心烦。

小德不会治病,但知晓这给病人带来的困扰,于是自告奋勇向提利格说:"让我去治病吧。"眼看思力已发烧得臆语起来,老人才勉强向骨逻拂斯译了这话,二人半信半疑地引他进帐。小德看思力发烧痛苦的模样,心想:"得要通气才行,不要让旁人来搅扰她。"

---

① 提利格:古代突厥语Trig,意为活着。这里用作人名。

风过天山

于是他寻了点退热的草药，煮一些药汤给思力喝下，同时假装神秘地在帐外一面绕圈一面念他瞎编的咒语，比画着告诫突厥人莫要随意搅扰，以免破了他驱魔的阵法。

万幸，思力当夜就退了烧，第二日虽还有些虚弱，已是没事了。

小德觉得这些突厥人看他的眼光都变得不同了。

当天的早饭是提利格的老妻与思力用心整治的肉汤与烤肉，小德同帐中人吃得一样，他缓慢珍惜地吃得干净。山外难以吃到肉食，小德的肚肠一开始甚至有些不惯，不过很快就适应。比起戍守烽燧时众人随意糊弄的那些贫乏粗糙的干粮，小德对此心满意足。思力看他吃得那般香，露出开怀笑容，甚至远远抛给他一把不怎么锋利的切肉小刀。

她和几个年岁相近的友伴，像看动物似的看他吃饭，指指点点。小德实在厌烦，瞪眼哇哇怪号几声，她们才尖叫着跑开，但过不了多久又围了过来。唯有看守羊圈的大黑犬见主人有了"新宠"，总是嫉妒地冲小德狂吠连连，又蹲在思力面前低声呜咽，卖力摇尾讨好。

为了讨思力欢喜，小德蹲在草堆旁开始用思力所给的小刀雕一个木头玩偶。他先把头给雕了出来，雕出他在高昌城里见过贵夫人的时兴发髻，雕出小巧的眉眼，接着添上木条做身子，再用干草茎搓拧成能动弹的手臂。差不多是个美人的样子！小德颇为满意地想，以前父亲总是嫌自己细长瘦弱的手握不稳刀剑，没准今后归乡后他倒是能当个灵巧工匠。

思力拉开了栅栏,要去放牧羊群。小德伸出手,要把雕好的玩偶递给她。她却不敢接,只是笑,几个突厥女孩也都只敢远远看过来。小德为镣铐系住,不能走远,只好将玩偶直接向她抛过去。不料那黑犬一跃而起,将玩偶衔在口中,迅速跑远。思力惊叫了一声,几个女孩都笑闹着去追黑犬,身影渐次没入远方的草花丛中。她们不假思索的童稚天真,令趴在栅栏上的小德也笑起来。

这时有人在小德头上重重敲了一记,害他双手捂头,坐倒在地。

原来是骨逻拂斯要出门打猎了。

"你,思力,欺负,不许!"骨逻拂斯瞪着眼,装出凶狠模样,向小德比了个抹脖子的动作,这才乘上马走远了。

日光朗照,白山的雪峰衬在蓝天之下,几片厚重的流云飘过,投下影子,似在白叠布上绣上了几朵银灰暗花。山坡草场上,羊群亦如云影移行。牧人以宽厚嗓音悠悠吟唱起关于山间夏日的悠闲牧歌:

> 冰雪消融不驻留,
> 山溪淙淙河水流。
> 水天一色梦悠悠,
> 行云却似在行舟。

风过天山

为了打发时间，小德又开始雕一个玩偶。

直到太阳渐渐下沉。雪峰由白转红，黑黝黝的群山间阴暗下来，各处毡帐里升起了炊烟，思力才赶着羊群归来，她头戴山间野花编就的花环，嘴里哼着快乐的歌儿，像哄孩子似的将小德所雕的人偶抱在怀中摇晃着。

小德将新雕好的玩偶赠与她。这个玩偶穿着盔甲，脸上刻出了两撇胡须，充作"将军"，与先前的"美人"成对。

思力高兴极了，她看着小德，点头又摇头，用她以为眼前人听不懂的突厥话说："阿塔说唐人都很坏，但你是好人。"

她为小德带来晚饭，同时又送来一个水罐，把罐子一放就在羊圈旁坐下来，笑嘻嘻地指指水罐。小德以为是水，拿起来喝，结果是醇香的马奶酒。小德畅饮着美酒，同时向思力用突厥话说了声"好"，想了一想，又放下罐子，指着玩偶，问："我给你讲他俩的故事，好不好？"

"好，好！"她似乎并未意识到，眼前的异族人说出了她能听懂的话，跳起来连连鼓掌，又从帐中拉了骨逻拂斯与提利格出来。

骨逻拂斯迷惑地盯着小德看，提利格则满脸狐疑，声音嘶哑地向一派天真的思力唠叨起来："唐人的话语甜蜜，唐人的物品精美。但唐人都心怀恶意，狡猾奸诈！利用甜蜜话语和精美物品接近、欺骗我们，让原会当官的男子变成奴仆，原会成为夫人的女子变成女婢。"他甚至向小德挥舞起他还剩下的一只手握起的拳头。

小德装作没有听懂他说话，用汉话说："我只是要讲讲故事嘛！你这就害怕我么？"接着向思力开起提利格的玩笑，"我，不是，废物"，又指一指提利格，"他，废物，胆——小——鬼——"

骨逻拂斯并不理会小德，但看着思力眼巴巴地看来，终于无奈松口。

在傍晚初升的明月下，篝火燃起。小德获得准许，再度出了羊圈，坐在了火旁。部落里一众突厥孩童好奇地围上来，乖乖端坐。他们年长的族人也半是警惕半是好奇地站在一旁。由提利格做通译，小德则摆弄着玩偶，学着过去听来的曲调，讲唱起故事来：

美貌的妇人在桑园里
为久久出征的丈夫哭泣，
陌生的将军经过这儿。

妇人是如此说道：
桑林青郁郁，征人久不归。
一骑何处去，我心独伤悲。

将军听此悲音，有意戏弄：
边庭多枯骨，日夜逐水流。
余生欲有寄，宁可共载不？

妇人是如此沉言厉色回应：

风过天山

使君自有妇，贱妾自有夫。
良人当还归，指天不相负！

将军却眼含热泪，将她拥入怀抱：
孤兽思故薮，离鸟悲旧林。
归人今已老，不变旧时心。

——可怜的妇人这才发现，
眼前陌生的将军正是她等候多年的丈夫。

故事没头没尾，小德更讲得荒腔走板，或许是因为提利格译得流畅，众人倒是听得有滋有味。孩童欢笑鼓掌，前来引他们归家的母亲与长姊们似乎也松了一口气，其中有人甚至含着泪水向小德点头致意。

不过，小德刚向众人夸下海口，来日会讲一个更长的故事，才高兴没多久，就听见有女人与骨逻拂斯起了争执。小德没完全听清，不过大致明白，那可怜的妇人是在战场上失去了丈夫，叫骨逻拂斯把唐人都杀掉，别留在部族里。

草场上人群四散归去，篝火熄灭了。

提利格忙将小德拉回了羊圈，低声告知他，第二天就要去北庭，他恐怕再也没机会回到这片草地上了。夜风吹来，令小德略略瑟缩，他只好去倚着羊群取暖。

善善摩尼：唐朝西域文书故事集

忽见骨逻拂斯从帐中走出,扔过来一件破袄。小德赶紧抓来披在身上,却摸到这衣袍袖上绣着几个纤细汉字,借着月光,小德发现那是针脚结实的"早日归家",却带着洗不掉的血迹。

小德想,这大概是突厥人从战场上哪个唐军尸身上剥下来的。但他不忌讳这些,至少夜里寒凉的时候可以盖一盖身子。

五

骨逻拂斯终于决定启程去追马队。这是在山中凉爽又美丽的一天。

骨逻拂斯与提利格都骑上了马。小德照旧被骨逻拂斯绑在了马背上,不过这回并未束缚手脚,只是拦腰系一道绳索同骨逻拂斯背靠背绑在一起,似乎是出于担心小德从马上颠下来的好意。于是小德就在马上安然倒坐着。

那座山看上去不远,却足够让他们走上半日。鸟靠翅膀飞翔,英雄靠骏马驰骋。骨逻拂斯的骏马在山道上跑得又稳又快,倒是足以配一个英雄了。小德颇感与有荣焉,得意地向骑着一匹又瘦又老的马儿、落在后面的提利格挥手。

趁着骨逻拂斯驻马等待的工夫,小德借机四下观望。

原来之前的突厥部族所在只是两山之间的一块狭长平地,冒着轻烟的毡帐、溪边打水的妇人、放牧着的马与羊,都渐渐变得胡麻一般小。向东看也好,向西看也好,层层山峦叠起,峰顶终年积

风过天山

雪，最西的一座比别的高出一头。在山间的谷地和草原上，大概还零星藏着旁的突厥部族。更远，在视线之外的荒原与赤山后，才是故乡。

等提利格跟上，三人再度前行。山势渐转陡峭，草地变得稀疏。日光将谷间湛蓝流水耀得闪亮，云层在高耸山脊间飘游。

骨逻拂斯解开了绑缚小德的绳索，扶着他下了马，又向提利格做了个手势。

他们将要牵马步行翻越雪山山口了。小德大致推测出来，越过这处山口就是北庭地界。唐人称呼这道山岭为乏驴岭，因穿越它会致使驴也困乏。但在这个晴朗的时节，行走在山间隘道，不会经历冬日那种吹得人睁不开眼的厉风劲雪。

小德毫无准备，满以为能安然越过山口前行，此刻却双眼圆睁，露出惊诧的神情，好似眼前发生了一场奇怪的变故——其实只是骨逻拂斯与提利格都用马尾编织的眼罩蒙住了双眼，显出颇为滑稽的模样。

这大概又是突厥人的什么古怪仪式！小德竭力憋笑，最终还是笑出了声。

骨逻拂斯也不解释，径自上前，用布带蒙住了小德的双眼。

"你快给我摘下来！"小德挣扎着叫起来，"在这雪山上，你们还怕我跑么？我看不见路啊！"

骨逻拂斯没回话，只是将小德腰中绳索紧了紧，系在马上。

提利格解释道："雪光太强，要伤眼的，没多的眼罩给你，只好这样了。"原来是因日光照在雪上，会晃得伤人眼目，使人看不清前路。为了免受这"雪光之灾"，才以眼罩来防护，二人透过眼罩上的小孔，仍能视物。

小德在后，跟着马上绳索的牵引，盲目向前走着，看不见外界，只感觉有风吹过。这风很轻，柔柔地拂在身上，流泉一般温柔，不像山外的风那般把尘土卷起又撒落。虽一直没能有女人看上小德，除了听戍卒们讲的低俗玩笑之外，小德对女人一无所知，不过他想，或许，这风就像同女人欢爱时她们松散开来的芬芳长发，把皮肤吹得痒痒的。

正恍惚做着春梦，小德被石块绊了个趔趄，拖得前面引路的马也惊起嘶鸣。

小德赶紧取下了蒙眼布，试着睁眼。只见一片闪烁得刺眼的雪光，别的什么都看不清。他闭眼系回蒙眼布，伸手乱抓，直到拉住了一人的手臂，才安下心来。

那手臂先是挣了一下，接着是少年一声无可奈何的叹气。小德感觉有温厚的手掌握住了自己的手。接下来的路程，是骨逻拂斯稳稳牵着小德，细心谨慎地引他前行。

骨逻拂斯的辫发拂在了小德脸上。小德竭力想忍住喷嚏，不由张嘴吸入一口寒气，打了个冷战。他感觉到骨逻拂斯将衣袍披在了他身上。

云雾依然在三人身边穿梭飘浮，隐藏起远方的世界。一直走到下了山脊，又走了很久到另一边，脱离山巅雪云蔽天的地带，骨逻

风过天山

拂斯这才略加用力地握一握小德的手,吐出一个字眼:"看。"

小德踌躇着睁眼。

眼前是北庭一望无际的大地铺展开来。山谷里的暗绿松树林、突厥人用作冬牧场的浓绿草甸、唐人耕种田园的嫩绿麦苗,放眼皆绿。从山上远眺,已能看到草原上的北庭都护城池。这座城被突厥人称为"别失八里"[①],唐人口中有个更吉利的名字"金满城"。

路程似乎很近,走起来依旧不容易。

在一股穿越松林而过的激流畔,骨逻拂斯发现一处突厥人的废弃营地,决定先就此停驻歇息。

小德在溪边蹲下,掬水在手,想畅饮一番。

骨逻拂斯正安抚马匹,见状却急忙上前,拉住小德,用突厥话说:"别喝!"

"这水有毒?"小德为之一惊,不由得也在骨逻拂斯面前说了一句突厥话。

骨逻拂斯并未意识到小德听懂并说出了突厥话,涨红脸连连摆手:"不,黑水!"突厥人形容水流清澈干净,会因水流下的黑色泥层,称其为黑水。

提利格在旁边不满地哼了一声:"雪山的融水,最最甘美,哪有什么毒?"

小德闻言,松了一口气,以为是骨逻拂斯有意作弄自己,挣开

---

① 别失八里:古代突厥语 Beshbalik,意为五城,因北庭都护府城池分作五区而得名。古突厥碑铭《阙特勤碑》已见该词。

了骨逻拂斯的手,又俯身去饮水。

但提利格又说:"但你可得小心啊,这里溪水急得很,河底又全是石头,没及得上被天日温过,冷得很,喝了可是要病的。先盛起来晒晒,才能喝。"

小德这才知道,自己错怪了骨逻拂斯。但他不愿承认,只是对提利格吼:"你既然知晓,怎不早些说?"

提利格耸肩冷笑:"你既然会突厥话,怎不早些说?"

"我干吗要说?你又没问我!"小德耍起赖,仍旧冲提利格吼,看到一旁神情困惑的骨逻拂斯,声音又弱下来,"更何况,思力早就知晓了。"

小德说出流利的突厥话的确让骨逻拂斯惊讶,不过骨逻拂斯没在思索这事上浪费太多时间,反倒是为对方能听懂自己说话感到开心。骨逻拂斯缓步上前,轻拍一下小德的肩,大笑几声,是表示劝和的意思。松风摇曳,垂下夕阳斑驳的光,蝴蝶般绕着两个少年人飞舞。

提利格冷哼一声,自去系马了。骨逻拂斯去拾柴准备生起篝火,小德折了一截树枝,去水边叉鱼。提利格警觉地紧盯着他,仿佛还怕他逃掉。

当太阳悠悠下沉的时候,三人终于在篝火边坐定,享用干肉与烤鱼的晚饭。

小德解释起唐人的诗句,两个突厥人听他神情夸张地念"雪暗凋旗画,风多杂鼓声,宁为百夫长,胜作一书生"。

风过天山

接着骨逻拂斯也大声为他唱诵突厥的英雄诗篇：

那年青俊美的英雄同俄，
突厥诸王中他声望最高，
他见多识广，博学多才，
他智慧超群，英勇无畏，
他能治理好这广阔世界。

诗歌唱毕，开始闲聊。原来，同小德梦想着加入北庭都护的军队里去一样，骨逻拂斯也想借着这次机会，与突厥的大英雄同俄特勤见上一见。

"既是英雄，怎会被我们北庭都护给俘虏了？"小德起了论英雄的心思，"那咱们唐人岂不是更英雄好汉？"

提利格连忙驳斥："是你们唐人奸诈狡猾，不敢在战场比拼，用了手段！"小德听提利格细细讲来，得以知晓那日情形：

突厥军队围困北庭城，都护郭虔瓘困守城中不出，同俄特勤率亲卫绕城走马，高声骂战。郭虔瓘却暗中选拔勇士，埋伏城下隐蔽处，趁同俄特勤行至城外之时，扔出套索将这一队先锋都挟过马来，擒入城中。突厥大军听闻同首领被擒，才情愿退兵，以粮马物资换回被俘的人。

小德并不觉得以智取胜有什么不妥，轻蔑地白了提利格一眼："胜了就是胜了，没甚可说的。"但转眼看骨逻拂斯心绪低落的模样，又忍不住出言安慰："你别难过，咱们都有英雄。唐人，是智计的英雄；突厥人，是武力的英雄！"

骨逻拂斯这才又高兴起来。

"今后你我要是在战场上见面，会怎样？"小德突然问。

骨逻拂斯并没有细想，正忙着咬一块干肉，同时将一条烤鱼递过来，说："那么，得先比试看看谁的功勋更高。"

小德觉得自己反倒被这个看似笨笨傻傻的突厥少年糊弄了。或许他也还没经历过战争？但同样的问题小德不敢再问。同那些机敏健谈的唐人不同，但也不是传闻中的野蛮屠夫，骨逻拂斯显得朴拙羞怯，同时也真诚，带有善意。小德忽然感到，自己同骨逻拂斯似乎已经有了一种朋友弟兄般的情感。

篝火旁的谈话继续着，"两军"以言辞交锋，互不相让，各有胜负。直到星星排列成战阵，夜晚完全征服了白天。那天夜里，小德躺在一块兽皮上，仰望树林上方的星夜，松柏枝叶交错摇曳，闭上眼，听见飞鸟啁啾、流泉淙淙、风势摆动树叶的沙沙声。

小德在黎明前醒来，看见骨逻拂斯已点起了篝火，在烤一些干粮，提利格解开树上系马的缰绳。当日出染红东方山头时，他们已用了早饭，要继续向北庭前进。

这旅行很自在，甚至可以说难得这般畅快！但两军交战总是有胜败，骨逻拂斯只是想自己活着来换回亲人。他们是各取所需。快要到分别的时候了。小德心下想着，有些期待，有些黯然。

风过天山

六

天气微雨，地面水雾朦胧。又转晴，蓝天上白云缓缓移行，阳光和煦。一道虹桥斜挂天边。漫长道路和宽广平原在小德面前展开。绿地上河流纵横，水波粼粼，一阵冷风吹送，草海也摇漾起波纹。这与西州干燥炎热的大地全然不同。

但走进这片绿海就会发现，北庭的土地深陷战争劫掠，时受军队侵扰。唐人在地面留下的痕迹如今看来非常微弱——不少农舍已坍塌，爬满藤蔓，禽鸟憩息；各处农田已抛荒，杂草丛生，蚊蚋滋长。

小德为骨逻拂斯拍死一只在他脖子上嗡嗡乱飞的蚊子，催他加紧策马赶路。

随着离北庭城越来越近，道路旁逐渐能够看见一些零零散散的突厥士卒，他们有的忙着将车马辎重搬离战场，有的抛下了武器、脱卸了盔甲，正向着北庭城捶胸哭泣。

提利格随意拉了个人来询问，才知就在前些日，北庭都护郭虔瓘已命令将同俄特勤的尸体抛下了城墙。眼看将领已死，突厥各部齐齐恸哭，都在预备着拔营散去。而默啜可汗所遣的火拔颉利发、石阿失毕二将，却因惧怕可汗震怒，已携妻带子，各率部众，归降了唐朝。

风里传来了剩下那些不愿服软的突厥人唱起的悲歌：

英雄同俄已殒身,

不平世道犹纷纷。

苍天可释仇与恨,

我肠寸断我心焚。

小德暗道不妙,又去看骨逻拂斯,他所崇敬着梦想着的英雄死了,他垂下了头,似乎很难过。小德想起昨夜的争论,并无半分胜利的喜悦,反而是同骨逻拂斯一般失落了。

骨逻拂斯似乎已望见了自家部落的熟人,在马鞍上立起,挥手向认识的人高声呼喊:"处月大叔!都满大叔!"

一小队突厥战士闻声骑马而来。这些人显然疲于奔劳,脸色如黄蜡,由于哀伤悲恸,神情更添憔悴。身下坐骑似乎也有所感,都倦乏地缓行着。

骨逻拂斯尽力以轻松的语气问:"这下就不用打仗了?大家都不用杀人,可以回家了?"

那边的几个突厥人只是深深看他一眼,似乎藏着什么事不愿讲。

小德感知到有些不对劲,好意拉了骨逻拂斯一把:"同俄特勤死了,大概他们也很悲伤?"

提利格没好气地嚷道:"还不是因为你们唐人害死了他!"

"若不是你们来侵扰百姓、攻掠城镇,如何会有战争?他如何会死?"小德反唇相讥。

风过天山

"阿塔！"骨逻拂斯突然发出的一声惊呼，把吵嘴的两个人震住了。

他的突厥长辈们默默移马让开，那儿有一匹驮着尸体的骏马。

"你阿塔是个英雄，他虽被唐人俘虏了，本可以活，却为了救同俄特勤，才被唐人一箭射死的。"一个人向骨逻拂斯解释说。

骨逻拂斯并没有像那些哀叹同俄特勤的突厥人一般号哭。但他下马奔跑到父亲身畔，拥抱住那死去已久的肉体，发出一声声刺耳嘶喊，宛如动物落入陷阱时发出的痛苦哀鸣。

接着，这些突厥人面带恨意地看向还穿着唐军衣装的小德。

听提利格解释了前事，他们围成一圈，开始讨论如何处置骨逻拂斯俘虏来的这个唐人小卒。一些人说，既然不用去交换俘虏了，该把他当奴隶卖掉；一些人说，该把他直接杀了为亲人报仇。无论如何，他们都不赞同把小德直接放走。

骨逻拂斯可不同意，拦在小德前面，说："他是我俘虏来的，要由我处置。"

这些突厥长辈闻言倒是都点头赞同："是该这样。由骨逻拂斯在他父亲的石像前，杀死一个唐人献祭，正合适。"

返回山中的路上，骨逻拂斯的马要驮着他父亲的尸身。小德只能由提利格绑起来，扔在老人那匹可怜的老马上。小德又是挣扎又是喊叫。

"你们这些败军之将，待将来我成了郭大将军，杀你们个片甲不留！"小德心里怕极了，但还是改不了嘴硬的习惯，以汉话叫喊起来。

那些突厥人听不懂他说话,唯有提利格冷笑着说:"你先得想想现在能不能活!"他嫌小德太闹,干脆拿一团臭烘烘的破布堵住了小德的嘴。

小德的处境现在糟糕极了,又像最初一般,包袱似的在马背上颠簸。提利格本来就看他不顺眼。但是,骨逻拂斯也不对他笑了,脸色冰冷。小德心里空空的。他又挣扎了几下,发现只是白费力气,终于泄了气,在马背上不知道经历第几次颠簸之后,终于晕了过去。

再度越过积雪山口时,小德才被冷风吹醒。

山崖嶙峋深暗的岩块在雪地上投下阴影,光与暗的边缘决绝如利刃割开一般。在这初夏时节,没了遥远北方吹下来的刺骨寒风,积雪下温暖气息积聚,往年的种子沉睡许久,不待雪化,就纷纷从山峦缝隙蹿出幼嫩叶芽。

小德发现雪下枯草堆中小小一簇绿茎碧叶间,已开出数朵重叠金蕊紫瓣的小花。清洌的微风送来阵阵花香,沁人心脾。如果把这花摘下,送给思力,她一定很喜欢!也许思力笑了,骨逻拂斯也会跟着笑起来?

不,我害死了他父亲,他一定恨我!小德心里有一个声音嘲笑自己先前的想法,又连连摇头让自己清醒,骨逻拂斯的父亲他不认识,那死亡也和自己无关。

小德的思绪乱糟糟的。他最终又被带回了原先的突厥部落,扔在了草场上。

有人吹响了号角——大约突厥人有预先为葬礼商定声音讯号，在嘹亮的号角声后，四散藏在天山深谷、密林里的人们，有的徒步，有的骑马，老老少少的突厥人都出现了，为了骨逻拂斯父亲的葬礼聚集在一起。

他们从山谷里砍伐树木，垒作高高一堆。柴堆上放着亡者的盔甲和武器，还有祭奠的牺牲。亲人各从头上割下一绺头发，作为送别的最后赠礼。妇女在柴堆上浇上蜂蜜与美酒，将亡者的尸体放在柴堆顶上。孩童采摘来自田野的缤纷野花，覆盖了尸身。活着归来的壮年男子全副武装，有的骑马，有的步行，围着柴堆绕圈而行。直到傍晚礼毕，柴堆点燃，烧得噼啪作响。

人们捶胸顿足，撕衣扯领，开始高声倾诉自己的悲恸，像狼嗥般号啕恸哭，直哭得双眼红肿，声嘶力竭。如此还觉不足，他们拔出了刀，划破了面颊，让血泪混融着滴下来。

而老人们吹起了骨哨，击打起皮鼓，唱起挽歌：

> 他扑灭过战争火焰，
> 也曾使敌人从牙帐逃窜。
> 他做事干练果断，
> 如今却身中死亡的箭。

花朵致意之后，血泪流过之后，赞美的言辞讲完后，哀叹的挽歌吐露后，火焰带来的色彩与光线已渐随死者前往幽暗的地下，人们精疲力竭，从而获得放松。

小德发现，在前来葬礼的人群中，还有不少盛装的青年男女。他们瞻仰过了英雄，便在火堆前成双成对地立下誓愿。甚至在哀歌声音渐渐消歇后，是清亮的情歌唱了起来。

有突厥女子在故作不知地以歌声问询：

恋人你是哪般，
穿过辽阔野原，
翻越重重高山，
来到了我身畔？

而突厥男子则坦然答歌：

恋心决不辜负，
身受万般艰苦。
为求早日相遇，
高山也是坦途。

夜幕笼罩的草原上，人们已开始享用酒食，孩童已入睡，青年男女也对对走入了隐秘的角落。

骨逻拂斯却只是沉着脸，神情漠然，走在焚烧后的灰烬堆里，用酒浇灭残余的火星。思力在后头跟着,一边哭泣,一边拾起父亲的遗骨,装入一只瓮中,预备着将来与祖先并排安葬。

七

而小德被绳索紧紧绑缚着,在静待自己的死。

战争中刀剑割破的伤口终能痊愈,但随之而来的仇恨隔阂,没那么容易复合。小德苦涩地想,他无法陪着骨逻拂斯去悲伤,但也无法为唐军的胜利而喜悦。无论战场上的死亡是如何必然,对这个少年而言却是残酷的。他觉得自己是被两方抛弃的孤独一人,他责怪自己,以为自己背叛了唐军的荣誉,又背叛了骨逻拂斯的信赖。

若必须有一死,小德希望是骨逻拂斯杀了他。他不太确定为何会有这般盼望,无论对唐人还是突厥人而言,死都是未知的、令自身恐惧的、令旁人哀恸的。但他仿佛觉得,他已没有余力感到绝望,那种不安、危险与未知反而会带来一种毫无亏欠的安心。或者说,他至少可以用自己身体的分量、用自己死亡的分量,消泯一些恨意,做一些了断。

但直到入夜,什么事都没发生。小德先是胡思乱想,短暂入睡又醒来,恐惧逼近又远离,无意义的思绪念头萦绕于心。月还没升上中天,这夜晚好长,但什么事都没发生。

葬礼后一切复归沉寂,只听见风呼呼吹着,溪水潺潺流走,一只绵羊醒来,咩咩叫了两声,又睡去了。天上月正张弓,照着地下孤独的人，草地上弥漫着淡淡雾气。

小德听见有人走了过来。守着羊圈的黑犬从睡梦中惊得蹿起，狂吠起来。接着是女孩的声音低声训斥："好狗，听话！听话！"来人是思力，她轻拍了黑犬脑门一下，黑犬就乖顺地伏在地面，连连吐舌呵气，摇着尾巴在地面拍击着。

小小的身影走近，蹲下来。她带来了一些奶饼和一罐奶酒，要往小德的怀里塞。看小德无动于衷的模样，才拉着他，学着大人的模样，狠狠说："你就要死了，你知道么？"

"嗯，我就要死了。"小德无力地应道。

思力有些手足无措起来，再也装不了原先故作凶恶的模样了。似乎是为了让小德宽心，她故意咳了几声，说："阿卡说，不会把你喂给豺狼的，会为你安葬的。"

"多谢。"小德敷衍地点头。

"突厥人都把肉身在火焰里燃烧，让灰烬散在风里。每当身边吹起了风，就是故去的亲人想我们了，"思力想了想，又恢复了往常的神态语气，"你是唐人，我会央求阿卡给你挖一座宽敞的坟墓。但是、但是，你会多孤单啊！"她两手掩面，开始轻轻啜泣。

小德微笑着摸了摸思力的头，为了安慰她，重又拾起了往日糊弄人时讲玩笑话的技艺，说："不会，不会，咱们唐人死了埋进土里，春来就会生出两棵树来，枝枝相当，叶叶相笼，根下相连，又有流泉相通，树上还会生出两只鸟儿，宛转鸣唱，从不孤单！"

"为什么人会死，为什么人会杀人？阿塔是好人，可是你也是好人……"思力知道小德是在骗她，愈发大哭起来，又似定了心意，拉小德起来，"我去求阿卡，求他放你走，阿卡最听思力的话了！"

小德还不愿放弃他那失败的玩笑，继续说："你想我为你长出什么树来？咱们唐人通常都是长出养蚕织布的桑树，若你不说话，我就长出果子又酸又涩的樱桃树，你就会讨厌我，忘记我了。"

思力用力地摇头。

突然，他俩都听到了有人用手指骨节发出的咔嚓响声——是骨逻拂斯被思力的哭声引了来。骨逻拂斯声音沙哑："为什么你是为仇家而不是为阿塔哭泣？唐人杀死了我们的血亲，那我们就应该杀死唐人，以血还血……你快回去！"

思力还在抽噎着。

"回去！"骨逻拂斯的声音严厉，不容思力再质疑。

思力只得不情愿地向羊圈外走去，走了几步，又急忙返身，摘下了颈间系着的金币护身符，为小德系上，轻轻说："我不会忘记你的！"

天上起了乌云，掩过了月，地面上暗沉沉的。

帐中传来思力的歌声，那是一首为将死者送别的歌谣：

　　我辈世间漫步，

　　时常经受艰苦，

　　尚未感受幸福，

便将离世作古。

……

骨逻拂斯拖着小德，走过了燃尽的火葬堆，穿过了溪水，走到了那些为亡者立起的石像前。当亲人的肉身被燃尽，骨灰埋入草原，为了他们不被遗忘，突厥人就立起这些石像，以供将来祭奠。那儿有一座还未经雕琢、草草竖立的新石人，正静待来人献上第一次血祭。

骨逻拂斯问："你怕死么？"

"不，我早就活腻味了。"小德以满不在乎的语气回答。他站在石像旁，背对着骨逻拂斯，摆出傲然神气的模样，生怕被轻看了。实际上他只觉得全身僵冷，唯独心在狂跳着。

骨逻拂斯一声没哼。他大概在为一次像样的祭奠准备着利刃。

"来呀，"小德厌倦这寂静，大喊，"快杀了我呀，你在等什么？"

身后没有传来应答，有刀从耳畔劈了下来。

小德紧闭着眼，以为自己死了。但没有痛感。

他听见风在耳畔窸窣轻语，一段时间过去了，他依旧等着，活着。

他身上的绳索解开了。骨逻拂斯只是从他头上取下一缕头发，放在了石人肩上。

"阿塔，"骨逻拂斯在石人面前开口说，"我不会让无辜者玷污你的坟墓！我只割下我和他的一缕头发，带上我的一根发带，暂时用这些来献祭与你。我祈求你庇护我，将来在战场上为你报仇，那时，我再用丰厚祭品来为你献上。"

接着，他又用沉静的声音对愣在一旁的小德说："对于战争，你我能做些什么呢？谁不想要安稳和平，可我们都无能为力……你走，往山外走，别回头。"

小德慢慢回过神来，想要说些什么，可是骨逻拂斯已经拔步要离开了。小德也只好转身往相反的方向走。由于突然放松，腿不太支撑得住，他的身子摇摇晃晃。脚下的草鞋带子也断了，小德拖着疼痛的双脚在地上趿拉着。

身后有人突然稳稳地扶住他，像前些日越过天山那次一样。

是骨逻拂斯又返身回来了。

"等等，我去牵马，带你出山。"骨逻拂斯说。

等骨逻拂斯牵马过来，小德打量起自己随身的东西——那枚金币护身符，是思力送他的；一件旧袍，是骨逻拂斯的旧物，由提利格的老妻细细缝补了破处；一双皮靴，是骨逻拂斯刚带来的，他俩身量相当，脚也差不多大。这几样东西就是小德除了军中配发的衣袍之外所拥有的全部家当。

他还来不及向思力道别，回头再望一眼逐渐隐没于密草丛后的毡帐聚落，就乘上了骨逻拂斯的马，倚靠在他背后，穿过了草原。

两人都静默着，唯有身下的骏马急急忙忙，不在意足落何处，也不在乎嗒嗒蹄声与沉重呼吸是否打破两人的沉默。

小德倒是情愿留在这儿，像骨逻拂斯一般毕生在这美丽的山林草原间生活。但小德清楚，自己是唐人，因为战争和仇恨，这臆想并不现实。他不甘心，突然发问："若你阿塔还活着，我们能做朋友么？"

骨逻拂斯忙着驱马向前，头也不回地说："阿塔是头等的战士，在战场上杀了许多敌军。从前部落很大，阿塔跟随默啜可汗作战，可汗甚至亲口称赞他。曾经我有个阿卡，被唐军俘获。阿塔去寻阿卡时，阿卡已投靠了唐人，对唐人赏赐的官爵、金银与丝绸心满意足。是阿塔亲手杀了阿卡，又逃回来。从此，他除了在战场上杀人和爱喝酒，没剩下多少旁的心思了。阿卡伤了他的心，酒吃坏了他的身，也吃走了我们的大半牛羊。他不会喜欢唐人，若他在，你一定会死。现在，他们叫我把你杀了，我不想杀你。"

"你的阿塔死了，你不恨我么？"

"不是你杀了他！"骨逻拂斯提高了声音，"要报仇也该是在战场上。更何况，与其缩在帐中当懦夫，缓慢消耗至死，不如英勇战死。腾格里天神、乌迈女神、地神与水神[①]都会庇佑他。"

小德仍旧放不下，试探着问："提利格明天准会把你骂一通！骂你放跑了我！"

"他年轻时也救过一个唐人，那人教会了他说你们的话。可那

[①] 均为当时突厥人崇拜的神明。腾格里（Tangri）为至高天神，掌光明、幸福与生育的女神乌迈（Umay）居其次。古突厥碑铭《暾欲谷碑》："在上天、乌迈、神圣水土神护助里……"

风过天山

个唐人却突然不告而别,背叛了他,所以,他才会讨厌唐人。"

"我也是狡诈的唐人,你就不怕我转头回去把你们的踪迹上报求赏?"

"你,不会!"骨逻拂斯不假思索地回应。

"不,我又阴险又狡诈,没你想那么好。"

"你,兄弟,我的。"骨逻拂斯转过头来看小德,眨眨眼,以生涩的汉话坚定回应,又似安慰自己般用突厥话低声说,"如果不嫌我傻……"

骨逻拂斯的话语虽短,却如风一般,吹走了小德心里的烦恼阴霾。他感觉逐渐温暖起来,暗骂自己先前试探的心思愚笨,但口中的话语还凝结着,说也说不利索:"我?我?"

"是!"骨逻拂斯以为小德是轻视自己,放下了手中缰绳,把强健结实的臂膀露给小德看,握紧拳头笑道,"将来有谁欺侮你,找我下山去揍他!"

耍小聪明的骏马没了主人引导,立刻轻快地颠跃向前,想把主人身后的陌生人甩下去。

"哎!看路!"小德立即叫起来,同时紧抓住骨逻拂斯的衣袍。

看骨逻拂斯如此炫耀的确有些傻,但小德心中喜悦极了。一个从未有过的念头浮上心头——无论是唐人还是突厥人,都有父母亲人,都要吃饭喝酒,心里都有爱有恨,或许,本就没什么不同。小德终于能够坦然笑出声。骨逻拂斯待他以真诚,他就也该报以真诚。于是他也应道:"嗯,兄弟。"

骨逻拂斯点头，指着小德说"善①"，又指自己说"摩尼②"，想了想，仍用突厥话补上一句："你不许死了，你的命是我的。"

这出山的路途漫长又短暂。高高的天上，月亮还藏着，星星在闪烁。在一处路口，骨逻拂斯将小德放了下来，目送他跑过出山的陡斜坡地。

骨逻拂斯还在远远的山崖上喊着什么。

但小德没能听清，也不敢回头去看。他疾步向山外跑去，直到走进山外那片与来时相比毫无变化的荒原。太阳炙烤过的岩层早已冷却，干燥的草叶摇曳，河流缓慢而浑浊地流淌着。只有山里的风还在身边吹拂，推送他前行。

小德终于还是忍不住回头望了一眼。

山崖上的人影已不见了。

对于未来该去的路途，小德仍旧没什么期望。死里得生，他不觉得欣悦，反而因离别再度勾起了悲伤。在糊弄别人也糊弄自己的十多年岁月里，他第一次感到了这种悲伤。这正是从他看见骨逻拂斯穿过夜色走来扶起他时开始的。直到那一刻之前，他一点都不觉得孤单寂寞。

现在有了这意识后，他才觉得自己又活了。

他原本不想再活的。

活着就会记起河流里游弋的鱼儿，它们游戏浪花，看不见水；

---

① 善：古代突厥语 sen，意为你。
② 摩尼：古代突厥语 menim，意为我的。

风过天山

忆起高山陡崖上开的花，它们扎根岩层，看不见地；想起骨逻拂斯的辫发拂在他脸上，自己徒然地活着，也看不见风。

小德感到眼中有泪在滚流，打湿了面颊，模糊了视线。他只好停下脚步，站在那儿仰起头来。

侵晓时的冷风吹开一片云，空中启明星露面，放出微弱的光。数那些星星一直都是小德在烽燧守夜无聊时的消遣——可现在它们却安慰不了他了。

在月光下

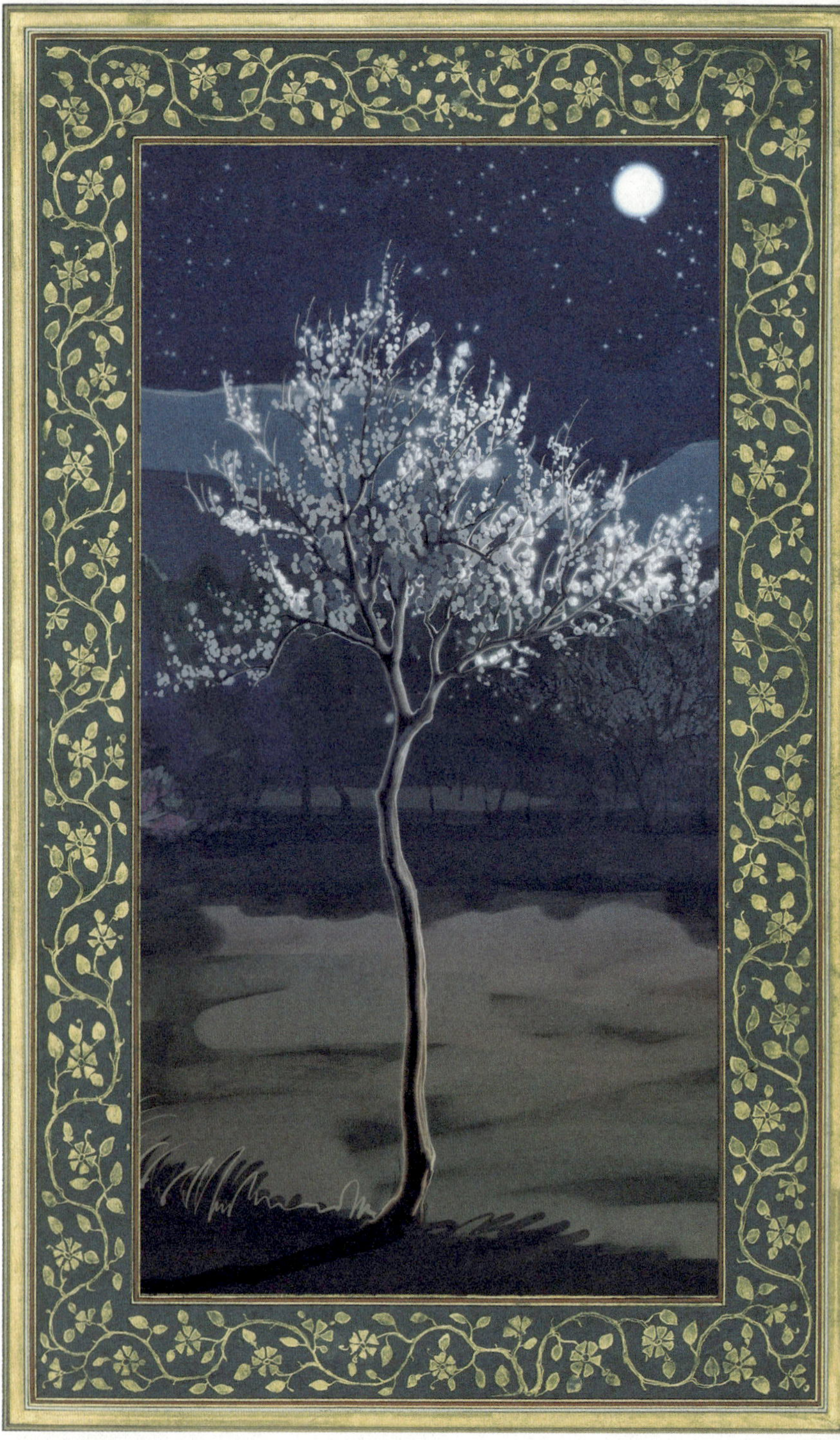

人物

将军　　衣甲华丽，登场时已在战争中死去。

士兵　　衣衫破旧，登场时自以为是个逃兵。

夫人　　艳妆盛服，将军之妻。

歌队　　由战场上的群鸦组成，始终在场。

地点

战场　　荒原上的战场，残迹依稀可见，余烟未熄。

道路　　连通战场与故乡的道路。

故园　　西州城外的杏花林。

背景

盛唐开元初年，唐与突骑施议和。戍守安西的将士收到这讯息后，却遭遇敌军偷袭，伤亡惨重。

在月光下

第一幕　战场

（士兵上）

他看见落日在天空沸腾，垂死的回光挣扎着照进混乱的战场残局。军帐焚烧，戍堡倾颓，四处烟尘茫茫。烽燧上燃起的黑烟依旧腾涌未散，然而并无一个援军到来，唐军坚守在此的最后一个小卒也早已阵亡了——当然，他不在其中，他是个逃兵。

夜幕还未降下，地下蹿升而起的凉意已驱走了焦炙的热气，昨天血战的腥味和残肢断体的腐臭也从地面升起来，浮在他鼻端，使他无法思索。他捏一捏有些发酸的鼻，胡乱擤下一把鼻涕，却又带得眼目与头部抽痛起来。

他听见某种钝物的撞击声，像屠户切开砧板上的肉，像食客戳开盘中的鱼膘。他想从这一下下撞击声中逃开，但那声音无法逃避，似远似近，逐渐缓慢，却依旧反复规律出现。一种难以名状的恐惧向他袭来。随着敲击间歇的延长，那声音越来越强烈，像长刀劈入敌军的身躯同时，也刺入他的耳中，使他心烦意乱。他闭眼，咬紧牙关，感受到自己额上流下冷汗。

他发现那声音不过是自己的心跳。

他又暗暗安慰自己，突骑施人偷袭劫掠过就散去了，也许他还能翻着些金财。然后逃回家去，买几亩田地。故乡离战场还远着，如今看来，种田卖粮也要比当兵卖命好。于是他按定心神，睁开眼，绕过脚下伏倒的一具具尸身，继续拔步向前。夜逐渐暗沉，正试图以其阴影掩盖他那些曾经军伍伙伴的面容。他打了个寒战，觉得背后似乎有人在看他，急忙转头。

身后万籁俱寂，唯有明月的苍白头颅孤悬空中，冷眼看向地面上一个惊恐的活人和无数狰狞的死人。

他恶狠狠地踢了脚边的尸体几脚。那都是些同他一样，从军以求一口饭吃的穷汉。他们的唯一用处，便是过去在军营的夜里，每逢他升起一些倦意，就以鼾声来搅扰他；如今哪怕在战场上死了，他们也不过是被敌军割去一只耳计数，他们不值得他计较在乎。

他的目的物还在前方，他看中的尸身，头已被敌军斩去报功了，身上的明光铁甲也被剥去了，但为血染透的破烂衣物还泛着织锦丝绸的暗光——这使他认出，尸身属于他曾经的将领。他蹲下身，强忍着心中的恶心作呕，试着去那无头尸身的衣袍里摸索财物。

将军生前是姿容俊美、英武骁勇的，鬓发髭须都修理齐整。当将军骑着神骏的大宛马，披着明光铁甲，提矛挂刀，凯旋归来时，龟兹城中最美的胡姬也向将军频送秋波。而她面对他们这些奋勇拼杀在前的军卒时，只会厌恶地皱眉，捏住鼻子。

他有些嫉妒地想，将军还不算一个战场上的人，因为安西那不知餍足的风沙还未曾侵蚀其眼瞳，烈日还未曾黧黑其皮肤，他甚至会对那些唐军征服的异族人施以不必要的同情，约束着手下兵卒战胜后一些必要的搜刮财货、发泄色欲——谁知道那些蛮夷是不是包藏祸心，偷偷援助着敌军匪寇？他虽轻视将军往昔那些养尊处优、

在月光下

毫不体恤士卒的脾性，但想想昨日这青年将军慷慨的死状，也不免有些替他惋惜。

他在尸身胸前抓住个小小的闪光物件，扯下放进了怀中。他的目光又瞥见之前未曾留意到的一处。

就在离将军尸身不远的地方，有一样活物。这东西之前绝对不在这里。它有一部分藏在阴影之中，无法看到，可是他能看出那影子在动。他本能地摸向刀鞘。

他站起来，紧握着手中的刀，慢慢朝那边靠近。他听到了马打响鼻的声音，突然松了一口气。

这是将军曾骑过、他曾牵引过的骏马。它曾野性难驯，由人驯服后也仅得历经阉割与战场，却依旧信任他，迈着悠闲步伐来到他面前，从纷披的鬃毛后露出明亮的眼睛看他。他揽住骏马的温热颈脖，由着它亲昵地对他脸上舔舐，低头蹭他的手臂。它呼出的热气却给他头上、手上带来一阵刺痛、麻痹。他开始感到晕眩。

他吊着嘶哑的喉咙，向地面啐了一口唾沫。抬起头来，却发现一个无头的武士正高坐在马上，那手里提着的将军人头，正向他开口说话。

（将军上）

将军 我知道你的心是热的，你还想有所作为，做逃兵并非你的本意。哪怕那个远在天边的皇帝背弃了你，安西的大军舍弃了你，你其实未曾完全绝望罢？你是不是想重新站出来争辩一下，好教人明白你内心的委屈？

善善摩尼：唐朝西域文书故事集

士兵　滚！你这无头的鬼，死要死得彻底呀！那个斩下你头颅的突骑施人如今是计得大功了罢？而你，你是剑也该折断了，你是火焰也该熄灭了！你如今只是一团腐烂发臭、等着狼鹫分食的败肉，你是再不会发热了。

将军　你不是剑，也不是火焰，你为何不肯老老实实引颈受戮，服从你死亡的命运？如果你在应活的苦难岁月之前死去，难道不是好事？你必上升或沉底，你必治理或服役，你必损失或获益，受苦难或胜利。强权终将胜你，你这么软弱，何必苦苦挣扎？在无尽穷困的命运里活着的人，死了岂不是得到了好处？

士兵　若是为自己而死，我遭遇与你一样的命运，也并没有什么痛苦。但我凭什么要为那些食肉衣丝的鄙陋畜生而死？他们只是用你的骷髅去砌那些宫苑楼阙，以你的鲜血去染那些朱紫衣冠。他们暗地里享受苟安求和的美酒，却公开教导人去饮用仇恨的苦水。

将军　那些深思远虑的人自然会避免战争，但是，倘若战争来临，那尽忠殉国的英雄应被称颂，贪生怕死的人才该受耻辱。我是为国死难，这真是一件莫大的光荣！如今也请你快来，不要再当逃兵，再度做我的战友，你将从苦恼中得到救赎，自惆怅里实现抱负！

士兵　你走上的道路，没有旁人怜惜，没有朋友哀悼，没有亲人悲哭，你睁眼看看啊，即便你死了，世道依旧不平，你的仇恨无人去报，你走上的道路是不幸而非伟大。你将再也看不见

在月光下

太阳的光辉，只能在夜色月光下哀叹徘徊。

将军　不，那些赏识拔擢我的朝堂大臣会遗憾。

士兵　是的，他们原就忙着在皇帝面前献媚争宠，先以愤恨和愚昧煽起了战火，又想媾和出妥协求和的子孙孽种！他们如今正为着朝廷总算与突骑施议和而弹冠相庆，如此安西总算可以安稳些时日了。

将军　还有安西本地的百姓会为我悲叹。

士兵　是啊，无论换了谁来统治，他们仍过着非人的生活，卖儿鬻女，在饥饿里挣扎，忍受战争的苦难。他们转眼会为朝廷新派遣的将领欢呼，迅速地忘记你。

将军　至少我的妻会哭泣！

士兵　那个还心心念念着等你凯旋的痴蠢妇人，纵或你死后她会哭喊哀号，有什么用场？她最多不过希望你多谋几品官，好教她也沾光，耀武扬威地向旁的妇人炫示罢了。

将军　那尚未长大的孩儿会记住我。

士兵　可别提了，待你的妻改适他人后，他就得谨小慎微地看着继父眼色过活。因曾经的母亲会嫌恶他在郎君面前碍眼，后悔为他受了生产时的剧痛，他便也将憎恨你，憎恨你那抛家别子的死亡！

将军　你考虑你想要什么，这是你的事；而我的职责是坚守，是执行命令。这死亡的命运是注定属于我的。保卫家国是我的职责，若我像你一般逃离战场，岂不是要被将士耻笑，令妻儿

善善摩尼：唐朝西域文书故事集

面上无光？我从小就练习做勇者，在战争中赢得名誉，我不知晓如何做逃兵。

士兵 是不是出身高贵就让你忘乎所以？身后的声名只是虚无的幻梦，生前的财富才是至上的产业，贫穷才是最大的苦恼！为消除这痛苦，我抛却了故乡，跟随你奔赴战场，战斗开始时，我奋勇当先，冲锋在前，战斗结束后，没有时间欢乐，也没有时间哀悼。如今朝廷却命令我们求和！袍泽弟兄松懈地放下武器，却死于一场偷袭，这是多么可悲可笑！

将军只是深深叹气。那幻影在月光下消散了。

（将军下）

他打了个寒战。一定是太过疲累，才产生了幻觉。眼前这匹好马，在故乡敦煌就能卖得好价钱，假如能将它带回去……听到远处传来了野狼的嚎叫，他举目望天，吸一口气，赶紧骑上了马，要离开这处不祥的战场残局。

在马背上回看，他心中一阵酸楚。回想一场场恶战中死去的弟兄朋辈们，随着朝廷与突骑施议和，他们的战斗是永远地失败了。他哽咽着，垂下了头，疾疾策马逃离，甚至一眼也不敢回望。

月色如洗，注泻在大漠上，大漠也泛起了波光，在这一人一马身旁流淌。

（士兵下）

（歌队唱）

在月光下

命运之神，如若月升，自古当空变无常，
满盈有之，亏缺有之，人生如此多彷徨。
时而冷酷，时而爱助，戏玩心智刺锋芒，
穷困潦倒，富贵倨傲，恰似雪融梦一场。

（将军、士兵互换服装）

第二幕　道路

（穿士兵服装的将军上）

沙州敦煌县白丁张君义，因不甘一世当个穷苦农夫而受募从军，一开始并无多少作战经验，唯有烂命一条。他在战场上拼杀不顾死，受长官赏识，得以充作随行傔人。随后，先在安西突围救援府城、斩获敌将头颅，注功一等；又于焉耆退散敌寇，注功二等。在一连串功勋奏报朝廷之后，张君义已笃定自己将因受封而摆脱平民之身。

打了胜仗，他同旁人一样高兴。可是看到那些阵亡之人，那些血污满面的脸庞，那些空洞失神的双眼，那些徒劳抽动的残肢断体，就会吞噬掉他所有的豪情。他产生了一种行伍之人不该有的厌恶与畏惧。拜这感情所赐，他在战场上总是日夜警醒着，并为之竭尽全力，但他的勇武从来是自私的，只是因着他不敢面对死亡——在他看来，无论旁人如何将其供奉在神位里，大烧香烛，大叩其头，大做夸耀他壮阔赴死的文章，都掩盖不了死亡可憎这一事实。

而从一介白丁到有了成为武官的希望后，他更加憎厌起自己来。他从来不是英雄，他也缺乏慷慨激昂的姿态。一开始在战场上杀人，他还半怀着恶心与恐惧，只能用军中所宣扬的激情与仇恨来安慰自己。但这情感竟渐渐淡下去了，杀人渐渐成为他活着的手段，成为生活的一部分。他之所以痛恨朝廷的求和，虽然可以用不甘心军伍兄弟的牺牲来解释，但也未尝不是因为若战争停歇、敌人不复存在，他就不知道该去做些什么了。

那是初春时分，在荒原里，一场恶战之后，他们还来不及因得胜享受喜悦，就收到了朝廷已与敌军谈和的消息。既然坚守已无法赢得荣誉，军队只能驾马徒然返归。

夜里，他们在一处荒废的戍堡烽燧旁扎营。他喂好了马，被将军叫住，一同坐在了火堆旁。将军解开了衣甲，忙着将身上的沙砾拍掉。哪怕是将军，在经过了荒原里的风暴与沙尘后，也变得灰头土脸，衣衫破烂。

将军的项上，一个小小的、精巧的金护符正闪着光。他知道这种护符，里面大多是折作小卷的祈愿文，能护佑人在战场上平安无虞。将军伸手紧紧握住了它，疲惫的面上露出一些禁约不住的安然笑意。将军一定是在为终于得以归家而喜悦。而他这小兵，心境却在随着暗夜而抑郁。他暗暗筹划着未来，却不知道未来在何方，对于身畔的将军，不觉得感到些嫉妒或憎厌了。

只有将军才知道，护符里夹着他爱妻的小像，它是他漫漫征途

在月光下

中最珍贵的财物，胜过了从一切敌酋处获得的战利品。

将军曾居住在绿洲中一座繁荣的市镇之中，拥有与官位相称的宅院与直至绿洲边缘的广阔田园。妻子是依照早已离世的父母遗下的婚约娶来的，她柔弱得像他为她种下的那棵春日盛放的杏花，她会稚气地唤他"表兄"而非"阿郎"。将军爱她轻移的步履，爱她光艳的脸庞，爱她那无意间碰到的冰凉手指，不爱那擅于奔驰的战马，不爱那制造寡妇的长刀。记得离别的时候，她眉宇间的愁云遮住了容色的艳光，思恋的泪雨打湿了双颊……

似乎过了很长时间，东方已露晨曦，那微光隐在荒原尽头。将士们都未发现，地面一股黄沙暗涌的浊流已在逼近。直到尘土扬起的云翳飘向天空，马蹄杂沓的声音传来，但见敌军的旗帜飘扬，流矢横飞，接着是士卒惊呼，营地里充满了嘈杂与骚动……

头脑的一阵剧痛令他惊醒，随即是手臂的疲惫酸麻。他又梦见了自己从敌军来袭的战场逃离的那日清晨。仿佛有冰凉的蛇盘绕在咽喉上，让他窒息；可是心中又似被火焰灼烧，热痛难耐。他觉得周遭一切都在转动，或是他自己在转动，他浑身像分裂了一般疼痛难忍。

更令他恐惧的是，他似乎能很轻易地明白那死去的将军藏在头脑里的所思所想。那些思想不该是出自他这个卑劣逃兵的脑子。他一定只是在做梦，这都是些从梦中闪入的错觉。

他急忙将身上水囊的水浇在了头上。他终于制止了发生在自己身上的可怕紊乱，得以完全控制自身感官。事实上，正是这特别灵敏警觉的感官，从战场上救了他。

侵晓的雾气渐散，有风在原野上嘶吼。昨夜燃起的简易篝火已渐熄灭。白马在不安地蹭着他的脸。一缕强烈的阳光越过岩石阴影泻了下来，恰恰射在他脸上，他闭了一次眼。他背着光转过头，又分明看到一个苍白月亮依旧挂在天上。

这一同照耀着世上的日月，仿佛使大地神秘地阴燃着，仿佛给予他暗示，日与夜、生与死，都并没有什么冲突。

他还在路上。这是他昨日在荒原边缘寻得的一处歇息处。那儿有一条还未干涸的河流，他还在那里猎得了野兔。

但这是去哪里的路上？他想不起。

他自觉有去汲水洗濯清醒一下的必要。将脸沉在清凉的水里，他感受水波哗哗拍打面颊。天光照进了水里，在脸上照出一脉一脉的弧线。他仰身起来，摇了摇头，抖掉了脸上的水。

终于，这个看得见的世界好像慢慢地围着他转了起来，他自己成了轴心。他看见了草叶上的蚁痕，看见了水波里的鳞光。逐渐平缓的水中，映出了一个人脸。那面容熟悉又陌生，宽阔的额，明亮的眼，挺直的鼻，坚毅的唇，留着浅浅的硬直短髭，俊秀得让龟兹城中最美的胡姬倾心……可那不是他，他应当生得粗眉大眼，留着络腮连鬓的胡须。不，不可能，这荒野里的水怎会是清澈的，怎会映出人影呢？他觉得自身一定还处在恍惚恐惧之中。

直到有一声凄厉的狼嚎传来，他才警觉地起身。

河畔荒滩草丛中惊起了一匹孤独的狼，用着狡猾的眼向他看

在月光下

来。他紧张地横刀护在身前。狼只是凝望着他,并未上前。看他举刀,就曳着毛茸茸的尾返身走了。

他刚想松一口气,却一眼瞥见,一个身影正浮现出来。又是那死去的将军。哪怕将军仍端正威武地站着,可他手里的那颗头,脸上尽是些轻浮猥琐的微笑——那面容分明是他自己。

(穿将军服装的士兵上)

将军 将军,你已随着死亡将一切结束。你为何耽搁着不走?是什么阻碍了你的归路?你应以英雄的姿态离开,何苦变作那夜行的军人,用他那贪婪之徒、窃贼的面容,去恐吓欺骗我这胆怯之人?

士兵 你对死者让步罢,不要刺伤那已被杀死的人。他受的处罚已超过他因偷窃所应得了。他戴上你的护符,穿上你的衣甲,领着弟兄做最后的死战!死的是我,而不是你。再杀那个死者算得什么英勇呢?我对你怀着好意,为你好而劝告你。我代你而死,不是为了看你在这里战栗。

将军 不可能!战争带走的总是勇士,留下的总是懦夫。死亡总是躲避苦人,让幸福的人离去。你没有亲人,不需保卫妻子不受奴役;你没有土地,不需保卫田园不遭焚烧,你活得这样苦,为了什么宁愿在战场抛却性命?

士兵 你错了,将军。我不否认你在战争中的勇武。而我这个懦夫,或许曾凭着野心谋求功业,贪恋美色,追求财富与权位,但也正因如此,我无牵无挂,宁愿受命战死,而不是被剥夺死亡的荣誉。我可以为了我无意义的情义，不惜性命地冲锋在前；可以为了你有意义的存活，微不足道地赴死。

将军 你企图凭借这来欺瞒我？你在哪里开启死亡，也该在哪里结束。你向我索要生命的同时，也在索要不幸。作为一个从战场落跑的卑劣者，无论我是将军还是士兵，我活着能做什么？请你以将军的身姿英雄地死去罢！让我去做那逃兵，去遭受那不幸！

士兵 将军啊，尽管你觉得不当继续活着，但你仍有充分活着的理由：你是领袖，能守卫安西平安，能赋予百姓和乐；你是丈夫，能宽解妻子的悲愁，恢复她久已失去的笑颜；你是父亲，可让儿子得管束，让女儿得教养。你若不让自己活，亦即不让许多人活。而我，死了，就只是死了。

将军 这便是你的报复么？不管你决意要如何施加惩罚，我都知晓，我活着就是在赎回这罪过。我无法将受悔恨困扰的头抛进永久的黑暗，我要活成一个失却了战士的将军，失却了死亡的罪人。我恳求你，不要让我逃避我的内心，逃避我的恶行。死亡是我的愿望，而你应当活着。你若未死，我先行；你若死亡，我跟随。

士兵 丢我在这里罢，将军。让我独自在战场中腐败枯朽，我已居留在冥河畔，而不是在那龟兹胡姬温软的怀里。哪怕她不曾看我一眼，只要我想起了她，我的头脑能够安静，心智得以平稳，我的狭窄世界，尽在她美丽眼中。

在月光下

将军　然而，名唤月光的龟兹美人是如此对我说：那位将军我不喜欢，他衣饰鲜明，兵甲整齐，却耀武扬威，自鸣得意。我宁愿看见为他前驱的傔人，他虽腿弯人矮，却两脚稳妥，心中勇敢，与朋辈血汗同流。

士兵　听此一言，哪怕没有暗结的爱情，交心的礼品，床帏的欢好，我也可以满足地死去了。而你还可以前进！死亡不是勇毅，而是害怕生活。请扭转心神罢，呼唤你曾拥有的勇毅，不要以假想的死亡逃避！你的世界，地也辽阔，天也庄严。在这个可怕的清晨啊，你怎能还在道路上徘徊？

将军　为了不听见战场的残酷厮杀，我就只有从这里捕捉孤魂沉闷游荡的声音。转身退却逃跑，遭受比杀戮更可悲的命运。我曾被罪恶挟持，又被良心裹挟，你断绝了我通往冥间的道路，我该去往何方？

士兵　如今战事已平，你快骑马回归故乡，舍弃这荒野的苍白月光！你要越过宽广的大漠，穿过雄峻的关口，行过泛着银光的山道，才得以看见家园。那春园里飘飞着杏花的彤云，夏日玫瑰的红焰在黯沉叶底辉煌，直到秋风吹散天上的云影，安石榴低垂，葡萄藤寂静——你可认识那地方？

（士兵下）

迢迢远方云团集结，风呼啸过只有苜蓿草生长的苍茫荒原。沿路草碛中的兔儿和松鼠都惊窜了，乌鸦都在空中喈喈乱噪。

为着心中那点点微光，空乏疲累的骑手策马穿过其中，备好的欺瞒谎言已被他抛下。他的那匹骏马有着白色鬃毛，疾速奔驰，似知主人心意，蹄下冒出火星，点燃了地面的干叶枯草。

天上日月的形影都消逝了，天地在远方汇为一线，故乡的城池已渐渐浮显。那并不是蜃楼的幻景。一场惊惶之梦正在醒来。

而他就要归家。这次他不再软弱。

（将军下）

（歌队唱）

命运可怖，却又虚无，滚滚往前尘土扬，
现世惨酷，徒劳救赎，荣华覆灭如沧桑。
藏于影下，面罩黑纱，我辈徒自费思量，
游乐无度，脊背裸露，罪恶率意忽癫狂。

第三幕　故园

（夫人上）

一缕阳光穿过绮窗和锦帐，恰照在她脸上。金笼里鹊儿叫个不停。于是她惊醒了。系紧腰间松解开的裙带，起身去推窗，却见角落里有只蟢子正织着网，一个银灰网线的八卦阵已悬构，这细脚小蛛正在战阵中央耐心等待。

不忍破坏它那辛劳半夜的成果，她索性任窗关着，出了闺房，去唤仆婢侍奉梳洗。侵扰安西日久的战事已消歇，去岁出征在外的

在月光下

郎君也该要回还。她曾将粉黛花钿如瓦砾般抛却，为此才重又清理了蒙尘的镜台。在这个初春时节，日日她都是这般，盛装打扮，再乘了车驾出城去等那归人。

每日都有返乡的将士一队队穿过城门外的宽阔大道。曾严翼齐整的士卒队阵，如今脚步倦息；曾飞驰战场的骏马，如今蹄声慵懒。但她心中却笃定，她的夫郎不会这般——他是安西最威武的将军，麾下士卒无论出征还是回还，都必定是端肃的。唯有看她的时候，将军才会孩儿似的偷偷挤眉弄眼，想逗引她发笑。她为他求来的金护符，其中是祈愿平安的经文，她还偷偷附了一张自己所绘的小像夹在其中。那护符会贴在他的胸前，在他拥抱她时也压在她的胸前。

次次都是如此，从不例外，夫人即便尚未见着他，仍能够在她幻想的视觉中事无巨细、毫发不爽地构建出来他的归来。这无比珍贵的记忆，被她摊开又卷起，这情景她已想了上百遍了。她正值青春年纪，却经历着一次次煎熬等候。但每当将军凯旋，这等待的付出就是值得的。将军为他俩的第一个孩儿取名"无价"，而她已经想好，等将军归家，就告诉他，要为自己尚在腹中的孩儿取名"无悔"。

此时日光正明，天上不生霞，地面不起雾，清泉潺潺穿过果园里的杏花林。沿着花荫下的道路，陆续有前来游赏春花的行人。在一片片花树之中，她朦胧地看到一张张熟悉的面孔，听到一声声熟悉的话语。陆续有将士从很远的地方归来，妇人们或为生聚而喜笑，或为死别而悲哭，母亲为儿子，妻子为丈夫。但唯独她在苦苦等着。即便频繁遣仆婢去探问，仍旧无人告知她所待之人的讯息。

善善摩尼：唐朝西域文书故事集

他曾经约定归家时在这杏花林中相见。由他亲手栽植的枝条也已到了可以开花的时候了。当夜色开始集聚，她又由白日里的喜悦变得失落。那些战死的将士中会有她的夫郎么？一种痛苦乃至憎恨的痉挛袭击了她，控制了她。她怎么能，怎么敢这般想！如果他死了，日月星辰都会失却光耀，鸟啼会止歇，花会萎谢，她的世界会终结，她不会在这里等待了。绝望的情感过后，她重又为来日燃起了希望。

直到露凉风吹，泻下睡意催人困倦。人群早已散去，她还独倚着花树等着，在花影重重的月光下，阖上眼睑假寐。她仿佛进入了一种梦境般的存在，却感觉比悲酸的生活更真实。那儿她那死去或活着的将军正握着她的手。她被他拥在怀里，能用自己的心感受到他的心跳，而他正回以缠绵的话语，要令她欢笑。

但这只是短暂的幻觉。

含着还未退却的笑意睁眼，她仍是独自一人等在空寂的园里。唯有一个异乡人走上前来，她心中疑虑，举目凝视他身影似面熟，又见他衣衫褴褛仿佛不相识。

（将军上）

将军 尊贵的夫人啊，你怎么还未归家去歇宿？群山已沉寂，树梢已静默，飞鸟疲于振翅，你也快要去休息。人日夜活着，白日里大可放肆地大笑，或让忧伤充满心头，夜间却应当安枕，将一切忘却，不管是如意或不幸。

夫人 你这异乡来客，何必与一个茕独老去的妇人说话？众人都宁

在月光下

可要那短暂的安稳，战场上的灾难已成为旧恨，而我却还添了无眠的新愁。为何他依然音讯杳然，茫茫不知归期。如今呵，他在何方，苦得我心似火烧，愁涌如潮，面黄形销，睡不安枕。他害我去喝无望的苦酒，我却唯有紧锁双眉一饮而尽。

将军 人们为你赞叹：她虽身遭不幸，悲愁却更增其美丽。她也真心狠，毫无改嫁的心意，只把那田园守护如一，待自己的结发丈夫归宅邸。这妇人容貌像神明，胸中却是颗铁样的心。

夫人 看那些新寡的妇人们，无论是老还是少，卸却了头上花饰，把发髻拆散，披挂起素麻衣衫，哭泣、诉苦，唱出忧伤的挽歌，将胸膛捶打，甚至从突厥法，在脸上划出伤痕。对于受苦的人，这是多么甜蜜的宣泄！而我依然等了又等，落不下泪来。

将军 你忍耐得太多了，这无济于事，而且毁了你自己，在这种情形下，苦难得不到解脱。你的心已憔悴，血脉已枯竭，思恋使得你消瘦不堪，已耗损了容颜。你何必强撑着，等一个不会归家的归人？你看着不像是不懂得流泪的人啊！不妨随着心意哭一个够，让盈溢的泪水流在两颊，浇熄胸中的愁苦。

夫人 眼泪若能表示我的遭际，这痛苦便很轻微。我羡慕那云翳，能够迅捷地经过天空，为他降下解渴的甘霖；我嫉妒那流风，可以轻盈地吹过大地，为他散去难耐的炎热。而我的泪，只能像风云在天山吹下的雪，冻结在山顶，只能待他归家的春风吹起,才能融解成溪河,从名唤为眼的深谷流出。

将军 既是等待英雄归来,不应当这般黯然悲哀!快快膏沐,穿上华服,往庙宇里坐,向神佛去求。

夫人 我为何还要叫天唤神?我曾向彼等求告,他们包藏祸心,充耳不闻,他们只会令我软弱!与其向他们祈愿,不如向无情的、害死人的沙漠去求告。否则我倒是祈愿他是个卑劣的逃兵,而非冲锋在前的悍将,这般我尚可拥他入怀!

将军 上天对待落难人的态度已好转了。听闻你的父兄已为你备好丰厚的嫁妆,美满的姻缘;这岂不是远胜那无情的离人?如今安西最显赫的人物,正欲求一门续弦。告诉我,你为什么要忍受这难以忍受的痛苦?哪怕得到了最多的美名,却失去了生活的幸福。就当他是个可遗忘的死将罢,快重整发髻,妆上花钿,穿上嫁衣,忘记你曾经的悲苦等待。或许由这场战争的灾祸,你反而获得更尊贵的地位。

夫人 我宁愿一死,也不愿再受强颜欢笑的苦难!世间诸事从不尽如人意,但记住往昔远胜过将它忘怀。只有死者忘了悲苦,忘了等待。在他家的坟茔,会堆起我的坟丘,立起我的墓碑。这样当他凯旋或疲惫返归的时候,就会记起黄土下白骨的旧人容颜。

将军 但他已经死了!回不来了!他已永久地羁留他乡,再无法登上那等待归人的厅堂。这护符便是证据,它无法庇佑他平安归返故里。

在月光下

夫人　他是否在荒野里倒下？抑或是火焰将他焚烧，敌人看他流血，野兽把他食尽？不，他不会遇到死亡的灾难，他只是失却了归家的道途！你这可憎的窃贼，怎敢偷取了它来骗我，试图用痛苦的噩梦折磨我？

将军　死是灾难？这只是俗人妄加判断。那不是噩梦，众生都将渡往死亡的彼岸。难道古来圣贤不是早已死尽？死亡只会令他们在回忆里永生。若他死了，那使人消瘦的疾病将不能伤害他，岁月的屠戮也无法轮到他身上。

夫人　男人战死，的确比女人活着受等待的苦好些。

将军　可敬的妇人，不要说一个凡人的死亡是幸福的，在他还没有跨过生命的界限，还没能体尝那所谓的解脱之前。

夫人　我自己从未远行，但也曾向胡商问询，听说过途中的故事：诸商人赍持重宝，经过险路，若遇盗贼，往往为脱险而努力搏斗，有人以勇武刀剑，有人以智慧言语，有人一心称颂观世音菩萨名号，但若遇着暴风狂沙，他们就听天由命，任凭涌起的沙尘没顶。如今我也这般：遭受这许多苦难，我一声不响，任由神降风沙将我心掩埋。

将军　一切生死皆由命运，既已注定了，便无法逃避。

夫人　痛苦的心啊，我将拔刀与你做一个幸福的了结。

将军　你这狠心的妇人！快放下刀！看啊，你失去的丈夫已经归来。可他已如你所愿，不再是英武的将军，已成了卑劣的逃兵……

夫人　你为何要来讥嘲我的处境,阻止我同他在黄泉下相见?你不需以这谎言来安慰我,我知道我所尊爱的丈夫已丢失性命,在远离故乡的地方。

将军　你这多疑的妇人!哪怕风沙已侵蚀其眼瞳,烈日已黧黑其皮肤,使你认不出他来。但他待你的心坚定,不像它们那般,能凭时间与技巧轻易地改变。那枚护符,就是他归来的证据。……你为何又静默,不回答?你的泪眼曾在夜里守着怎样的秘密?你的绯红面颊如今为何冰冷战悚?快,将愁抛却!来,予他拥抱!

　　他如释重负地望向她,她也正抬头往上看去。一瞬间,二人的视线重合了。相对无言,她以满溢柔情的眼空望着,深宵月华下坠,照见她的泪光莹然,两泓清泪已滞驻在眼眶中。

　　这或许只是恰巧,因为她并未意识到眼前有人存在,只是感到月光逐渐变得耀眼,有些惊讶地看向虚空罢了。

　　于是他伸出双臂,想要揽住她的手,想要抱住她的腰。

　　正在此时,他突然觉得项上一阵剧痛传来,眼中景象被骤然闪耀的白光笼罩,她的身影迅速隐没在皎洁的月光里;或者说,是他的身子在不受控制地疾疾后退,又回到了遥远的安西战场上。他感觉到一阵急剧的悲怆,脸色上浮起了死的幻影。眼后血脉在迸裂,月色中溢出了浓重的血晕。

(歌队上,引二人分立两端)

在月光下

时间继续前进,他却被这来自天空的残暴鲜血征服了。

头骨早已被敌人削去了一截,鲜血淋漓。强烈的疼痛让他发狂,他试图抬手拭去眼前一片模糊红色,发现握刀的手掌也被斩去了。耳畔战场嘈杂混乱的厮杀声响起,转而食腐群鸦惨淡的呼鸣响彻天空,最终又变作细长刺耳的蜂鸣——啊,我没有做逃兵,我没能同她相见,我在离家很远的地方——他如是想着,胸中热血一涌。痛苦忽变得陌生,霎时眼前沉入黑暗,耳畔陷入了比喧嚣更喧嚣的寂静,涌现的回忆震耳欲聋。

接着,刀剑沉睡,兵器缄默,痛苦消散。

他的时间停止了。整个身子疾疾倒下,颈脖兀自喷涌着鲜血。风在疲乏紧张的弦上唱起挽歌,干涸的荒原迅速饮尽这绛红美酒。

那天夜里的夫人呢?她只恍惚见着,在杏花树下昏暗的小径上,站着一个黑乎乎的人影,倏忽又为轻风吹散。那时天上的月已圆而复缺、缺而复圆好几度了,她兀自徒劳地等着,实则心底早已认定那人不会回还,她以为自己出现了幻觉。揉眼再看,唯有花枝迎着春夜和煦的微风摇曳,月光徒然地洒进花荫里。

(歌队唱)

康健胸襟,理智良心,奔波虚耗俱损伤,
疲劳不堪,劳苦艰难,永世奴役徒奔忙。
就在此刻,切莫耽搁,拨动琴弦震颤响,
勇者倒地,命运无意,便让我等共哀伤!

附录一
唐人联屏式绢画《四季行乐图》的缀合

一、文物概述

唐人联屏式绢画《四季行乐图》,由英国人奥雷尔·斯坦因盗掘于阿斯塔那三号墓区第四号墓(Ast. iii. 4.)。今藏印度德里博物馆。

画面轮廓线条分明。没有背景,但图中绘有树木、飞鸟、落花等,可能是为了展示露天环境。树叶有深浅两种绿色,都以黑线勾勒。

人物面容展现为不露声色的平和沉静。面部为淡粉白色,在脸颊和眼睑上涂有红晕,额上绘红色花钿,脸畔绘红色新月形斜红;眼睛又长又窄,红唇小巧;发型精致、整洁;形象勾勒精确。

成年女性均梳发髻,其中或戴有假发,或以头巾包裹发髻。发髻侧边插有金色长钗。一人手执装饰金花钿的假发。一人头戴垂肩毛皮帽。穿长裙,裙腰高束胸间,以背带挂在肩上(通常被帔帛遮住);上衣在胸前作V形开口,胸间垂下白色手巾。少女的发式中分,在耳侧垂作双鬟。穿圆领缺胯衫,长到脚踝,长袖;腰系窄条革带。

黑色轮廓线间以较深的色调表示褶皱。所有色彩都保存清晰。某些颜料似乎对丝绸有腐蚀作用,整块缺失,仅余周围黑线勾勒的轮廓。

二、残片细节

残片A:保存较为完整的三幅联屏框架,每屏高度约为53厘米,宽度约为22厘米,由锦缎边框相互分隔。左幅(A1)绘一张

A

木质坐床，上有金色饰物痕迹，旁残留有红黄色间色裙一角。中幅（A2）残留身着橙色长袖缺胯衫、深红色靴子，抬起手臂舞动的人物形象。右幅（A3）中绘一妇人，身着深红上衣，肩挂蓝色背带，胸前为白色手巾，头梳发髻，右侧插金色长钗，耳畔有散碎短发，手举至肩，手执装饰珍珠金花钿的黑色假发髻；左侧为一少女，穿有红色点饰的粉色缺胯衫，腰系黑色革带，上饰六条蹀躞，长袖下垂，捧物部分残失。鞋子残留朱红色轮廓。右侧残余有白色点饰的橙红色裙角两块。

背景为棕树茎干，残留有宽大棕叶轮廓。

残片B：前方为两个女性头像。左侧女性头戴蓝色帽饰，遮盖额头，有垂饰遮耳，残留呈V形的红色领边；右侧女性梳发髻，侧插金钗。上衣黄绿色，有红色点饰。薄透的深绿色帔帛透出下方衣物红色点饰；裙身与腰带蓝色；裙身残留有红色边缘。

背景有细长褐色带状物，残失较多，不似植物，可能为障子上的垂带。

残片C：由C1、C2、C3、C4四片残片构成。

C1为成年女性形象，比其他人像略大。发髻由蓝色头巾（残缺）包裹。深绿色帔帛，领间掉出白色手巾一角。黄绿色上衣点缀有橘红色点饰。长裙紫黑色，裙上有小簇白花绿叶纹饰。背景有树枝，枝上花朵为红

B

附录一

色花萼、白色花瓣，应为杏花。

另三片为单独的紫黑色长裙残片。C2留存一截衣袖，袖口露出红色衬里；C3、C4均留存裙下红色裤装线条。

残片D：有白色点饰的橙红色长裙，有白色背带、裙腰。裙侧开衩露出内里衣物线条。右侧残留一截有红色点饰的粉色衣袖。

残片E：前为一少女头部，颈下残留深绿色上衣痕迹。

其后是另一女子，戴着上有金饰的皮毛帽饰，蓝色系带绕过脸颊，看不见头发，面部左侧缺失，上衣粉色，带有暗粉色点饰。拿着与琵琶、阮咸类似的大型弦乐器，边缘涂金色，有五个定音档，头端细长呈黄色，不见弦；前面女子的头部挡住了乐器的大部分，只见轮廓有九个弯曲弧度从顶端延续至颈部。双手都被长袖遮掩。右侧可见深绿金边的半袖，衬里为朱红色。暗红色上衣只留下痕迹。

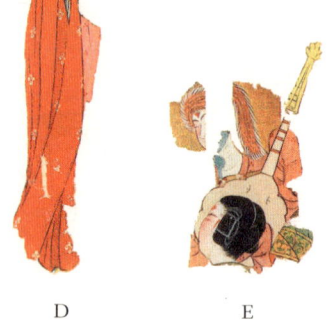

残片F：女性头部，梳发髻

C

D　　　E　　　F

善善摩尼：唐朝西域文书故事集

（部分缺失）。右脸侧为淡黄色、白色物体（可能为手及袖口，或铰子类乐器）。深红色圆领。

残片G：女性的部分头发、脸颊、颈部，绿色帔帛和有白色点饰的绿色上衣，绯红色裙，配以粉色背带和裙腰。一手托起一个半透明椭圆形物（可能为扇）。侧边残有树的轮廓。

残片H：裂为两条（现已合并）。

少女的肩和上臂，身穿橙红色长袍，脸部呈白色。姿势稍向下倾。带有白、粉色花枝与落花的枝条。侧边残有一截屏风边饰。

残片I：带有白、粉色花枝与落花的枝条，下残有妇人黑发边缘与红裙轮廓。

残片J：深浅两色树叶。叶片近似葡萄叶。

残片K：残留一截屏风边饰，上有人物红裙一角、翘头履一角。

残片L：红色衣物的一角。原由斯坦因缀合在残片F之下，误。目前暂不明位置。

附录一

三、分组缀合

（一）A1+B

A1 坐床部位人物整块缺失，仅残存长裙轮廓线与鞋头一点。残片 B 为人物上半身部分。缀合后为女性坐姿。身后站立女性头戴蓝绢头巾，残片 A1 恰残有该人物鞋尖一点。

（二）A3

以图中人物排列推测，当为梳妆场景。残片左部保存较完整，一妇人持假髻，一少女捧物（手部残缺，或为捧镜）；右部人物整体残失，仅留有裙角数点，推测应是坐姿类似 A1+B 的妇人形象。斯坦因缀合时将 K 拼入右侧，误。

A1+B　　　　　　　　A3

善善摩尼：唐朝西域文书故事集

（三）C+G+H+I+K

最为残碎，但诸残片间线索明确。C1最为完整，为花树下站立人物，C2、C3、C4均为人物裙身残片，可做大致缀合。G右侧残留一段花树树干线条，当在C左侧；I残留花枝临近屏风框的最左端，黑发、红裙痕迹说明其与G为同一人物；残片K为屏风框最下端，其上红裙、翘头履痕迹同样属于G。

H残有屏风框最右端。

本组残片无法归入A中任何一屏，当属单独一屏。

（四）A2+D+J

A2左侧残有男装人物挥袖舞跃形象。D与之相对，为舞动扬起的女装裙身。上端残有某种茂密植物轮廓，或可将J放置本处。因残缺严重，暂无明确组合方案。

C+G+H+I+K　　　　　A2+D+J

附录一

（五）无法缀入以上四屏的残片

E、F 均为奏乐人物，其中 E 保留 3 个人物，应当单属一屏。F 无法缀入任何一屏，也应单属一屏。L 位置不明。

四、整体构造

以上已对这组残片做了分组缀合分析。这组联屏绢画中的植物、陈设、衣装等具有一定季节色彩，可做进一步分析。第三组为杏花开放时的赏花踏青情景，当为春季；第二组为棕树浓荫下乘凉梳妆情景，当为夏季；第四组推测为葡萄藤叶茂密的架下两人相对情景，可能为秋季；第一组虽无植物残留，但人物头戴保暖的头巾，人物身后有推测为障子的线条，应属冬季。四扇屏从右至左，为结构完整的四时行乐图。另两部分奏乐残片可分置左右。据此，列出大致画面构造如下。

奏乐（五弦）	冬 听乐（?）	秋 对舞（?）	夏 梳妆	春 赏花	奏乐（钹子）

附录二
本书所涉出土文书概览

注：凡文书有纪年的则标注具体年号与对应公元纪年。有日期的亦标注日期。文书有馆藏及编号的亦附后。

吐鲁番

贞观二十年（646）

十二月十日《赵义深自洛州致西州阿婆家书》。新疆博物馆藏（64TAM24:27）。

其后某年

《赵义深家书》。新疆博物馆藏（64TAM24:30）。

《赵义深妹尫连家书》。新疆博物馆藏（64TAM24:29）。

《德连家书》。新疆博物馆藏（64TAM24:31/1、31/2）。

景龙四年（710）

三月一日私学生卜天寿抄《论语郑氏注》残卷。吐鲁番博物馆藏（67TAM363∶8）。

开元二年（714）

三月《蒲昌府悬泉烽长探郭才感辞为两脚受伤事》《蒲昌府郭才感妻麹氏辞》。日本奈良宁乐美术馆藏。

七月《禁珠玉锦绣敕》抄件。新疆博物馆藏（72TAM230∶96/1+2+3）。

开元五年（717）

《小德辩辞为被蕃捉逃回述蕃贼踪事》。新疆博物馆藏（72TAM189∶64）。

开元七年（719）

《洪奕家书》。吐鲁番文物局藏（2004TAM386∶14）。

开元十二年（724）

八月十八日《上娘娘书》。新疆博物馆藏（72TAM184∶9，11）。

开元十九年（731）

《唐荣买婢市券》。新疆博物馆藏（73TAM509∶8/12）。

《虞候镇副杨礼宪请预付马麸价状》。新疆博物馆藏（73TAM506∶4/10）。

开元廿年（732）

三月《西州百姓游击将军石染典经瓜、沙、伊州过所》。新疆博物馆藏（73TAM509：8/13）。

八月《薛十五娘买婢市券》。新疆博物馆藏（73TAM509：8/10）。

开元廿一年（733）

正月五日《石染典买马契》。新疆博物馆藏（73TAM509：8/10）。

正月十一日至十五日：《唐益谦、薛光泚、康大之等于西州请给过所卷》。新疆博物馆藏（73TAM509：8/4，23）。

正月廿一日至二月十一日：《西州都督府案卷为勘给过所事》。新疆博物馆藏（73TAM509：8）。

正月廿三日《西州染勿等保石染典往伊州市易辩辞》。新疆博物馆藏（73TAM509：8）。

二月廿日《石染典买骡契》。新疆博物馆藏（73TAM509：8）。

《西州天山县申西州户曹状为张无㭪请往北庭请兄禄事》。新疆博物馆藏（73TAM509：8）。

开元廿二年（734）

二月二十九日《西州前庭府牒为申府史氾嘉庆诉迎送赵内侍事》。新疆博物馆藏（66TAM358：9/1—9/4，9/5（a））。

八月十二日《西州都督府致突厥葛腊啜下游弈首领骨逻拂斯关

文为计会定人行水浇溉事》。新疆博物馆藏（73TAM509：23）。

九月十三日《西州高昌县申西州都督府牒为差人夫修堤堰事》。新疆博物馆藏（73TAM509：23）。

天宝二年（743）

《交河郡市估案》两种。日本龙谷大学藏。

天宝十载（751）

二月十六日《下制授张无价游击将军官告》。新疆博物馆藏（73TAM506：05/1）。

宝应元年（762）

六月《高昌县勘问康失芬行车伤人案卷》。新疆博物馆藏（73TAM509：8/1<a>-2<a>）。

大历四年（769）

十二月廿日《张无价买阴宅地契》。新疆博物馆藏（73TAM506：05/2）。

大历七年（772）

六月《马寺尼法慈为张无价身死请给墓夫赙赠事牒》。新疆博物馆藏（73TAM506：07）。

贞元六年（790）

《西州宁戎窟寺创营窟堂施功德记》。柏孜克里克千佛洞崖前废墟出土。

《伊西庭节度使杨袭古重修西州宁戎窟寺碑》。柏孜克里克千佛洞出土。

敦　煌

景云二年（711）

《张君义勋告》。敦煌研究院藏。

《张君义记功文书》。日本天理图书馆藏。

其他

《唐人诗文丛抄》。法国国家图书馆藏。（P.3885）

《唐人诗丛抄》。法国国家图书馆藏。（P.3812）

《唐人诗集残卷》。法国国家图书馆藏。（P.2555）

《大唐新定吉凶书仪·节候赏物》。大英图书馆藏。（S.6537）

后 记

关于本书

  书名来自我在吐鲁番游历时,偶然听来的一首传统民谣的第一句。后翻阅史书查证,发现在隋唐时代的西域,已经流行着名为《善善摩尼》的歌谣。研究古代语言的朋友告诉我,"善(Sən)"即"你","摩尼(Mənim)"为"我的",合起来就是"你是我的"的意思。这曲中世的情歌,大约正是以首句得名。传唱至今,不知有无零落走样,但至少首句还是一如昔年。

  书中四个故事的定位并非历史小说,或许称作世情风俗小说更合宜。故事中的人物都来自吐鲁番或敦煌出土的唐代文献,是真实存在过、生活过、有过悲欢离合的人物。通过记载生平的墓志或记载战绩功勋的告身文书,故事中的一些人物原本就有较为全面充足的信息。一部分人物来自残断零散的书信、过所、法律案卷中,故事中都参照同时期的各种材料,对人物的细节进行补充完善。

画中唐女

偶然见着一片出自吐鲁番阿斯塔那唐墓的唐人残画，图中是典型的盛唐美人，无论是长安地下古墓发掘所见到的壁画，还是日本正仓院传世的屏风，都有与之类似的形象。美人的发髻、眉眼、衣衫裙帔，大约都遵循着当时长安城中某位杰出画师所作、足以传范四方的画样，千人一面，并无个性。但在那美人身畔，还残剩有一行墨书题识，让人知晓这是一幅"九娘"初学绘画，赠予闺阁亲人的自画像。一幅残画因这行文字而显得与众不同。

那时因研究所需，我开始系统整理新疆吐鲁番阿斯塔那出土的文物资料。其中有一组极为破碎但绘制精美的绢画残片，表现多个美人赏花、梳妆、游乐、乐舞的场景。我发现残片中实际上有三个人物重复出现——前后相随的两个艳妆盛饰的贵夫人，一旁又总是有个神态娇俏的双鬟少女——原来这是一组带有情景的美人四季行乐图。这些美人同样是盛唐流行的画法，只是从妆束上判断，时代可能较九娘自画像略早些。

《善善摩尼》的故事在整理修复这组绢画的过程中有了初步框架。原本只是聚焦于画像中那个名为"九娘"的女性，准备以她从少女到嫁作人妇的经历为主线，串起一年四季的梳妆穿衣、起居出行、游乐宴饮等诸般事件，细致铺陈盛唐开元年间一个西州富贵之家的日常生活图景。恰好，阿斯塔那唐墓出土的唐代文书中，有一部分集中在开元二十年（732）前后，因此我在故事中又据此进一步补足当时西州高昌城中夫人妾媵、仆役奴婢、文官武将、贩夫走卒、往来僧俗等形色人物。

写着写着，却发现自己并不甘心止步于此。我试图去探讨当时父权体系下女性的困厄、挣扎与成长——女子在家的角色身份，在唐人看来有三，即"女""妇""母"。如《新唐书·列女传》序中所言："女子之行，于亲也孝，妇也节，母也义而慈，止矣。"一个唐朝男子眼中的完美女性，应将三个角色都扮演得完美，如白居易《唐河南元府君夫人荥阳郑氏墓志铭并序》中所言："噫！昔漆室、缇萦之徒，烈女也；及为妇，则无闻。伯宗、梁鸿之妻，哲妇也；及为母，则无闻。文伯、孟氏之亲，贤母也；为女为妇时，亦无闻。今夫人女美如此，妇德又如此，母仪又如此，三者具美，可谓冠古今矣。"即便唐代女性的身份地位并不算低，但在当时的男性看来，她们仍旧无法成为独立个体，而是依从于男性的附庸，作为父亲的女儿、丈夫的妻子、儿子的母亲走过一生。

于是九娘母亲的故事首先得到完善——麹夫人的人生，保留了唐人墓志叙述中女性最传统的叙事情节：一个出身高贵的女郎，被家中长辈安排婚姻，嫁作人妇后夫君早死，独自抚养儿女成长、嫁娶，死后她的墓志中只留下一些赞颂贤良淑德的套话。这些套话正如那些纸上画样一般，有着固定一概的模式，哪怕辞藻浮华、堆积美丽词句，却并非生活的实际。

作为女儿的九娘则与她母亲不同。故事中一开始就构建了因家中男性战死或出征在外而形成的特殊女系家庭，九娘有了与唐人传统观念背离的机会。不经意间,她已试图从我事先想定的故事轨迹逃离,想要发出自己的声音。

出于理性的思索,在当时的历史背景下,故事最末两章中九娘的出逃,恐怕只是她又一个荒诞无稽的梦。一梦醒来,仍旧是要面临婚嫁、生活的日常。这在前些章节已有了暗示,真实的(或说原定的)故事线也被隐晦地放在了故事末的尾声部分。但是,从情感的角度,我仍旧衷心希望,自己笔下的九娘不像唐传奇中的霍小玉、崔莺莺之辈,她的幸福不是丝萝托乔木般地寄托在男子虚无的爱情上,她的梦想是独立的、自我的。

想起德国哲学家尼采的一首诗作《孤独》(*Vereinsamt*),和故事末尾九娘的心境很相似,且将译文录在此处:

> 群鸦啼鸣,
>
> 纷纷振翅向城中栖宿:
>
> 雪要落了——
>
> 有家之人,拥有幸福!
>
> 你站立出神,
>
> 回思往事,恍若隔世!
>
> 你这愚人,
>
> 严冬将至,却逃往人世?

后 记

此世如门,

通往沉默枯冷的沙漠!

无处安身,

唯将你所失落的失落。

你仓皇站立,

注定迷失在寒冬旅程,

如烟一般,

总是找寻更冷的天空。

飞吧,鸟儿,

唱出荒漠孤鸟之音!

藏吧,愚人,

冰和嘲笑里藏流血的心!

群鸦啼鸣,

纷纷振翅向城中栖宿:

雪要落了——

无家之人,拥有痛苦!

波斯王子

在波斯传统史籍的记述中，盛极一时的波斯萨珊王朝亡于大食入侵，以末代帝王伊嗣埃三世（Yazdegerd III）在逃亡途中被刺杀告终（发生在公元651年，唐高宗永徽二年）。不过，结合此后唐朝与大食的历史记录来看，萨珊朝的王统依然向后存续了至少近百年，可大致复原为：

伊嗣埃（Yazdegerd）—俾路斯（Peroz）—泥涅师（Narsieh）—勃善活（Khusrau）—继忽娑

伊嗣埃三世之子俾路斯曾多次向唐朝求援，希望唐朝出兵帮助抗击大食入侵、兴复故国。龙朔元年（661），唐高宗派将军王名远率军援助，于疾陵城设波斯都督府，任命俾路斯为都督，次年又册立其为波斯王。

然而大食攻势不减，俾路斯被迫再度东逃，最终客死唐朝。俾路斯之子泥涅师承父亲遗志，再请唐朝出军援助复国。调露元年（679），唐高宗以护送波斯王泥涅师归国的名义，命将军裴行俭率军前往西域，平定西突厥叛乱。

泥涅师随裴行俭军队西行至中亚碎叶城，又由一支唐军护送南下，前往支持萨珊朝复国的中亚吐火罗地区。泥涅师召集追随者与大食对战二十余年。只是到八世纪初叶，大食已渐次征服中亚大部分区域，年岁已老的泥涅师不得不再度东奔归唐。泥涅师之子勃善活继承王位，仍旧在中亚抵抗继续大食军队。唐朝方面的史料，有

后 记

波斯王子继忽娑在开元年间到长安朝贡的记录。

故事中继忽娑与九娘的初遇情景，是一段萨珊波斯史诗的旋律复调。以中古波斯语写就的史诗《巴巴格之子阿尔达希尔事迹之书》（*Kârnâmag î Ardashîr î Babagân*）中，萨珊朝的立国之王阿尔达希尔正是以歌声和乐曲同心上人结下了友谊与爱情，这段故事同样以悲剧收场——少女背弃父兄同恋人私奔，帮助他走上王的道路，二人最终却反目成仇，情节颇有些类似古希腊悲剧《美狄亚》。

恋慕佛心

读鸠摩罗什所译《阿弥陀经》，字句都极美：

> 极乐国土，有七宝池，八功德水充满其中。池底纯以金沙布地。四边阶道，金、银、琉璃、玻璃合成。上有楼阁，亦以金、银、琉璃、玻璃、砗磲、赤珠、玛瑙而严饰之。池中莲华，大如车轮，青色青光，黄色黄光，赤色赤光，白色白光，微妙香洁。……彼佛国土，常作天乐，黄金为地，昼夜六时，雨天曼陀罗华。……彼佛国土，微风吹动，诸宝行树，及宝罗网，出微妙音，譬如百千种乐，同时俱作。

经文之所以触动我，大约是因为那种令人心生向往却不可即的美丽。我没有对经义做细致解析，就想写一个含着类似情感的"摩登伽女"式故事：笃信佛法的女子，倾心于姿容远胜世间男子的佛像，试图在恋爱与信仰中寻求到某种平衡。在希腊神话中有个类似故事：塞浦路斯国王皮格马利翁倾心于自己雕刻的少女像，爱神阿芙洛狄忒被他打动，赐予雕像生命，并让他们结为夫妻。

后来，我渐渐意识到，这种独特的恋爱情绪，与皮格马利翁式的爱完全不同。摩登伽女的信仰夹杂着爱欲，却又能坚定到使她放下爱情。夸张一些说，这种爱情之所以成立，正是因为它不可触及。

一度试图让故事落到实际的历史背景中去——高昌国王麹文泰之女倾心于西行求法的玄奘法师，为了成就这爱意，却不得不帮助他继续西行。在敦煌文书《维摩诘经》写本残卷后，恰好留下了一段这位王女的祈愿文。但若按照历史的真实，故事的收梢必然走向黯淡：王女嫁与世代约为婚姻的高昌张氏家族，唐朝灭高昌国后，一众宗室均被迁往长安，此时王女才得以再遇故人。

于是我选择放下真实历史，选取了虚构成分更多的宋氏，将这段故事作为暗线并入了《善善摩尼》中去。真实历史里与她的原型相关的，是敦煌文书中唐人所抄写的诗卷中，有多首诗下题名作"宋家娘子"。由诗作得知，这是一位因丈夫远去而满怀苦恨悲寂的女性。

值得一提的是，《阿弥陀经》又有玄奘译本，称作《称赞净土佛摄受经》。

中世节庆

在敦煌唐人写卷《大唐新定吉凶书仪》（现藏大英图书馆，编号 S.6537）中，有一段《节候赏物》，细致记载了当时各节庆期间的各种流行风尚。

十世纪前后波斯学者比鲁尼（Al-Biruni）所著《古代民族纪年》中，也专辟有一章记述粟特人的历日和节庆。其中有不少有意思的节庆：Basakanaj月（粟特历日中第四个月）中有寒食节，先在一段时间内禁食一切接触火的食物，只吃水果与蔬菜，直到该月第十五日再开始食用发酵面包。Ashnakhanda月（粟特历日中第五个月）中，又有庆祝葡萄成熟与葡萄酒酿成的巴巴花拉节、卡林花拉节。

中世美人

七世纪后叶的唐人诗体小说《游仙窟》，是研究唐人社会风俗史无法绕过的重要文本资料。该书在中土久已失传，因唐时已流传日本，近世得以抄录回国。虽然故事本身格调不高，但是其中有许多唐人日常衣食住行的生活细节，甚至还有一段文字，详细记述了当时一个唐朝男性眼中美丽女子的标准：

> 红颜杂绿黛，无处不相宜。艳色浮妆粉，含香乱口脂。鬟欺蝉鬓非成鬟，眉笑蛾眉不是眉。见许实娉婷，何处不轻盈。可怜娇里面，可爱语中声。婀娜腰支细细许，瞵䁙眼子长长馨。……口上珊瑚耐拾取，颊里芙蓉堪摘得。……徐行步步香风散，欲语时时媚子开。靥疑织女留星去，眉似恒娥送月来。含娇窈窕迎前出，忍笑妖娆返却回。

善善摩尼：唐朝西域文书故事集

一篇大约成型于七世纪初的中古波斯语文献《霍斯鲁国王与侍童》(*Husraw ī Kawādān ud rēdag-ē*)，也记录了萨珊朝宫廷中的若干生活风尚。侍者愉快地向萨珊朝波斯国王霍斯鲁谈及当时波斯所欣赏的美人的形容：

> 永世之王啊！最好的女子爱重她的夫君，头脑聪慧，她的身材中等，胸宽，头颈匀称，脚短，腰细，脚底拱起，手指纤长。她的四肢柔软饱满，乳如榅桲，肌肤直至指甲均是雪白，颊染石榴，眼若杏仁，唇印珊瑚，弯弯长眉，白齿鲜洁，长发乌黑光亮。她予男人床笫间的安慰，但从不说不庄重的话。

波斯美食

根据《霍斯鲁国王与侍童》的记载，举办一场圆满的萨珊波斯宫廷宴会，得要罗列以下诸种饮食：

> 橄榄油烤小羊羔、糖醋肥牛胸肉、盐烤鸡屁股、驴皮阿胶糕、炖阉母羚羊肉、白苹果馅饼、来自中国的姜丝梅子蜜饯、内沙布尔产的炸麻籽、巴比伦或巴拉桑基产的葡萄酒。

写《善善摩尼》这个故事时，一度想写波斯王子带九娘去参加一次波斯式的盛宴。不过，一想到他为九娘端上波斯王室最尊贵、最上等的菜肴——盐烤鸡屁股，我就忍不住要发笑。后来是让九娘的兄长张无价与王子同去赴宴。故事中提到后来王子为喜爱甜食的九娘带回了若干小饼干，因为在阿斯塔那唐墓的考古发掘中，便出土了大量制作成各样花形的饼干类点心。

血色花裙

在整理阿斯塔那唐墓的考古材料时，发现一座材料相对完整的墓葬。墓中既有墓志、文书，墓主人的衣饰也都基本完好地保留了下来。

由一方墓志得知，女墓主名为麴胜，嫁人后年仅十八，忽得急病去世。她的夫家在墓志里留下的都是些潦草且程式化的"贤良淑德"套话。一个女人的一生，就这么鬼火磷磷地闪了一闪。

然而，麴胜是艳妆盛服地埋入墓中，头戴假髻，身穿绫绢衣裙。尤为引人注意的是一身覆在浅红纱裙下、染着石榴花纹的长裙。分析这种裙料的染制方式，是先染出黄色底色（大约是以石榴壳染），再以雕刻花纹的木板夹住，用红花将纹样之外的部分叠染为红色。红色叠在黄色上的衣料鲜明如血，但红花这种染料极易败色，更何况历经千年。昔年的石榴花红裙，如今已变成如干枯血渍般的暗褐色。

西州文书

在吐鲁番地区的古代墓葬中，出土了大量的古代文书写本材

善善摩尼：唐朝西域文书故事集

料。其中既有各类典籍，又有官府的行政文书、私人的往来信件等。本书参照的文书，基本都来自唐朝西州时期（640—803）当地居民的墓葬之中，反映的也是与当时生活息息相关的事件。

贞观十四年（640）八月，唐朝灭高昌国，在其地建立西州。一部分高昌人被迁往中原的洛州居住。《安石榴花》中的赵义深正是其中之一。阿斯塔那唐墓之中，保留了多封他与西州故乡的家人们往来的家书，叙述的都是家庭生活中的琐事，饱含着深切的乡愁。

一份于开元初年所写、递交官府的辩辞文书也颇有意思：一个名叫小德的唐人，在牵牛耕地时，被一队突厥人马俘虏，带入北面山中。起初，小德所记忆的突厥人行进路线颇为清晰，供述的若干地点也都能明确对应。但随后小德说自己听得懂突厥话，偷偷逃了出来，却在山中迷了路，多日后才找寻到一处有唐军戍守的烽燧。《风过天山》的故事，是在小德辩辞的模糊空白处构筑起来的。

中世的诗

《风过天山》这个故事中的诗歌，大多来自写于十一世纪的《突厥语大辞典》。书中诗歌均是为介绍具体词汇的运用才摘引的小节，但仍旧集结许多残断零碎的西域历史记录及叙述不清的草原传说。一首诗多为四句，音节也如我们熟悉的唐诗一般对应整齐，前三句押韵，第四句可换韵。故事中的几首译诗尽量遵循了这种形式。有几首哀歌提到"英雄同俄"，明显是引自某篇古代草原英雄史诗。故事中将其与唐代北庭的一段史事对应。

波斯古代抒情诗体鲁拜（ruba'i，又译"柔巴依"），也是一种四行诗体，形式与唐诗中的绝句极近似，一、二、四句押韵。《善善摩尼》的故事中直接引用一首十一世纪波斯诗人奥马尔·海亚姆（Omar Khayyam）的诗作，同时借用了不少《鲁拜集》中的经典意象。

这里试着转译一首我最喜欢的鲁拜，仍是奥马尔·海亚姆所作：

> 呜呼，春天将随蔷薇一并消亡！
> 青春的芬芳诗稿呀，终须掩上！
> 那夜莺儿，曾藏在枝叶里啼咏，
> 有谁知她来自何处，去往何方！

在宋人词作中，有数句意境与其绝似：

> 春无踪迹谁知？
> 除非问取黄鹂。
> 百啭无人能解，
> 因风飞过蔷薇。

此外，《善善摩尼》中九娘在葡萄架下为王子唱起的歌，改编自哈萨克族民间艺人传唱的古代民谣。《在月光下》中所引转场诗《命运之神》(*O Fortuna*)来自欧洲十三世纪诗歌写本《博伊伦之歌》(*Carmina Burana*),我对照音节韵律转译为中文。

士兵的头

1941年,画家张大千在敦煌石窟吃哈密瓜,吃完无水洗手,只能抓了地面的沙子擦洗。不料却从沙里发现了一个麻布袋。里面装着一个唐代士兵的头骨残肢以及几卷文书。文书中记载的又是一个"犹是春闺梦里人"的故事:唐朝景龙(707—710)年间,一个名为张君义的唐军士兵,在西域战场上立功成了勋官,却不幸战死,遗骸被收殓,与记录军功的文书一同收在囊中,送还故乡,埋进了敦煌石窟之中。

《在月光下》里一部分情节是在此基础上敷演开来的。

后记之后

几年的写作总算暂时告一段落。

为此消耗了太多时间和精力,曾经一度怀疑,询问自己为何要写,又该如何继续,几度急于想摆脱它。可一旦搁笔,又生出了不舍,甚至闭上眼后都能梦见故事中的种种幻境。如今完稿再去翻看,发现之所以花费这么长时间,实际有太多时候是浪费在旁的事上。时时缠绵病榻,意志常为生活琐事消磨,写作可以算是一种维持情感不致"完了""垮了"的治疗。

后 记

末了,我以敦煌文书中的一段曲子词的残文作为结尾:

> 春去春来春复春,寒暑来频。
> 日生日尽日还新,又被老催人。
> 只有庭前千岁月,长在长存。
> 不见堂上百年人,尽总化为尘。